जुलूस

फणीश्वरनाथ 'रेणु'

जुलूस

राजकमल प्रकाशन

पहला सजिल्द संस्करण भारतीय ज्ञानपीठ से
1966 में प्रकाशित

ISBN : 978-93-88933-68-1

मूल्य : ₹ 595

पहला राजकमल संस्करण : 2019
तीसरा संस्करण : 2024

प्रकाशक : राजकमल प्रकाशन प्रा.लि.
1-बी, नेताजी सुभाष मार्ग, दरियागंज
नई दिल्ली-110 002
शाखाएँ : अशोक राजपथ, साइंस कॉलेज के सामने, पटना-800 006
पहली मंजिल, दरबारी बिल्डिंग, महात्मा गांधी मार्ग, प्रयागराज-211 001
1, अनमोल सोराबजी संतुक लेन, धोबी तलाव, मरीन लाइंस, मुम्बई-400 002

वेबसाइट : www.rajkamalprakashan.com
ई-मेल : info@rajkamalprakashan.com

मुद्रक : बी.के. ऑफसेट
नवीन शाहदरा, दिल्ली-110 032

JULOOS
Novel by Phanishwar Nath 'Renu'

नलिन जी की याद में

भूमि...

पिछले कुछ वर्षों से मैं एक अद्‌भुत भ्रम में पड़ा हुआ हूँ। दिन-रात—सोते-बैठते, खाते-पीते—मुझे लगता है कि एक विशाल जुलूस के साथ चल रहा हूँ अविराम।

यह जुलूस कहाँ जा रहा है, ये लोग कौन हैं, कहाँ जा रहे हैं, क्या चाहते हैं—मैं कुछ नहीं जानता। इस महाकोलाहल में अपने मुँह से निकाला हुआ नारा—मुझे नहीं सुनाई पड़ता। चारों ओर एक बवंडर मँडरा रहा है, धूल का।...

इस भीड़ से निकलकर, राजपथ के किनारे सुसज्जित 'बालकनी' में खड़ा होकर जुलूस को देखने की चेष्टा की है। किन्तु इस भीड़ से अलग होने की सामर्थ्य मुझमें नहीं। इस जुलूस में चलनेवाले नर-नारियों से—अपने आस-पास के लोगों से मेरा परिचय नहीं। लेकिन उनकी माया...ममता...मैं छिटककर अलग नहीं हो सकता!

मेरे इस उपन्यास 'जुलूस' पर मेरे इस अद्‌भुत मानसिक विकार का प्रभाव अवश्य पड़ा होगा!

—फणीश्वरनाथ 'रेणु'

एक

आज वह 'हल्दी चिरैया' फिर आई है?

बरसात-भर यह रोज इसी तरह समय-असमय आएगी और किसी पेड़ की डाली पर भीगती हुई या पंख सुखाती हुई सुरीले स्वर में एक लम्बी पंक्ति दुहराएगी। संस्कृत श्लोक की कड़ी—'का कस्य परिवेदना!' स्पष्ट! हू-ब-हू।...पता नहीं क्या बोलती है! पवित्रा को अचरज होता है, यहाँ के लोग इस 'पाखी' का नाम नहीं जानते। पूछने पर मुँह बिदकाकर कहेंगे—पता नहीं क्या नाम है! हल्दी-चिरैया नाम पवित्रा ने ही गढ़ लिया है।

यही एक पखेरू है जो उसके देश में नहीं होता। या होता भी हो तो पवित्रा ने कभी नहीं देखा। सचमुच, इस 'देश' में कुछ भी ऐसा नहीं जो पवित्रा के 'देश' में नहीं था। पेड़, फल, फूल, फसल, जानवर, पंछी...सिर्फ इस 'हल्देपाखी' को छोड़कर। 'माछराँगा' को यहाँ के लोग 'मछलोकनी' कहते हैं। पवित्रा के गाँव का—अर्थात् 'पूर्वबंग' का—'पेंचा' ही यहाँ का उल्लू है, यह उसने यहाँ आकर जाना। उल्लू को 'भल्लुक' के जैसा कोई जानवर समझती थी। लोगों के नामों में 'लाल', 'प्रसाद' और 'झा' तथा 'नारायण' लगा देने से क्या होता है, चेहरे तो नहीं बदलते? लेकिन इस (नबीनगर गाँव) के सैकड़े निन्नानबे लोग ऐसे हैं जो पवित्रा की राय से सहमत नहीं। वे कहेंगे—की मुश्किल दीदी ठाकरुन।...परछाद टाइटेल अपने गाँव के किसी आदमी के नाम में लगा दो, देखोगी फिट ही नहीं करेगा।

—नाम के माफिक चेहरा भी होना होगा।

—'आपना' देश फिर 'आपना' देश!...पर-भूमि कैसी भी हो, आखिर पर-भूमि ही है।

गाँव बसने के बाद पवित्रा एक दिन गाँव के लोगों को समझा रही थी—हम लोगों का भाग्य अच्छा है कि इस जिले में हमें बसाया गया। यहाँ धान और पाट की खेती होती है, हम भी अपने देश में धान और पाट की खेती करते थे। यहाँ के लोग भी मछली-भात खाते हैं। गाँव-घर, बाग-बगीचे, पोखरे और नदी—सब कुछ अपने देश जैसा...।

सूखी देहवाले हरलाल साहा ने तीखी आवाज में विरोध किया था—सी हुति

पारे ना (ऐसा होना असम्भव है!) ...कहाँ अपना देश और अपने देश की मिट्टी और अपने देश का चावल, और कहाँ इस अद्भुत देश का 'आजगुबी व्यापार'।...पता नहीं तुमने क्या देखा है पोत्रादी! यहाँ की मछली में क्या वही स्वाद है जो 'पद्दा के इलिच' में... ?

हरलाल साहा की बात पर सभी इस तरह मुस्कराए मानो वह सबके दिल की बात कह रहा हो।

पवित्रा बोली थी—पूछती हूँ अपने गाँव में 'पद्दा का इलिछ'—माछ रोज खाते थे क्या?

—एक दिन खाए कोई या तीस दिन। 'शाद' (स्वाद) तो 'शाद' ही है! अपने देश की चीजों का...।

उस दिन गाँव में ट्यूबवेल गाड़ने के लिए सरकारी आदमी अपने मजदूरों को लेकर आया था। बंगाल से आए हुए शरणार्थियों के लिए कई गाँव बसा चुका था, ट्यूबवेल लगवा चुका था वह सरकारी कर्मचारी। इसलिए 'पूर्वी बंगाल' की बोली 'कुछ-कुछ' समझने का दावा करता था। उसे देखते ही हरलाल साहा ने आँखें टीपकर अपनी बात बन्द कर दी। सभी चुप हो गए।

किन्तु सरकारी कर्मचारी चुप नहीं रहा। उसने मुस्कराकर सीधे पवित्रा से पूछा था—यह आप लोग 'अपना देश—अपना देश' क्या बोलते हैं? देश का क्या मतलब? क्या माने?

—देश का माने आर केया होगा—देश का माने देश! हरिधन मोड़ल को इस ट्यूबवेल गड़वानेवाले 'खुदे मनिब' (क्षुद्र-अधिकारी) से न जाने क्यों चिढ़ है...'माइयाँ छापला' देखते ही बात करने के लिए 'खुदे मनिबों' की जीभ सुड़सुड़ाती रहती है मानो।

—देश का माने देश तो क्या हिन्दुस्तान अपना देश नहीं है? आप लोगों का देश नहीं है?

—हिन्दुस्तान कैसे आप्ना देश होगा?

कालाचाँद घोष चतुर नौजवान है। उसने अपनी भारी और मोटी हँसी से बात को हलका करने की चेष्टा की—हें-हें-हें-हें! आरे बाबू! आप देश का जो माने बूझता है आसल में हम लोगों का देश का माने वो नेंही है। देश का माने जैसे बाँगला देश, बिहार देश, उड़ीसा देश वैसे माफिक। हें-हें-हें-हें!

—तो प्रदेश बोलिए। प्रान्त कहिए।

छिदामदास सरकारी कर्मचारियों से बातें करने का अवसर ढूँढ़ता रहता है। उसने दाँत निपोरकर कहा—ओवर्सियेर बाबू, देश बोलिए, प्रदेश बोलिए कि प्रान्त कहिए—अब तो जो है सो यही नोबीननगर ग्राम!

सरकारी कर्मचारी भी न जाने क्यों ठठाकर हँस पड़ा था। छिदामदास की बुद्धिमानी देखकर पवित्रा मुस्कराई थी और ट्यूबवेल-फिटर साहब की नजर शुरू से अन्त तक उसी पर गड़ी हुई थी।...जेब से बीड़ी निकालकर सभी को बाँटने के बाद सभी के मुँह के सामने 'खच्च-खच्च' लाइटर जलाकर बीड़ी सुलगा दिया फिटर साहब ने।

वह अपने काम पर चला गया। छिदामदास ने कहा—देखा? फिटर साहेब को ओवर्सियर बाबू कह देने से कितना खुश हुआ? स्साला...

सभी एक साथ अपने देश की हँसी हँसे थे जी खोलकर। पवित्रा भी हँसी थी। किन्तु बोली थी—जो भी कहो, वह आदमी ठीक ही कहता है। देश माने हिन्दुस्तान!

—दीदी ठाकरुन-देश माने हिन्दुस्तान की करे हम बुझाइया दिन?...कैसे देश माने हिन्दुस्तान हो? हम लोगों के गाँव का नाम है नोबीननगर और यहाँ के लोग कहते हैं पाकिस्तानी टोला?...आमराकी मोछलमान?...तो हम पाकिस्तानी कैसे हुए?—कालाचाँद घोष की माँ वाजिब बात कहती है।

गोपाल पाइन बहुत कम बोलनेवाला आदमी है। पढ़ा-लिखा आदमी है और गाँव में स्थापित होनेवाली 'प्रस्तावित-पाठशाला' का उम्मीदवार मास्टर है। उसने टोका था—काला की माँ, साइनबोर्ड लगाने दो गाँव के बाहर। स्कूल चालू होने दो, तब देखना फिर कैसे लोग पाकिस्तानी टोला कहते हैं हमारे इस नोबीननगर को!

पवित्रा ने कहा था—साइनबोर्ड लगे या स्कूल खुले। गाँव का नाम पाकिस्तानी टोला ही कहेंगे—यहाँ के लोग।

—कैसे कहेंगे? डाकघर में चिट्ठी आएगी नोबीननगर के नाम से, सरकारी रुपये आवेंगे नोबीननगर के नाम से और बोलेंगे पाकिस्तानी टोला?

—हाँ, बोलेंगे पाकिस्तानी टोला।—पवित्रा ने कहा था।—चाहे जो कुछ भी करो, नाम पाकिस्तानी टोला ही कहेंगे।

—क्यों?

—क्योंकि हम लोगों का देश पाकिस्तान में पड़ गया। हम लोग पाकिस्तान से आए हैं...

—इसीलिए हम लोग मोछलमान हो गए? हम लोगों का देश ही पाकिस्तान में गया। हम लोग तो हिन्दुस्तान में आ गए!

पवित्रा बोली—नाम को लेकर आखिर होगा क्या?

—दीदी ठाकरुन, तुम 'पढ़वा-पंडित' हो। तुम्हीं ऐसी बात कहती हो? देश को लेकर आखिर होगा क्या? नाम को लेकर आखिर होगा क्या? तब क्या लेकर क्या होगा?...बोलून?

पवित्रा कोई जवाब दे इसके पहले ही छिदामदास अपने पेट पर से गंजी हटाकर सटे हुए पेट पर हाथ फेरते हुए बोला था—'आसल' चीज है यह बेटा पेट!...ई साला पेट का वास्ते जो कुछ बोलना पड़े—करना पड़े।

हल्दी चिरैया फिर बोली—का कस्य परिवेदना।

सामूहिक देवस्थान (ठाकुरतला) में योगेशदास की कुमारी कन्या संध्या ने शंख फूँक 'साँझ-बाती' की घोषणा की। सभी ने ठाकुरतला की ओर मुड़कर भक्ति-भाव से प्रणाम किया। हर मंगलवार को ठाकुरतला में कीर्तन होता है—दस बजे रात तक।...आज तो शनिवार है।

दो

नोबीननगर नहीं—नबीननगर!

न नोबीननगर न नबीननगर, इस गाँव का सही नाम है नबीनगर।

राज्य के पुनर्वास उपमंत्री मुहम्मद इस्माइल नबी ने इस गाँव के शिलान्यास समारोह के अवसर पर बोलते हुए कहा था—यह सब कुछ उस बापू की महिमा है कि मेरे-जैसा अदना खिदमतगार, कि जनता के इस छोटे सेवक के नाम पर आज नगर बसाये जा रहे हैं।...

इसके बाद डिप्टी मिनिस्टर नबी साहब ने वीराने को बसाने और बसे को उजाड़नेवाली बात पर एक शेर पढ़ा था। जिस पर तालियाँ बजी थीं। गाँव के अधिकांश लोगों ने उस शेर का कोई अर्थ नहीं समझा। लेकिन, मंच पर बैठे हुए लोगों ने तालियाँ बजाईं। यहाँ तक कि कलक्टर और एस. पी. साहब ने भी। इसलिए गाँववालों ने जरा देर से ताली बजाईं। ताली बजाने का दूसरा मौका भी आया। तब गाँववालों ने जी खोलकर सबसे पहले तालियाँ बजाईं। अपने भाषण में नबी साहब ने कहा—और दोस्तो! यह भी बापू के नाम से मशहूर हमारे उन्हीं महात्मा जी की महिमा है कि जहाँ जिना साहब के चेले गाँव उजाड़ते हैं, हिन्दुओं को बे-घरबार कर रहे हैं पाकिस्तान में—वहीं हिन्दुस्तान में दूसरा मुसलमान मगर गांधी का अदना चेला उजड़े हुए हिन्दुओं के लिए नगर बसा रहा है...!

गाँव से बाहर सड़क पर गाँव के नाम की एक तख्ती गाड़ दी गई—नबीनगर।

लेकिन वह तख्ती एक सप्ताह भी नहीं टिक सकी। पास के गाँव के अमीर किसानों के चरवाहों ने किसी रात उसे उखाड़ फेंका।...तख्ती टाँगनेवाले लोहे के हुक—भैंस की डोरी में बाँधकर वे रोज इसी राह से गुजरते हैं। किन्तु गाँव के किसी व्यक्ति में इतना साहस नहीं कि उनसे कुछ पूछे।

गोपाल पाइन का विश्वास है कि गाँव के नाम से चिढ़कर यहाँ के अमीर किसानों ने ही नोबीननगर गाँव की तख्ती उखड़वा दी है। एक 'पोख्ता साइनबोर्ड' लगवाने की प्रार्थना करते हुए उसने दो आवेदनपत्र भेजे। फिर उसके बाद से रिमाइंडर पर रिमाइंडर भेजता जा रहा है। न कोई जवाब आता है और न कोई उस तख्ती और पोख्ता साइनबोर्ड की चिन्ता ही करता है इस गाँव में।

गाँव के नाम के बारे में कोई सोचता भी नहीं कुछ कि यदि एक बार बिगड़ गया तो सदा के लिए उस बिगड़े हुए नामवाले गाँव में ही रहना पड़ेगा।

गोपाल पाइन अपने पेट की बात किसी से नहीं कहेगा। वह पेट काटकर खुद साइनबोर्ड बनवाएगा। सीमेंट और कंक्रीट के बोर्ड पर वह नाम खुदवाकर रहेगा। एक बार स्कूल तो खुल जाए!

मंगलवार की साँझ में ठाकुरतला नामक झोंपड़े में सभी स्त्री-पुरुष जमा होते हैं और कीर्तन गाते हैं। कीर्तन के बाद गाँव की समस्याओं पर, व्यक्ति की समस्याओं पर बातें होती हैं। तब औरतें उठकर अपने-अपने घरों में चली जाती हैं। सिर्फ पवित्रा रहती है। रहती है, कहना ठीक नहीं हुआ। पवित्रा ही उस बैठकी का संचालन करती है। जिस दिन पवित्रा नहीं रहती है उस दिन बैठकी में ये लोग, यहाँ के निवासी—यहाँ की मरी हुई मिट्टी और यहाँ के सूरज-चाँद-तारों तक की निन्दा करते हैं अघाकर।...ए देशेर सब किसू आजगूषी!

पवित्रा को बस इसी एक बात का बहुत गहरा दुख है—गाँव के लोगों का यहाँ की मिट्टी से मोह क्यों नहीं हो रहा! वह कौन-सा दरवाजा है इनके दिल का जिसे खोलने के लिए पवित्रा कुंडी खटकावे? किस दरवाजे की... ?

राखाल विश्वास का लड़का अन्दू इस तरह मुँह लटकाए क्यों आ रहा है? पवित्रा ने हाथ की सिलाई से निगाह उठाकर देखा, गोपाल पाइन और छिदामदास भी आ रहे हैं।...कुछ हुआ कहीं!

अन्दू आकर चुपचाप खड़ा हो गया।

—की?

गोपाल पाइन बोला—आमि जा बोल्सिलाय!...कहो न, मुँह क्या देखता है, अन्दू! चौधरी बाबू के बेटा ने तुमसे जो कुछ भी कहा है, साफ-साफ कह दे दीदी ठाकरुन को। डरना मत।

छिदामदास ने कहा—उसके मुँह से सुनने की जरूरत नहीं। ऐसी बातें तो यहाँ के लोग दिन-रात करते हैं।

गोपाल पाइन ने कहा—बंगाली-कंगाली कहे, हम सह लेंगे। जब कंगाल हो गए हैं तो लोग कंगाल ही कहेंगे। पाकिस्तानी बोलते हैं—यह भी सहा जा सकता है। लेकिन यह सरासर गोमांस खाने की बात कहना—इसको कैसे सहा जा सकता है? आप ही लोग विचार कीजिए।...दीदी ठाकरुन, आप तो जानती हैं कि मैं छोटी-छोटी बातों पर ध्यान नहीं दिया करता।

गोपाल पाइन जरा कम सुनता है। इसलिए रसिकता करते हुए अपनी बधिरता को इसी बात से गौरव प्रदान करता है—मैं छोटी बातें नहीं सुनता, कान में लेता ही नहीं।

—किसने क्या कहा?

—चौधरी बाबू के बेटा ने।

—क्या कहा?

—कहा कि तुम लोग गोमांस खाते हो। मुर्गी खाते हो!

—तुम चौधरी बाबू के बेटा के पास किसलिए गए थे?

—गाँव में बिस्कुट बेचने गया तो चौधरी बाबू के लड़के ने सभी से कहा कि इसके हाथ का बिस्कुट खाओगे? ये लोग गोमांस खाते हैं। तिस पर मैंने टोका तो बोले—हाँ-हाँ, हम लोगों को सब पता है। सभी को भागते समय गोमांस खिलाया गया है पाकिस्तान में। और एक बार जो चख लिया है तो वह खाए बगैर रहेगा?

पवित्रा कुछ सोचने लगी। फिर बोली—चौधरी का बेटा दुकान-उकान तो नहीं करता है।

गोपाल पाइन ने कहा—इससे दुकान का क्या सम्बन्ध?

अन्दू ने कहा—दुकान करता है तभी तो ऐसा कहता है, दीदी ठाकरुन। उसकी दुकान को सड़ा हुआ बिस्कुट कोई छूता नहीं। इसी से तो...।

पवित्रा ने मुस्कराकर गोपाल पाइन की ओर देखा। फिर अन्दू से बोली—जब तू सब कुछ समझता ही है तो रोने क्यों आया?

—सोचा जो दीदी ठाकरुन को रिपोर्ट कर दूँ।

गोपाल पाइन की दृष्टि डाक-पियन पर पड़ी और वह आगे बढ़कर अगुवानी करने के लिए पहुँचा। सारे गाँव की चिट्‌ठी उसके हाथ में देने में डाक-पियन ने शुरू-शुरू में आनाकानी की थी। किन्तु पवित्रा ने कहा था कि सारे गाँव की चिट्‌ठी गोपाल पाइन ही पढ़ता-लिखता है। उसके जिम्मे यही काम है। इसलिए उसके हाथ गाँव-भर की चिट्‌ठी डाकिया जहाँ कहीं भी दे देता है—हाट में, घाट में, बाट में।

किन्तु आज बीच गाँव में डाकिए से गोपाल पाइन लड़ पड़ा। बाँग्ला और अँगरेजी में पता लिखे हुए पत्रों पर अपनी सुविधा के लिए कैथी लिपि में पेन्सिल से 'पाकिस्तानी टोला' लिख दिया करता है डाकिया। गोपाल पाइन हिन्दी नहीं जानता तो क्या हुआ, कैथी लिपि में लिखे हुए इस शब्द को पढ़ने में उसे कोई कठिनाई नहीं हुई। उसने डाकिया से कहा—पियोन साहेब, यह क्या बात है। 'इंग्रेजी' और 'बाँग्ला' में साफ-साफ लिखा हुआ है नोबीननगर और आप उसके ऊपर से 'अपाना-फरमान' लिखा है—पाकिस्तानी टोला? आप ही लोग माने सरकारी 'कम्मोचारी' होकर ऐसा कीजिएगा तो यह राज कैसे चलेगा? एँ! बोलिए? यहाँ मिनिस्टर साहब आए थे—आपको मालूम है? गाँव का क्या नाम हुआ यह भी मालूम है? तख्ती लटका था, यह भी मालूम है...?

डाक-पियन ने झल्लाकर कहा—चलिए-चलिए, सब कुछ मालूम है। हम 'दू अच्छर' कैथी में पाकिस्तानी टोला लिख दिया तो आप लड़ाई करते हैं और उधर दुनिया-भर के लोग पाकिस्तानिया टोला कहते हैं। आप किससे-किससे लड़ते चलिएगा?...लीजिए मनीआर्डर तामील कीजिए।

—किसका मनीआर्डर है?

—श्रीमती पवित्रा। पचास रुपये।

गोपाल पाइन ने भेजनेवाले का नाम और पता पढ़ा—हरिप्रसाद जादव, विलेज एंड पोस्ट : सुक्की बेलाही।...देखें कूपन में क्या लिखा है? अरे बाबा, यह तो वही 'कैथी ना क्या' है?

पवित्रा के कहने पर डाकिया ने पढ़कर सुनाया—आगे आपको मालूम हो कि उस दिन हम आपके गाँव में गए। आपको देखकर और आपके गाँव की बेअवस्था को देखते हुए हम अपनी ओर से आपको यह मो. पचास रुपये जिसका निस्फ पचीस रुपया होता है, भेजा। इसको आप चाहे जिस काम में खरच करें। आपका शुभचिन्तक—एच. पी. जादव।

—कौन है यह हरिप्रसाद जादब? पवित्रा ने सभी के चेहरे की ओर बारी-बारी से देखकर पूछा।

गाँव-भर के बैठे-ठाले लोग जमा हो गए।

कालाचाँद ने कहा—दीदी ठाकरुन, कोई भी हो यह हरिप्रसाद जादब, आपको इससे क्या? गाँव की 'बेअवस्था' देखकर किसी ने पचास 'टाका' भेज दिया है। आप 'साइन' करके ले लीजिए।

पवित्रा ने मुँह बिदकाकर कहा—वाह, जानूँ नहीं, पहचानूँ नहीं—साइन करके रुपया ले लूँ?...'बेअवस्था' माने क्या?

—बेअवस्था माने खराब अवस्था। है न पियोन साहेब?

डाक-पियन ने खैनी थूकते हुए कहा—बेअवस्था माने खराब अवस्था? यह कौन सिखाइस है आपको? अरे बेअवस्था माने खूब बढ़िया 'इन्तजाम-बाद'।

पवित्रा ने डाक-पियन की ओर असहाय दृष्टि से देखकर पूछा—ये 'इन्तजाम-बाद' क्या!...ओ! व्यवस्था तो नहीं?

डाक-पियन का खिसियाया हुआ मन जरा पसीज गया। बोला—देखिए। रुपया छुड़ाने में कोई हर्ज नहीं है। हरिप्रसाद जादब को सभी जानते हैं। कीर्तन के पीछे पागल रहता है। थोड़ी बदनामी भी है तो इसको लेकर आप क्या कीजिएगा। चाल-चलन उसका ठीक नहीं है तो क्या हुआ—कीर्तन का पक्का भगत है। पैर में घुँघरू बाँधकर नाचता है। नाचते-नाचते बेहोश हो जाता है।

कालाचाँद घोष कुछ याद करने की कोशिश करते हुए कहता है—कीर्तन

करता है? नाचता है? तब हम समझ गए कि कौन है यह हरिप्रसाद जादब। एक दिन हम लोगों के कीर्तन में भी वह आया था। दीदी ठाकरुन, वह जो घोड़ा पर चढ़कर आया था, पान बहुत खाता है—वही।...उसने जरूर ही कीर्तन पार्टी के लिए रुपया भेजा होगा।

पवित्रा कुछ सोचकर बोली—ना बाबा, मैं मनीआर्डर नहीं छुड़ाऊँगी।...आप लौटा दीजिए, पोस्टमैन साहब।

पाइन ने कहा—हो सकता है, स्कूल के लिए चन्दा भेजा हो भले आदमी ने। मनीआर्डर लौटाना ठीक नहीं जँचता।

पवित्रा ने किसी की राय पर ध्यान नहीं दिया।

पवित्रा ने याद करने की चेष्टा की—घोड़ा पर चढ़कर कौन आया था, कब? पान बहुत खाता था? होगा कोई। लेकिन उसने मेरे नाम से ही रुपये क्यों भेजे?

मनीआर्डर के तामील करने और वापस करने के झमेले में गोपाल पाइन आज की डाक से आए हुए पत्रों की बात भूल गया था। उसने एक-एक चिट्ठी का पता-ठिकाना पढ़ना शुरू किया। एक सरकारी लिफाफे पर अपना नाम देखकर उसका कलेजा धड़क उठा था। अचानक वह चीख पड़ा—दीदी ठाकरुन!! स्कू...ल!!...हो गया...स्कूल हो गया। मेरा काम भी हो गया।...लेकिन...बाँग्ला मास्टर काहे? हम 'इंग्रेजी' भी जानते हैं। हमको खाली बाँग्ला टीचर काहे...। हो गया, स्कूल मंजूर हो गया—सभी भाई-बहन सुन लीजिए!

पवित्रा को अचरज होता है, बहुत कम बोलनेवाला, कम सुननेवाला, कम सोनेवाला यह गोपाल पाइन इधर इतना 'बकबक' क्यों करने लगा है? स्कूल तो होना ही था। इस तरह चिल्लाने की क्या जरूरत?

पवित्रा ने गोपाल पाइन के सारे उत्साह को अचानक बुझा दिया मानो—पाइन मॅशाय, स्कूल तो हुआ मगर आपके पोख्ता-साइनबोर्ड का कुछ हुआ?...स्कूल का नाम पाकिस्तानी स्कूल तो नहीं रख देंगे अधिकारी लोग?

गोपाल पाइन ने ध्यान से पत्र को पढ़ते हुए कहा—कर्ता लोगों की मतिगति देखकर कुछ ऐसा ही लगता है।...आपने ठीक ही कहा है दीदी ठाकरुन—देखिए, लिखा है—गोड़ियर गाँव के पाकिस्तानी टोला में स्कूल खोलने के प्रस्ताव पर विचार करते हुए...

इससे आगे नहीं पढ़ सका गोपाल पाइन। उसका गला भर आया—सचमुच, यह 'पाकिस्तानी टोला' नाम अब कभी नहीं मिटने का। गोड़ियर...गोड़ियर...चूल्हे में जाए यह गोड़ियर गाँव!

—नहीं पाइन मास्टर! ऐसा नहीं कहते। सभी गाँव फूलें-फलें। पवित्रा ने समझाया—गोड़ियर गाँव के साथ आपका नोबीननगर भी चूल्हे में जो चला जाएगा!

—हम लोगों का नोबीननगर भी गोड़ियर गाँव में!

—नोबीननगर नेंई बाबा—नबीनगर बोलो! पाकिस्तानी टोलार नामे स्कूल का रजिस्टर खोलो! बोलो हरि बोलो!!

कालाचाँद के इस कीर्तन पर गोपाल पाइन को छोड़कर सभी हँसे! वह रह-रहकर एक ही बात बोलता—साला! गोड़ियर गाँव का पाकिस्तानी टोला!! गोड़ियर!...

तीन

गोडि़यर गाँव!

पन्द्रह घर मैथिल, चार परिवार राजपूतों के—यह है गोड़ियर गाँव का बाबू टोला। बीस घर ग्वाले, आठ धानुक, तेरह घर गोढ़ी-गोड़ियर गाँव का असल नाम इसी गोढ़ी टोला से हुआ—जहाँ गोढ़ी (मछली मारनेवाली जाति) लोग रहते हैं—गोढ़िहार। गोढ़िहार से गोड़ियर!

गोड़ियर गाँव का सबसे सुखी, सम्पन्न और शिक्षित परिवार गोढ़ी का ही है। तालेवर गोढ़ी के यहाँ रुपया गन्ध करता है। अर्थात् सूखी हुई मछलियों (सुगंठी) की तरह जमे हुए रुपयों से गन्ध निकलती है। तालेवर गोढ़ी का बड़ा बेटा रामजी गोढ़ी मैट्रिक तक पढ़ा हुआ है। पहले पाट का कारोबार करता था। आजकल गाँव में आटा-घानी का एंजिन चलाता है। दिन-भर उसकी मशीन चलती रहती है। चैत महीने में बोलनेवाली उस चिड़िया की तरह एक बँधे हुए ताल पर तु-तु-तु-तु-तु-तु आवाज सारे इलाके में प्रतिध्वनित होती रहती है। लोग कहते हैं—रामजी अब अररिया-कोर्ट शहर में भी मिल बैठावेगा।

तालेवर गोढ़ी का सबसे छोटा यानी दूसरा लड़का लहेरियासराय में डॉक्टरी पढ़ता है—कृष्णजी गोड़े। कृष्णजी ने मैट्रिक की परीक्षा में विश्वविद्यालय भर में सर्वप्रथम स्थान प्राप्त किया था। इसलिए जिले भर में उसके नाम की धूम मच गई थी—कृष्णजी गोड़े या गोरे...गौड़। जिला मल्लाह संघ की ओर से इस तेजस्वी विद्यार्थी को सम्मान-पत्र देते हुए कुलदीप माँझी मुख्तार साहब ने कहा था—मुझे विश्वास है हमारी जाति का यह तेजस्वी विद्यार्थी प्रान्त में ही नहीं, सारे भारत में हम लोगों का मुख उज्ज्वल करेगा; धन्य है वह माता...धन्य है वह गाँव...!

पिछले साल कुलदीप माँझी की बड़ी कन्या का शुभविवाह कृष्णजी के साथ धूमधाम से अररिया कोर्ट शहर में हुआ। बड़े-बड़े हाकिम-हुक्काम वर-वधू को आशीर्वाद देने के लिए आए थे। निमंत्रण-पत्र में मुख्तार साहब ने खास तौर से लिखवाया था—स्मरण रहे कि इसी तेजस्वी कृष्णजी ने 1962 ई. में उत्तरांचल विश्वविद्यालय की प्रवेशिका परीक्षा में सर्वप्रथम स्थान प्राप्त किया...।

ब्राह्मण टोली में चौधरी-परिवार और राजपूतों में गिन-गूँथकर एक घर बाबू साहब। बाकी लोग यजमानी, पहलवानी, गाड़ीवानी, घोड़ा लदाई, दुकान, नौकरी, खेती-मजदूरी और चोरी करके जीवन-यापन करते हैं।

चौधरी के घर की ही सारी सम्पत्ति धीरे-धीरे तालेवर गोढ़ी के घर में चली गई है। जमीन, पोखरे, बाग-बगीचे और मवेशी—बड़े मुकदमे में सभी रेहन-बन्धकी गिरवी के रूप में तालेवर गोढ़ी ने लिखवा लिया।...पंडित रामचन्द्र चौधरी अब चार पेड़ आम और दो गाछ कटहल अगोरकर बैठे हैं। परिवार की सम्पत्ति को स्वाहा करनेवाला बड़ा बेटा तेल-नून की दुकान चलाता है। मझला अररिया कोर्ट में श्याम सुन्दर बाबू मुख्तार के घर रसोई-पानी करता है। मझला घर से लापता है। पंडित रामचन्द्र चौधरी जिस दिन भंग ज्यादा पी लेते हैं उस दिन चाणक्य नीति से शुरू करके हितोपदेश और पंचतंत्र के श्लोकों को दुहराकर अपने ज्येष्ठ पुत्र कामदेव चौधरी को कोसते हैं।...कामदेव चौधरी नाम रखते समय ही मेरा माथा ठनका था। किन्तु ज्योतिषी भाई को ककारवर्ण में कामदेव ही सूझा। सो कामदेव का साला एक दिन ऐसा प्रबल होगा—किसे मालूम था! कानी मुसहरनी-छौंड़ी (लड़की)—जिसको देखने पर पानी भी नहीं रुचे—उसमें न जाने कौन रूप झरते देखा मेरे ब्राह्मणपुत्र ने—हो राम, हो राम! बलात्कार और हत्या! खूब मुँह उज्ज्वल किया मेरे पुत्र ने। और उधर वह तालेवर गोढ़ी का बेटा रामजी गोढ़ी है—मिट्टी छूता है तो सोना हो जाता है। पूर्वजन्म में खूब पुण्य किया था तालेवर गोढ़ी ने—शिवाला बनाकर शिवलिंग स्थापित करनेवाला है। हरिद्वार, ऋषिकेश से पिछले ही साल पुण्य करके लौटा है, इस बार तीर्थ-स्पेशल-ट्रेन से सभी धाम का दर्शन करने जा रहा है! हो राम, हो राम!!...

राजपूतों के चार परिवारों में एक का मुसम्माती कारबार है। अर्थात् घर-मालकिन बेवा है, नाबालिग लड़का भी नहीं कोई—एक पाँच साल की लड़की है जिसे वह धोती-कुरता पहनाकर रखती है। नाम भी मर्दाना रखा है मुसम्मात ने—कुलदीप...कुलदीपिया...दीपा!

बाकी तीन में एक—ठाकुर रणवीर सिंह इलाके के नामी पहलवान रह चुके हैं। अस्सी वर्ष की उम्र में भी एक सेर चना-चबेना फाँककर पानी पीते हैं। गठिया के कारण छाने हुए घोड़े की तरह लाठी टेकते हुए डगमगाकर चलते हैं। पाँचों लड़के शहर में कमाते हैं। हर महीने दस रुपये के हिसाब से पाँच मनीआर्डर आते हैं ठाकुर साहब के नाम। और इन मनीआर्डरों के आते ही पाँचों पुत्रवधुओं से उनका वाग्युद्ध शुरू हो जाता है। सारे गोड़ियर गाँव में ठाकुर साहब की पाँचों पतोहुओं की बहादुरी की चर्चा दिन-रात होती रहती है। दिन-दहाड़े भूले-भटके छागल और बकरे को तरकारी काटनेवाले हँसुआ से ऐसी सफाई से साफ कर

देती हैं कि बकरे की मेंमियाहट भी नहीं निकल सके कंठ से!

दो घर राजपूत, सौतेले भाई हैं—दोनों खेती करने के अलावा झूठी गवाही देते हैं और लठैत का काम करते हैं।

बीस घर ग्वाले हैं। किन्तु न किसी के पास एक भैंस है और न गाय। खेती-मजदूरी के सिवा और क्या कर सकते हैं, बेचारे! किसी के पास एक धूर भी जमीन नहीं।

धानुकों का भी वही हाल है। गोड़ियर गाँव की लक्ष्मी तालेवर गोढ़ी के घर विराजती है। सभी टोले और सभी जाति के लोगों को तालेवर गोढ़ी की कृपादृष्टि पर भरोसा रहता है। इसलिए उसके दालान पर गाँव और इलाके-भर के लोग 'मुँहलगुआगिरी' करने के लिए जमा होते हैं। रामजी को आटा-घानी से कभी छुट्टी मिलती नहीं। फिर उसके पास 'दरबार लगाने' से क्या फायदा! तिजोरी की चाबी तालेवर गोढ़ी के पास रहती है। बिना बाप से पूछे वह किसी को एक 'नया पैसा' भी नहीं दे सकता।...चाबी! मरते समय ही वह किसी को देगा। क्योंकि हर बात के पहले तालेवर गोढ़ी यह कहना नहीं भूलता—मेहनत का पैसा! मेहनत करो और पैसा कमाओ, फिर देखो वह धन जो कभी घटे! मेरे घर में कोई बाढ़ का पैसा नहीं और न बाढ़ में आई हुई मछलियों के पैसे हैं। अग्रिम नगद भुगतान देकर जमींदारों से जल-कर की बन्दोबस्ती लेता था। तिस पर गाँव के बाबू लोगों के 'जोर जुलुम'। सिपाहियों को घाट पर भेजकर रोज एक पसेरी मछली 'तलवाना' में ही तलब करनेवाले ऐसे मालिकों के जल-करों से मछली, काछू (कच्छप), केंकड़ा, घोंघी निकालकर, पुरइन के पात और कमलगट्टा बेचकर मैंने किस तरह पाई-पाई बटोरा है—इसे देखा है इलाके के लोगों ने।...रात में पहले सिर्फ चोरी होती थी जल-करों की, बाद में डकैती करने लगे लोग। दल बाँधकर भाला-फरसा लेकर आते और एक ही रात में जलकर साफ! मार-पीट और मामले-मुकदमों के झंझट-फाव में!!...तो, हमारा कहना है कि मेहनत करो और बाबा बमभोलेनाथ पर भरोसा रखो—सब कारज सिद्ध!!

तालेवर गोढ़ी के दरबार में भीड़ लगी हुई है। गाँव-भर के मुँहलगुवे चापलूसों को आज बताने लायक एक बात मिली है। धानुक टोली का मोहन दफादार चूँकि सरकारी आदमी है इसलिए वह गैर-कानूनी बातें नहीं करता कभी। मोहन दफादार ने कहा—गाँव के लोग दस साल से चिल्ला रहे थे स्कूल-स्कूल, मगर स्कूल के नाम पर एक चटसार भी नहीं खुला कभी। उधर देखिए—पाकिस्थनियाँ सबको आए हुए छह महीने भी नहीं हुए हैं, मिडल स्कूल खोलने का औडर पास हो गया।

सभी ने एक ही साथ अचरज से आँखें फाड़ते हुए पूछा—क्या...या...या? स्कूल? पाकिस्थनियाँ टोला में?

इसके बाद थोड़ी देर खामोशी छाई रही। सभी की निगाहें तालेवर गोढ़ी पर जा अटकीं। तालेवर गोढ़ी ने हाथ की 'सुमिरनी' पर 'सतनाम-सहसर नाम' आदि मंत्र कहकर विराम दिया। फिर—खखारकर झोली से हाथ निकालकर बोला—क्या हुआ?

—स्कूल खुल गया, पाकिस्थनियाँ टोली में। मिडल स्कूल।

—मिडल ही क्यों, हाई स्कूल भी खुल सकता है। तालेवर गोढ़ी ने निर्विकार भाव से कहा—जो सचमुच अपने बच्चों को पढ़ाना चाहते हैं, सरकार उनके लिए स्कूल जरूर खोलेगी। इसमें अचरज करने की क्या बात है?

—हम लोगों का दर्खास्त दस साल से खटाई में...।

—क्या बात करते हो बेंगाईदास! दस साल से दर्खास्त खटाई में फूलने किसने दिया? गाँववालों ने ही तो। जब जाँच में अफसर साहब आए तो सभी ने रामजी के ऊपर सारी जिम्मेवारी फेंक दी—स्कूल की बात जानें रामजी बाबू!...रामजी बाबू को मुसम्मात का बेटा समझा गाँववालों ने। चलो—'परसिडंट' बना दिया बाबू को, बाबू फूलकर 'फोकचामछली' (बॉल फिश) हो गए और चन्दा में कड़कड़ाकर 'नम्बरी-नोट' गिन देंगे।...वह गुड़ नहीं जो चींटी खाए! मेहनत करो! मेहनत का फल चखोगे तो बूझोगे।

—वाजिब बात, वाजिब बात!

—सही कहते हैं आप।

—असले कहते हैं।

—हाँ भाई, बात तो तालेवर भाई साढ़े सोलह आने सही कहते हैं।

तालेवर गोढ़ी की वाजिब बात सुनकर सभी के चेहरे मुरझा गए।...आज बुढ़वा खखुवाया हुआ है शायद? आज कोई काम बनेगा नहीं।

तालेवर गोढ़ी ने लोगों के मुरझाए हुए चेहरों को फिर खिला दिया। बोले—भैया, तुम लोग कहाँ हो? पाकिस्थनियाँ सब बसेगा? बस सकेगा? बसने का होता तो ये जहाँ बसे हुए थे वहाँ से भागते ही क्यों?

दोनों सौतेले भाई जयराम सिंघ और रामजय सिंघ आजकल तालेवर गोढ़ी के बिना पैसा के लठैत हैं। जयराम सिंघ बोला—जहाँ-जहाँ कोलोनी बसाया वहाँ जाकर देखिए। ई बंगलिया सब देखने में निबोलिया' लगते हैं लेकिन भीतर से बड़ा 'मारखु' होते हैं। रातोंरात सिमेंट-लोहा-लक्कड़ बेचकर गाँव के गाँव—परेट (अर्थात् भाग गए)। सिसुआ में, महिचन्दा में—सब जगह कोलोनी का यही हाल हुआ।

—कामचोर हैं सब।

—फैसन देखा है?

—साला, जनानी भी खड़ाऊँ पहनकर चलेगी। धरती पर पैर नहीं देगी।

—धरती पर पैर कैसे दे? सरकार बहादुर का रुपया है—घर की मुर्गी है चाहे दाल बनाओ...!

इस बार तालेवर गोढ़ी फिर खखुवाया—अरे, सरकार बहादुर! अब सरकार बहादुर कहाँ? अब कंगरेस बहादुर कहो। अपना राज है—मन का मौज है। नेहरू जी को लगता है क्या—रुपया खर्च होता है हो। मरेगी पबलिक।

इस बार मोहन दफादार को तालेवर गोढ़ी की बात को काटने का अवसर मिला—नेहरू जी को काहे दोख देते हैं? और सरकार का ही क्या कसूर है?

तालेवर गोढ़ी आज डरा नहीं। उसने बात को सिर्फ पलट दिया—अजी, नेहरू जी को कौन 'दोख' देता है! सब कसूर है ई 'चोरवा' सबका।

—चोरवा?

तालेवर गोढ़ी स्थानीय काँग्रेसियों को 'चोरवा' कहता है। जब मोहन दफादार ने पूछ दिया तो बात के रुख को फिर मोड़कर जवाब देना होगा—चोरवा माने जो लोग सरकारी रुपये इस तरह धोखा देकर ले भागते हैं उनको क्या कहोगे?

—ओ!

तालेवर गोढ़ी आज कोई राजनीतिक बात नहीं करना चाहता। वह शुरू से ही प्रसंग को बदलना चाहता था। लेकिन मुँह से दो बातें निकल ही गईं। अब कहीं जो मोहना दफादार जाकर लगा दे थाना में तो हुआ—मुफ्त में एक नम्बरी...।

तालेवर गोढ़ी ठाकुर रणवीर सिंह पहलवान से बीस बरस छोटा है तो क्या हुआ—साठा पर पाठा है। ऐसे अवसरों पर औरतों से सम्बन्धित कोई गप्प शुरू कर देता है। हाथ किन्तु सुमरनी पर ही रहता है—छाजा-बाजा केश—तीन बंगाला देश। तो, क्या सभी पाकिस्थनियाँ औरतों के केश एड़ी तक लम्बे हैं!

कुताय धानुक ने कहा—केश एड़ी तक तो नहीं, पर केश सभी को हैं। देखने 'जोग' केश...।

मुँहलगुआ-गोष्ठी हठात् चौंक उठी—पंडित रामचन्द्र चौधरी!...चौधरी जी!! तालेवर गोढ़ी ने उठकर प्रणाम किया—

—गोड़ लगता हूँ चौधरी जी।

—परनाम! परनाम!!

—जीयऽ जीयऽ जीयऽ...

पंडित रामचन्द्र चौधरी ने बारी-बारी से सभी को आशीर्वाद दिया और भेदभरी दृष्टि से एक-एक की ओर देखा।...सिर्फ पाँच वर्ष! बस इतने ही दिनों में क्या से क्या हो गया। ये सभी मुँहलगुए चौधरी के दरबार के हैं। बड़े मुकदमे में सभी चौधरी के गवाह थे। मोहन दफादार भी। खूब लूटा इन लोगों ने मिलकर चौधरी को।...'गुड़ पर मक्खी दौड़ल जाय'!

चौधरी ने कहा—कहाँ की बात हो रही थी?

—इसी पाकिस्थानी टोला की। कोलोनी में स्कूल खोलने का औडर पास हो गया।

—यदि स्कूल का पैसा खाकर बंगलिया सब नहीं भागे तो मेरा नाम रामचन्द्र चौधरी नहीं, कुकुरचन्द्र चौधरी कहना। जितने निठल्ले और कामचोर लोग थे सब रिफूजी हो गए हैं। मगर पंजाबी-रिफूजी ऐसे नहीं। पटना में जवीशन रोड के बगल में लौलोसेन के सामने एक पंजाबी-रिफूजी की पकौड़ी की दुकान थी। बालिस्टर साहब के बासा से सटे हुए ही। बूढ़ा-बूढ़ी दिन-रात पकौड़ी और घुघनी बेचते—जब हम लोग पहली बार गए थे। और जब मुकदमा का जजमिंट सुनने गए तो देखा कि न पकौड़ी है न पकौड़ी की दुकान और न पकौड़ी बनानेवाले बूढ़े-बूढ़ी... ?

—कहाँ चले गए सब? सरकारी कर्जा खाकर भाग गए?

—नहीं भाई, वे क्यों भागेंगे? भागें ये बंगाली-रिफूजी। अजी, क्या बतलावें। देखकर दंग रह जाना पड़ा। कहाँ वह टीन की छत्ती और कहाँ तीन मंजिला ब्लिडिंग। सुनोगे, किसकी ब्लिडिंग... ?

—ब्लिडिंग क्या?

—ब्लिडिंग माने आलीशान पोख्ता मकान!—मोहन दफादार ने पूछनेवाले को समझा दिया।

जयराम सिंह ने समझ लिया किसका मकान होगा। बोला—वही पकौड़ी बेचनेवाले की ब्लिडिंग होगी। है न चौधरी मौसा!

—तुमने ठीक समझा है। अब सोचो कि कहाँ पंजाबी-रिफूजी और कहाँ बंगाली-रिफूजी!

मोहन दफादार ने भी ताईद की—चौधरी जी ठीक कहते हैं। मेहनत के नाम से इनका भूत भागता है और दिन-भर एक जगह झुंड बाँधकर बैठे-बैठे लोग बीड़ी धूकते हैं और हमेशा कचर-पचर करके न जाने क्या-क्या बोलते रहते हैं—और 'सालार बेटा साला' सभी को कहेंगे।

चौधरी बोले—कल का किस्सा बतलाता हूँ। एक बंगलिया छौंड़ा फेरी करने के लिए गाँव पर आया। तो, जैसा कि बच्चे सब कहते हैं, कहने लगे—'दाल पकाया भात पकाया परवल की तरकारी—मीन मारकर भोग लगावे अधम जात बंगाली।' कि बस, उस रत्ती-भर लौंडे को यह छोटी-सी बात इस सरह लगी कि आँखें लाल करके दाँत कटकटाने लगा और अपनी भाषा में बच्चों को गाली देने लगा।

—क्या कहा? सालार बेटा साला?

—नहीं जी, उसने तो समझा कि यहाँ हमारी भाषा समझनेवाला कोई है नहीं।...यहाँ सारी उम्र पूरब-बंगाल में ही कटी है। उसने सालार बेटा साला नहीं कहा—क्योंकि साला तो जैसे बिहार में, वैसे बंगाल में। साला कहने से तो सभी समझेंगे। उसने कहा—असब्बो, जोंगली, खोट्टा...!!

तालेवर गोढ़ी की उँगली सुमरनी पर चल रही थी। उसने 'सतनाम सहसर नाम' कहकर जाप में विराम दिया। पूछा—असब्बो तो बहुत खराब गाली मालूम होता है। पंडित जी?

चौधरी जी ने कहा—ऐसा-वैसा खराब नहीं। असब्बो माने असभ्य, जोंगली माने जंगली, खोट्टा माने राड़-बदमाश। 'साला-हरामजादा' तो व्यक्तिगत-गाली है। लेकिन ये गालियाँ ऐसी हैं कि एक को दीजिए तो सारे गाँव-टोला-समाज पर पड़े।

—हह, तब तो बड़ा 'शबदभेदी' गाली जानते हैं ये लोग! —तालेवर गोढ़ी ने अपने पोपले मुँह को संकुचित करके कहा।

—तालेवर बाबू, अभी किस्सा खतम कहाँ हुआ है! जब कामदेव ने उसको टोका तो कहने लगा—हाम को कुछ बोलेगा तो हाम हांगर-इस्टराइक करेगा तुम्हारा घर पर।

—इतनी बड़ी धमकी उस लौंडे ने दी?

तालेवर गोढ़ी को फिर पूछना पड़ा—हांगर क्या?

मोहन दफादार ने इस बार अर्थ नहीं समझाया। पंडित जी ने ही कहा—अनशन।

—अनशन क्या?

—बिना खाए-पीये मर जाना। यह तो आत्महत्या के बराबर है। बिना सरकारी-परमिशन से कोई हंगर-इस्टरायक नहीं कर सकता। महात्मा जी भी जब करते थे तो पहले सरकार से हुक्म ले लेते थे।

उस दिन जब सभी उठकर चले गए तो तालेवर गोढ़ी ने जयराम सिंघ से एकान्त में पूछा—तुम कोलोनी में गए हो कभी?

—गया तो हूँ।

—कैसे लोग हैं? तुमने किसी से दोस्ती नहीं की अब तक?

—जयराम सिंघ इस प्रश्न का 'भीतरी मतलब' समझता है। तालेवर मालिक जानना चाहते हैं कि कोई लठैत-वठैत या गुंडा-बदमाश कोलोनी में है या नहीं।

जयराम सिंघ ने बड़े-बड़े दरबारों में काम किया है। इसलिए ऐसे अवसर पर क्या कहना चाहिए, जानता है। उसने कहा—पाकिस्तानी हो या हिन्दुस्तानी, आदमी हर किस्म के होते हैं और सभी जगह होते हैं।

तालेवर गोढ़ी ने जयराम सिंघ को एक रुपया दिया—गाँजा की खुराकी।

—और केश क्या सचमुच एड़ी तक होता है बंगालिनों का?

—मालिक, ये भी कोई बंगाली हैं। झर-बंगाली हैं सब। देखने में न किसी का मुँह न किसी की नाक। 'अरजल-खरजल' सब हैं।

जयराम सिंघ को अचरज हुआ—आज बूढ़े ने दो-दो बार बंगालिन के एड़ी तक लम्बे केश के बारे में पूछा, क्यों पूछा?...छाजा-बाजा-केश, तीन बंगाला देश!

चार

छाजा-बाजा...!

बाजे में बाजा एक खोल और बंगला देश की सारंगी—एक हाथ की। और उसी पर जब 'गान' करने लगते हैं ये तो कॉलोनी के बाहर सड़क पर गोड़ियर गाँव के एकाध रसिक ठिठककर सदा खड़े हो रहते हैं...सचमुच, कीर्तन गाना जानते हैं बंगाली ही! लेकिन रात में कॉलॅनी में जाते डर लगता है। बड़े कानूनची लोग हैं। कॉलॅनी का कानून न जाने कैसा है कि सभी कहते हैं—कॉलॅनी का कानून नहीं जानते?

—सारंगी से मिल जाता है गला, सुनते हो?

—औरत गाती है। मुलगैन ही जनाना है।

कारे मंडल और रब्बी पासमान दोनों को बचपन की याद आती है—'बाला लखिन्दर-बेहूला' नाच में दोनों नटुआ थे। करीब तीस साल पहले इस इलाके में यह नाच खूब चला था। बंगाल—पाला। रब्बी पासमान वाला लखिन्दर बनता था और कारे मंडल बेहुला! वही पुरानी दोस्ती आज तक निभा रहे हैं—दोनों।

कारे मंडल ने कहा—पालवेत! (मित्र!) कुछ याद आती है? अभी जो गीत हो रहा था उसका 'भास' (लय) ठीक 'बेहुला-विलाप' से नहीं मिलता?

इतना कहकर कारे ने गुनगुनाना शुरू किया—

—अ-की दूख लिखिलो आमार कपाले हो भगवान की दूख लिखिलो आमार कपाले!

रब्बी पासमान बोला—खोल का ताल भी वही है।

—पालवेत! चलोगे?

—नहीं पालवेत, कोलोनी का कानून बहुत खराब है।

—किसी दिन सूरज रहते ही आकर कोलोनी के सरगना से मिलकर हेलमेल बढ़ाना चाहिए। क्यों पालवेत?

टॉर्च की रोशनी पीछे से पड़ी तो दोनों चौंक गए।

गोपाल पाइन डर गया। वह टॉर्च की रोशनी बुझाकर खड़ा रहा। बहुत साहस करके उसने पूछा—के?

रब्बी और कारे ने एक ही साथ कहा—हम लोग! भैंस खोज रहे हैं।...मोंइस...मोंइस बंगाली मोसाय!

—भैंस?...मोंस? तो, इधर में काहे वास्ते?

गोपाल पाइन की भर्राई हुई आवाज सुनकर दोनों को साहस हुआ। तीस साल पहले बेहुला नाच में सीखी हुई अद्‌भुत और खिचड़ी बंगला-वार्ता-ज्ञान के बल पर कारे मंडल कभी-कभी अपने पालवेत से बंगला में ही बातें करता है। आज वह ज्ञान काम में आया। कारे ने कहा—नोमोस्कार हे कत्ता! हामी मोंइस खोजै यांछी। इ दिके आईंयाछी तो मिष्टी-गान सुनीया मन लोभैंयाछी ताहि से एइखान दांड़ैयाछी तो कोई बेजाइ करैयांछी?...नोमोस्कार।

गोपाल पाइन का धड़कता हुआ दिल सहज गति से चलने लगा...नोमोस्कार हे कत्ता?...हामी मोंस खोजैयांछी?

गोपाल पाइन के टॉर्च की धुँधली रोशनी में भी एक पालवेत ने दूसरे को 'कनखी-नजर' से देखा—घसको अब! शायद बिगुल फूँकेगा।

गोपाल पाइन जेब से बीड़ी निकालकर सुलगाने लगा तो रब्बी चिल्लाया—ना-ना। ओइ सीठी ना बजैयाँ। सीठी हरगिस ना बजैयाँ। हामरा भालो-नोक। बदनोक नाहीं।

गोपाल पाइन समझ गया, दोनों 'आपन-पाटी' का 'मानुस' है। वह कहा करता है—दीदी ठाकरुन, दूसरे देश का आदमी भी 'आपन-पाटी' का हो, यह इसी जिला में आकर देखा—'सोमोस्त हिन्दुस्तान' में। यहाँ पर कुछ लोग ऐसे भी मिले हैं जो हम लोगों की बोली में बात करना चाहते हैं। बंगला देश की और बंगला देश की सभी चीज की तारीफ करते हैं और अपने देश को 'भुच्च' अर्थात् मूर्ख कहते हैं।...गोपाल पाइन 'आपन पाटी' के लोगों से ठीक ऐसी ही खिचड़ी बोली में बातें किया करता है। बोला—बदनोक नाहीं तो ठाकुरतलाय गिया गान सुनो। चलो! हामार देश का गान बुझता है?

—हें-ए-ए! गान बुझी की—हामी आपको देशेर गान गाही—बेहुला-लखिन्दर करीताम हामी, कलंक भंजन, दाता करन, गुरुदखिना सँब गाही।

—अच्छा? तब तो खूब भालो।

—भालो की भालोर जैसा! हामो बनीताम बेहुला। होई बोनितो—नखिन्दर।

—अच्छा? तब तो हम लोग का कीर्तन भी खूब गा सकता है। ठीक है, चलो। दीदी ठाकरुन को बोलकर कीर्तन में हम...।

सामने की सड़क पर टॉर्च की बहुत तेज रोशनी लपलपाई और दूर से ही किसी ने पूछा—कौन लोग हैं हो?

रब्बी ने पहचाना, जयराम सिंघ?...जयराम सिंघ भी कीर्तन सुनने आया है या उसका भी कुछ 'भुला' गया है?

—कौन? मामा? हम लोग हैं। पालवेत है और कोलोनी के...

गोपाल पाइन ने धीरे से कहा—इंग्रेजी मास्टर।

—कोलोनी-स्कूल का इंग्रेजी मास्टर!

जयराम सिंघ ने आकर कहा—तो तुम लोगों ने इस बेचारे मास्टर को यहाँ चौरास्ता पर काहे घेरा है?

गोपाल पाइन ने परख लिया—यह आदमी भला नहीं। यह 'अपना पाटी' का नहीं 'उस पाटी' का है। हुँ! बेचारे मास्टर! गोपाल पाइन बेचारा नहीं। होनेवाले सरकारी स्कूल का अँगरेजी टीचर है।...सचारा है गोपाल पाइन।

रब्बी के जी में आया कि वह कॉलॅनी के इस बेचारे मास्टर को बंगला में ही चेतावनी दे दे। तब तक जयराम सिंघ एकदम करीब आ गया—अरे तुम लोगों ने इधर मेरी भैंस देखी है?

गोपाल पाइन को अचरज हुआ—सभी की भैंस ही खोती है यहाँ?

उसने रब्बी और कारे से विदा लेते हुए घुनघुनाकर कहा—देखा हबे एक दिन।

कारे ने कहा—जरूर हौबे।

गोपाल पाइन चला गया तो जयराम ने गंजी की 'भीतरजेबी' में हाथ डालकर तम्बाकू-खैनी की टिकिया निकाली। वह जानता है, दोनों खैनी भी खाते हैं और चिलम के भी भक्त हैं।

जयराम सिंघ ने पूछा—खैनी खाओगे?

रब्बी बोला—मामा, तुम पूछकर खैनी कब से खिलाने लगे? खैनी नहीं, पीनी की बात पूछो।

जयराम सिंघ के बटुए में तीन खुराक खैनी और एक चिलम गाँजा हर वक्त तैयार रहता है। चिलम सुलगाने के लिए पाट की सुतली का गाँठदार हार बनाकर रखता है।...एक गिरह काटकर माचिस दिखला दो, आग की गुल्ली तैयार।

तीनों एक स्थान पर बैठ गए। यहीं इस नबीनगर गाँव की तख्ती गाड़ी गई थी।

चिलम का पहला फेरा पड़ने के बाद जयराम सिंघ ने ही पूछा—तुम लोगों को कोलोनीवालों से हेलमेल हो चुका है क्या?

रब्बी ने धुएँ को अन्दर दबाते हुए सिर हिलाया—नहीं मामा! कोलोनी का कानून बहुत खराब! बाहरी लोगों का गाँव में आना और हेलमेल बढ़ाना उन्हें पसन्द नहीं।

कारे अब तक चुप था। उसे इस जयराम सिंघ नामक आदमी को देखते ही मितली आने लगती है।...आदमी नहीं पिशाच है। पता नहीं किधर चला है! पालवेत ने खूब सँभलकर बात की। वाह रे पालवेत!

—तो इस मस्टरवा से क्या बतिया रहे थे?

कारे ने कहा—पूछ रहे थे कि उन लोगों के पास कोई पुराना-धुराना खोल 'बिकरू' (बिकाऊ) है?

वाह रे पालवेत! रब्बी मन-ही-मन अपने मित्र पर प्रसन्न हुआ।

जयराम सिंघ ने कहा—सुनते हैं इस कोलोनी में दमा की जड़ी जानता है कोई?

—सो सब तो अब दिन उगने पर...।

जयराम सिंघ की 'ठकुराई' पर आँच पड़ी। उसने कहा—कोलोनी के कानून की ऐसी-तैसी। रात में गाँव में नहीं जाएगा कोई? यह भी कोई कानून है?

गरमागरम चिलम में कपड़े की 'साफी' लपेटकर बटुए में रखते हुए उसने कहा—हमारी भैंस इसी टोले में 'भुला' कर गई है।

रब्बी और कारे टुकुर-टुकुर देखते रहे और जयराम सिंघ कन्धे पर लाठी रखकर कॉलॅनी की ओर चला गया।

पालवेत? क्या समझा?

—यही कि अब यह कोलोनी उमड़ी। यहाँ से भी सब कुछ बेच-बाँचकर भागेंगे लोग।

छाजा-बाजा...!!

आज पवित्रा कीर्तन में नहीं है। महीने में एक कीर्तन नागा करती है। उस दिन अपने झोंपड़े में पड़ी-पड़ी दूर से ही कीर्तन सुनती है और मैमनसिंघ जिला के जुमापुर गाँव में पहुँच जाती है। अपने गाँव में!...और किसी भी दिन, एक क्षण के लिए भी, गाँव की याद को नहीं आने देती है पवित्रा!

कुमारी पवित्रा चटर्जी।

सरकारी कागज और रजिस्टर में यही नाम लिखा हुआ है। नाम के साथ जुड़ी हुई रानी... ? पवित्रारानी। पबी, पोदा, पोत्रा, पाता—कितने नाम! किन्तु माँ कहती—'बूलू'। बाबूजी—'पाता'!

—माँ पाता!

—बलि कऽपाता होलो?...पूछती हूँ कि कितने पन्ने हुए कि पाता को पुकार रहे हो—पवित्रा की माँ को यह 'लाड़-दुलार' पसन्द नहीं।...तुम 'पंडित-मानुस' ठहरे—क्या तुम्हारी बेटी भी तुम्हारे-जैसा पंडित है जो उसे बुलाकर सुनाए बिना तुम्हारी कीर्तन-रचना नहीं होती?...और, कौन गाएगा तुम्हारा रचा हुआ कीर्तन? देश में क्या कीर्तन की किताब का अभाव है?

...बंगला देश में कीर्तन का अभाव हो या नहीं—पवित्रा के पिता काशीनाथ चटर्जी के मन के कोने में नए-नए भाव सदा उमड़ते रहते—बरसाती बादलों की

तरह। पद सुनाते समय आँखें झरने लगतीं, गले में कँपकँपी! सुननेवाले—समझनेवाले का अभाव वह अवश्य अनुभव करता।

फिर वह हल्देपाखी आई है। कृष्णचूड़ा पर ही आकर बैठी है—का कस्य परिवेदना!

पवित्रा के पिता—जुमापुर गाँव के एकमात्र हिन्दू-जमींदार। एकमात्र ब्राह्मण-परिवार। एकमात्र सवर्ण हिन्दू!

...गाँव में तीन और जमींदार थे। तीनों मुसलमान। मुसलमानों की तेरह टोली और हिन्दुओं के सब मिलाकर ढाई मुहल्ले। गाँव के सभी लोग, हिन्दू-मुसलमान, पवित्रा के पिता को 'पिताठाकुर' कहते थे। और पवित्रा की हवेली का नाम मशहूर था—ठाकुर बाड़ी।

काशीनाथ चटर्जी बंगला और संस्कृत के ही पंडित नहीं, उर्दू और फारसी के भी अच्छे जानकार थे।...जुमापुर की 'मजलिस' में दूर-दूर के मौलवी और मुल्ले आते थे और काशीनाथ चटर्जी उन लोगों से घंटों इस्लाम मजहब की बारीक बातों पर बहस करते। घर में जब किसी बात पर उन्हें तरस आती तो वे प्राय: फारसी का कोई पद्य दुहराते थे। उस समय सारे घर में एक दबी हुई हँसी खेल जाती। किन्तु जब उसका अर्थ ठेठ बंगला में सुनाया जाता तो...व्यंग्यबाण का शिकार व्यक्ति छटपटाकर रह जाए! माँ कहती—दिन नहीं, रात नहीं—हमेशा 'कलमा'!

दिन-रात कलमा!

...अरबी या फारसी के चन्द जुमले! अल्ला हो अकबर!! और—शिकार छटपटा रहा है। लाशें तड़प रही हैं?...बड़ंदा के धरेछे? बड़े भैया को पकड़ लिया? सर्वनाश! अल्ला हो—मानिक के धरेछे? मानिक भी पकड़ा गया? सर्वनाश! आग में झोंक दिया? बाबा कोथाय? बाबा? माँ गो? तुमी कोथाय?...साला बूड़ा कोथाय? सालार बिटी कोथाय? उर बिटी के आमी...? ना, आगे आमी? जे धरबे से आगे! घर-घर!! खोज-खोज। आगुन लागा। अल्ला हो अकबर! कर्मफर सालार बिटी कोय?...

—दीदी ठाकरुन!

...का कस्य परिवेदना!

...नहीं। मैं क्या करूँ? आमि धरा देबो ना? मैं मानूँगी? आमि बाँचबो। मैं जीना चाहती हूँ!

—दीदी ठाकरुन?

—आमि बाँचते चाय...?

—सोपोन देख सो? कालाचाँद की माँ ने कहा—कीर्तन तो समाप्त हो गया। उस गाँव से एक आदमी आया है। कालो-कुलो! खूब गेंट्टा-सेंट्टा!! हाथ में पाँच

हाथ की लाठी है। कहता है—मिलवाले का 'कारपोरदार ना कारपोद्दार' क्या है?

—कहाँ आया है? मुझे खोजने? ना-ना! वे मुझे मार डालेंगे! मुझे...मुझे... खोजने क्यों?

—नहीं, वह कहने आया है कि हम लोगों की गाय जिस जमीन पर चरती है यह कोलोनी की नहीं, मिलवाले की है। जो गाय चरावेगा उसे 'खाजना' देना होगा!

...टु-टु! टु-टु!!

शारदा बर्मन 'कोलोनी-रक्षा-दल' का नायक है। समय पड़ने पर सीटी बजाकर रक्षा दल के नौजवानों को बुलाता है।

कालाचाँद की माँ बोली—वही सुनिए...बाँसी बाजलो!

पवित्रा का रक्षादल से कोई सम्बन्ध नहीं। फिर भी वह रक्षादल के 'वालंटियर' की तरह तुरन्त उठकर खड़ी हो गई—न मालूम क्या हुआ?

'ठाकुरतला' के बाहर गोपाल पाइन की आवाज सुनाई पड़ रही है—अभी रात में खाजना तागादा होता है? इस देश का यही कानून है? आप 'अगाड़ी में बोला' (पहले बोले) कि मोंस (भैंस) खोजने आया है। इनके बाद खाजना... ?

—की? की? होलो टा की?...आखिर हुआ क्या?

—होबे आर की?...जिस देश का जो रिवाज। इस देश में राज-काज, खाजना-तागादा—सब साला रात में होता है? मोंस भी साला रात में खो जाता है।...

दस-ग्यारह साल से बिहार के विभिन्न इलाकों में रहकर दल की दीदी ठाकरुन पवित्रा ने बोलचाल की हिन्दी सीख ली है। सदा शुद्ध ही बोलने की चेष्टा करती है और स्थानीय शब्दों और मुहावरों को बहुत सतर्कता से सुनती और व्यवहार में लाती है।

पवित्रा ने रक्षादल के घेरे के बीच लाठी लेकर खड़े जयराम सिंघ से पूछा—क्या है भाई साहब?

जयराम सिंघ ने आज पहली बार देखा है पवित्रा को। गाँव के लोग ठीक ही कहते थे—पाकिस्थानी टोला में एक ही बंगालिन है, बाकी सब अरजल-खरजल। एक झुंड पनकौड़ों और पनकौओं के बीच एक...एक...हंस?

जयराम सिंघ ने इस जिला के कई 'दरबार' में नौकरी की है। लेकिन, मर्दाना औरत से पहली बार मुकाबला हुआ है। उसने झुककर बन्दगी करते हुए कहा—माताराम जयहिन्द! देखिए—माताराम!...

—दीदी ठाकरुन बोलिए। 'बामून' की लड़की है फिर 'जै हिन्द' क्यों बोलते हैं?—कोलोनी के किसी व्यक्ति ने टोका।

—देखिए—दीदी-राम!...

इस बार कई बच्चे हँस पड़े। वातावरण थोड़ा हलका हो गया। बच्चों पर डाँट

पड़ी। वे चुप हो गए तो जयराम सिंघ ने फिर अपना बयान जारी किया—बात यह है कि हम ठहरे नौकर। हमको तो जैसा हुकुम मालिक का होगा वैसा ही करना होगा।

—चौरस्ता पर आप बोले कि 'मोंस' खोजने आया... ?

—देखिए मास्टर साहब! जयराम सिंघ ने खुशामद के सुर में कहना शुरू किया—यह आप लोगों का बंगला मुलुक तो नहीं है कि आदमी जिस काम से निकले बस वही एक काम करे। हम लोगों के बिहार में एक आदमी जब किसी तरफ निकलता है तो उधर का सभी काम कर के वापस लौटता है। हमारे देश में लोग गंगा-स्नान भी करने जाते हैं और सुँगठी (सूखी मछली) का व्यापार भी। आप लोगों की तरह 'अकिल-ज्ञान' और 'संगठन' यदि इस देश में रहता तो फिर... ?

गोपाल पाइन असमंजस में पड़ गया...यह आदमी भी 'आपन-पाटी' का मालूम होता है! तब इतनी देर से क्यों फिजूल बक-बक कर रहा था?

पवित्रा को एक नया मुहावरा मिला—गंगा-स्नान और सुँगठी का व्यापार एक ही साथ।

—तो मालिक बोले कि उधर भैंस खोजने जाते हो तो जरा पाकिस्थानी टोला... ।

—ए सिंघ जी। पाकिस्थानी टोला मत बोलिए। इस गाँव का नाम नोबीननगर है। जान लीजिए, नहीं जानते थे तो!...'अगाड़ी' से नोबीननगर ही बोलिए।

—कौन नगर?

पवित्रा बोली—देखिए भाई साहब, पूर्णियाँ में दस तारीख को कोलोनी कमिटी की मीटिंग है। मैं उसमें इस सवाल को रखूँगी कि नबीनगर कॉलोनी के आसपास की परती जमीन पर मवेशी चराने के लिए खाजना देना होगा क्या? यदि देना होगा तो किस फंड से और किसको?

जयराम सिंघ का मुँह सूख गया। उसने जीभ से मुँह की खैनी को मुँह में ही घुलाते हुए कहा—इसमें मिटिंग-उटिंग के झंझट में क्यों पड़ने जाइएगा आप?

—कैसे?

—आप लोग मालिक से मिलकर 'इस्तदुआ' कीजिए कि परती की 'चराई' माफ हो जाए। बहुत 'धर्मी' और नेमी आदमी हैं तालेवर बाबू। जाति के गोढ़ी हैं तो क्या हुआ—ऐसा दयावान इस 'एतराफ' में कोई नहीं मिलेगा।

मालिक से मिलकर क्या होगा सिंघ जी। मालिक तो अपना घर में है। हमारे वास्ते तो आप ही मालिक हैं। आप ही 'दोया' कर दीजिए तो फिर... । छिदामदास ने 'फिर' कहकर अपने साथियों की ओर देखा। पवित्रा सब समझती है...यह ट्यूबवेल-फिटर नहीं।

पवित्रा हँसी।

जयराम सिंघ भी हँसा। इस बार खैनी थूकते हुए बोला—ऐसी बात करते हैं तो जाइए, आप लोगों की 'चरी-चराई' एकदम 'फिरी'। बात यह है कि प्रेमभाव से यदि कोई बात बोला जाय तो उसका जवाब भी प्रेमभाव से देते हैं लोग। हम लोगों को इतना मत समझिए कि प्रेम का बर्ताव करना नहीं जानते। चलिए अब तो हुआ। एकदम 'फिरी'—चराइए जहाँ मन आवे अपनी गाय और बकरी। कोई कुछ नहीं बोल सकता। बात यह है कि असल चीज है मन का प्रेम...।

पवित्रा ने आज शाम को नहाया है। उसके बाल खुले हुए हैं। जयराम सिंघ ने चलते समय कनखी निगाह से पवित्रा के लम्बे बालों की ओर देखा—सचमुच, एड़ी तक केश हैं!

...इस्स! कहाँ आकर फँस गया था जयराम सिंघ? जब बंगलिया कानून से 'जलजल' करता है!...सीटी फूँकने लगा तो जयराम सिंघ की देह में कँपकँपी दौड़ गई थी! इस्स!!

पाँच

हरिप्रसाद जादब आया है, घोड़े पर।...सचमुच बहुत पान खाता है यह आदमी! कॉलॅनी से बाहर ठीक चौरास्ता पर—जहाँ गाँव के नाम की तख्ती गाड़ी गई थी—योगेशदास से भेंट हो गई हरिप्रसाद जादब की—नमस्कार जोगेश बाबू!

हरिप्रसाद जादब घोड़े से नीचे उतरा।...इस इलाके में घुड़सवार आदमी गुरुजनों के प्रति आदर और सम्मान दिखलाने के लिए घोड़े से उतरकर बातें करता है।

योगेशदास चौंका...बेटा, यहाँ भी पता लगा लिया?

—हम एक दिन और भी आए थे। आप कस्बा चले गए थे, मालूम हुआ।

योगेशदास ने हँसने की चेष्टा की और अचरज से बोला—अच्छा? हमको तो कुछ भी नहीं मालूम।

—तो, संध्या ने कुछ भी नहीं कहा अपने बाप से? इतना भी नहीं कि हरि आया था?

योगेशदास को ही पूछना पड़ा—तब? इधर किस काम से?...देखिए हरि बाबू! योगेशदास ने इधर-उधर देखकर कहा—आपका रुपया हम भूला नहीं है। जोगाड़ में लगे हुए हैं। अभी लोन का औडर आ गया है। हजार-पाँच सौ जरूर मिलेगा, तब आपका रुपया हम आपके घर पर 'चुकाय' देगा। जैसा माफिक 'चुपीचुपी' लिया था वैसा माफिक 'चुपीचुपी' दे आवेगा। कोलोनी में यह बात मालूम होने से जरा...।

हरिप्रसाद ने कहा—नहीं जोगेश बाबू, हम रुपया के तागादा में नहीं आए हैं। हम आए थे...जरा...कोलोनी-मेम्बर से...क्या नाम है उनका—श्रीमती पवित्रा देवी से मिलना चाहते हैं।

—ओ? दीदी ठाकरुन से?...क्या काम है?

—ऐसे ही। जरा दर्शन और सत्संग! बहुत नाम सुना है उनका।

—कहाँ सुना है?

अब हरिप्रसाद चुप हो गया। वह कस्बा-कॉलॅनी के गौरांग सरकार का नाम कैसे ले?

कालाचाँद ने दूर से ही पहचाना—वही है मनिआर्डर भेजनेवाला।

गोपाल पाइन को अचरज होता है—सभी उसी जगह चौरास्ते पर—जहाँ गाँव के नाम की तख्ती टँगी थी—क्यों खड़ा होते हैं।...जगह थोड़ी ऊँची है!

शारदा बर्मन के बड़े भाई आनन्द बर्मन का यह विश्वास पक्का है कि चौरास्ते पर एक चाय की दुकान धूमधाम से चल सकती है।...न मालूम लोन के पैसे कब मिलते हैं!

कालाचाँद ने आगे बढ़कर नमस्कार किया और योगेशदास से पूछा—आगेकार जाना लोक?...जान-पहचान पहले से ही है क्या इनसे? क्यों जोगेश दा?

योगेशदास के पहले ही जादब ने कहा—नमस्कार-नमस्कार! हाँ, योगेश बाबू से महिचन्दा कोलोनी से ही जान-पहचान है।

योगेशदास तनिक डर गया, शायद।

महिचन्दा कॉलॅनी में रहता था योगेशदास। जब महिचन्दा कॉलॅनी के सभी सदस्य, सब-कुछ बेचकर कलकत्ता भाग रहे थे तो एक बैलगाड़ी के अभाव में योगेशदास उन लोगों के साथ नहीं जा सका। और तीसरे दिन जब बात फैली, इधर-उधर तार और टेलीफोन किए गए तो पूर्णियाँ स्टेशन पर सिर्फ योगेशदास ही सपरिवार पकड़ में आ सके!...बहुत दिनों तक मामला-मुकदमा, थाना-कचहरी करना पड़ा था योगेशदास को। कॉलॅनी-कमिटी ने योगेशदास को सभी जुर्मों से बरी कराकर नबीनगर कॉलॅनी में बसाया था। कॉलॅनी के कई कूट और व्यंग्य करनेवाले यदा-कदा तीर छोड़ ही देते हैं—की जुगीदा?...फिर कोई हाथ मारने का इरादा है क्या? महिचन्दा गाँव के कई बनियों ने आकर उसे बेपानी कर दिया है एक दिन।...सूद सहित डेढ़ सौ रुपये लिये बिना टलेंगे नहीं इस गाँव से! दीदी ठाकरुन ने एक सौ रुपये 'फंड' से देकर योगेश का पिंड छुड़ाया था। बाद में कॉलॅनी-मीटिंग में दीदी ठाकरुन को जवाब देना पड़ा था—बिना बूझे इतने रुपये क्यों दिए गए?...

योगेशदास डरा, कहीं हरिप्रसाद जादब ने यह तो नहीं सुन लिया है कि योगेश के सभी कर्जे, दीदी ठाकरुन ही चुकाती हैं? महिचन्दा हाट की मछलीवाली बूढ़ी उस दिन आई थी, योगेशदास घर में नहीं था। पवित्रा ने ढाई रुपये उसके भी चुका दिए हैं।

उस दिन कालाचाँद और शारदा वर्मन ने कहा—मौज में हैं हमारे जुगीदा। बनिया से लेकर मछलीवाली तक से दोस्ती है।...हाँ, जुगीदा। वह बुढ़िया कह रही थी कि जोगेश हमारा 'दोस्त-दामाद' है, उसकी स्त्री मेरी 'दोस्त-बेटी' है और संझा दोस्त-नातिनी! ठीक है क्या?

...पता नहीं, यह कालाचाँद आज क्या-क्या बोल बैठे? योगेशदास डरा।

कालाचाँद कुछ वैसी बात नहीं बोला। उसने योगेशदास से कहा—जुगीदा,

जान-पहचान के लोगों को घर पर ले जाकर बात कीजिए। यहाँ सड़क पर भले आदमी को क्यों खड़ा किए हो?

योगेशदास बोला—यह दीदी ठाकरुन से मिलना चाहते हैं।

कालाचाँद ने पूछा—पचास 'टाका' का मनिआर्डर आप ही भेजा था?

जादब ने लजाकर कहा—जी हाँ।

—फिर देने आए हैं क्या? देखिए, इस तरह देने से दीदी ठाकरुन एक नया पैसा भी नहीं लेंगी। आप बतला दीजिए कि फलाने काम में खर्च कीजिए। देखिए कि रुपया लेती हैं या नहीं।...आप हमारा नाम मत लीजिएगा।

योगेशदास को मनिआर्डर की बात समझ में नहीं आई। कालाचाँद ने उसे समझाया।

हरिप्रसाद जादब ने स्वीकार किया—कीर्तन-पार्टी के लिए ही रुपये भेजे गए थे।

कालाचाँद ने कहा—सुनते हैं, मास्टर दादा।

गोपाल पाइन कुछ नहीं सुनता। वह अभी मन में 'एस्टिमेट' कर रहा है—एक पोख्ता-साइनबोर्ड बनवाने में कितना सीमेंट और चूना लगेगा।

हरिप्रसाद जादब को दुख हुआ, योगेश बाबू ने उसे गलत समझा। इसीलिए इस तरह बेरुखी से 'बतिया' रहे हैं। नहीं तो, आदमी इतना जल्दी बदल जाता है क्या? दिन-भर महिचन्दा कॉलॅनी में हरिप्रसाद जादब का घोड़ा चरता रहता था और योगेशदास की झोंपड़ी में हरिप्रसाद जादब योगेशदास की पत्नी के हाथ की बनी एक से एक मिठाई...छेना की जलेबी...पन्तुआ।...कंठी भी हरिप्रसाद की टूटी योगेशदास के ही घर में। योगेशदास की पत्नी गिरिबाला देवी ने कहा था—वैष्णव! कैसा वैष्णव हो तुम? मछली नहीं खाते? यह तो जल की 'तरोई' है! जल-तरोई!

...योगेशदास ने भी कहा था, अरे हरि बाबू! आप नहीं जानते? हमारे देश में कहावत है—माँगुर माछ खा बेटा, हरि हरि बोल!

...और आज तीन-चार महीने के बाद ही योगेशदास अजनबी की मुद्रा बनाकर इस तरह खड़ा है?

—दीदी ठाकरुन! एइजे...हरिप्रसाद जादब। पूछिए, इन्होंने कीर्तन के लिए ही मनिआर्डर भेजा था कि नहीं!

पवित्रा के पास बैठकर संध्या सिलाई सीख रही थी। हरिप्रसाद को देखकर उसके चेहरे पर जो आँधी आई और तूफान खेल गए—उसे पवित्रा ने देख लिया। वह उठकर जाने लगी तो पवित्रा ने याद दिलाया—कैंची उस तरह खोलकर कहाँ दौड़ी?...लगता है किसी की 'टिकी' काटने जा रही है।

पवित्रा ने हरिप्रसाद जादब के मुखड़े पर हवाई उड़ते देखकर स्वयं पूछा—

आपने मेरे नाम से क्यों भेजा रुपया? कोलोनी-कमिटी के नाम से भेजना चाहिए।

हरिप्रसाद जादब न जाने कहाँ खोया हुआ था!

कालाचाँद ने मैमनसिंघ की बोली में कहा—एक ही बात है दीदी ठाकरुन।...हम लोगों के 'एसराज' के दाम में सिर्फ पचास रुपये की कमी है। यदि...यदि...पवित्रा की गम्भीर मुद्रा देखकर कालाचाँद की मुस्कराहट दंत-पंक्तियों से निकलकर होंठों पर संकुचित हो गई। उसने बात के प्रसंग को बदलने के लिए कहा—जुगीदा के परिचित हैं। महिचन्दा के पास ही है—सुक्की बेलाही।

पवित्रा चौंकी, तनिक!

हरिप्रसाद जादब ने कहा—वहाँ की कोलोनी में हमेशा जाते थे, हम। योगेश बाबू की स्त्री गिरिबाला देवी को मैं मौसी कहता हूँ। संझा को हमने मैथिली कीर्तन सिखाया है।

पवित्रा हँसी—'जय-जय भामिनी, असुर भयावनि' गीत संध्या ने इसी गुरु से सीखा है!

योगेशदास की पत्नी ने कोई परायापना नहीं दिखाया। देखते ही हुलसकर बोली—आमार बोनयो।...मेरी बहन का बेटा!...हरि रे! तुम एक दिन और भी आए थे। संध्या के बाबू के साथ मैं कस्बा गई थी। चलो, दीदी ठाकरुन से बाद में बातें करना। मुँह-हाथ धोकर एक गिलास चाय तो पी लो!

हरिप्रसाद जादब 'किन्तु-परन्तु' करके उठते समय बोला—हम दीदी ठाकरुन से थोड़ा 'सत्संग' करना चाहते हैं।

—हबे तोमार सोत्सोंग! संध्या की माँ, गिरिबाला देवी उसे साथ ले चलो।

कालाचाँद हँसकर बोला—बारिसाल जिला के लोग दोस्ती गाँठने में सबसे आगे रहते हैं। कस्बा कोलोनी का गौरांग सरकार भी बारिसाल का रहनेवाला है। और हम लोगों के जुगी भाई भी।...उस्ताद एकेबारे!

पवित्रा ने पूछा—दोस्ती करना बुरा है क्या? गौरांग सरकार आज पाँच सौ रुपये पाता है मारवाड़ी के मिल में। जानते हो?

—जानि दीदी ठाकरुन!...गरीबों से कोई दोस्ती भी तो नहीं करना चाहता।

संध्या की माँ—गिरिबाला दासी—हरिप्रसाद जादब को चाय पिलाकर साथ ले आई।

पवित्रा आज सुबह से ही अपने पिता के रचे और लिखे हुए कीर्तन की पुरानी पांडुलिपि की नकल करने बैठी है—एक पन्ना भी नहीं कर पाई।...आज नहीं हो सकेगा कुछ।

हरिप्रसाद जादब की ओर से गिरिबाला ने दीदी ठाकरुन से 'अर्ज' किया—जादोब खूब भालो छेले...किसी बात की कमी नहीं घर में—फिर भी मारा-मारा

फिरता है सिर्फ कीर्तन के पीछे। कह रहा है कि बंगाल का कीर्तन सुनकर होश-हवास नहीं रहता है...।

—होश-हवास नहीं रहता! यह तो बहुत बुरी बात है। छिदामदास और गोपाल पाइन फिर से आ जुटे हैं!

गोपाल पाइन को विश्वास हो गया है—यह हरिप्रसाद जादब एकदम 'अपना-पार्टी' का आदमी है। इस बार उसने हरिप्रसाद जादब का ध्यान आकर्षित करने के लिए दो बार अपने पॉकेट को टटोला। फिर बोला—जादोब बाबू! आप लोगों के जैसा हीरा आदमी हर स्थान पर नहीं मिलता। आपकी बात छोड़िए—मगर आपके देश के लोगों को क्या कहें? किस आदमी से कैसे बात किया जाए—यह भी नहीं मालूम! हम लोगों को 'बंगलिया' बोलता है...बोले...मगर जनाना लोगों को भी 'बंगलिनियाँ' कहता है। कहने पर मुँह गोल बनाकर जवाब देंगे—'आर्रे-तोरी! बंगलिनियाँ को बंगलिनियाँ नहीं कहें तो और क्या बोलें—संथलिनियाँ!'

गिरिबाला बोली—मास्टर मोशाय, जादोब को वैसा मत समझिए। माँ है, बाप है—सब कोई है घर में, फिर भी हम लोगों को यानी मौसी और मौसा को देखे बिना चैन नहीं। कैसे-कैसे पता लगाकर चला आया, देखते नहीं?

इतनी देर के बाद योगेशदास दिखलाई पड़े—खिन्न और चिढ़े हुए।...गिरिबाला की यह वकालत उसे जरा भी पसन्द नहीं। महिचन्दा से ही योगेशदास इस पागल आदमी से पीछा छुड़ाना चाहता है, मगर छोड़ता ही नहीं।...नाछोड़बन्दा। योगेशदास ने एक साथ तीन सौ रुपये कर्ज माँगे थे, इसीलिए। रुपया नहीं दे सकेगा तो नहीं आवेगा। जादब ने दूसरे ही दिन वादा के मुताबिक रुपये गिन दिए। उसके बाद, दस-बीस, पचीस-पचास—जब जैसा मौका लगा—योगेशदास माँगता गया और जादब देता गया।...मगर, पीछा नहीं छोड़ा। आज कहता है, उसे रुपये वापस नहीं चाहिए।

योगेशदास बोला—लेकिन एक बात है। जादोब तुम्हीं से कह रहा हूँ। मैंने तुम्हारे बाबूजी का गुस्सा देखा है। मुकदमाबाज भी नम्बर एक के हैं। इसलिए बाद में कहीं कुछ बेकार का झंझट-बखेड़ा उठे तो, सो तुम जानो।

जादब ने हिम्मत करके पूछा—क्या बखेड़ा उठ सकता है?

—यही कि हिन्दुस्तानी कीर्तन छोड़कर बंगाली कीर्तन सीखने जाता है...।

हरिप्रसाद जादब, जो अब तक धोती के खूँट को उँगली से लपेटता हुआ, दाँत निपोड़कर सबकी ओर बारी-बारी से देखता था, तैश में आ गया। बोला—मौसा! कीर्तन सीखने की बात तो जाने दीजिए, यदि हम किसी 'बंगालिन' से शादी कर लें—इस पर भी कोई बखेड़ा नहीं...।

जादब को होश हुआ, शादी की बात अभी ही बोलना उचित नहीं हुआ। उसने

बिगड़ी हुई बात को सँभालने की चेष्टा की—माने, हम एक बात कहते हैं।...अर्थात् मैं यों ही कह रहा हूँ।

पवित्रा ने कहा—भाई साहब, कीर्तन का मालिक कालाचाँद है। आप उसी से बात कर लीजिए।

वह उठी। जादब ने हड़बड़ाकर कहा—और यह चन्दा?

—वह कीर्तन के सेक्रेटरी को दे दीजिए।

पवित्रा जब 'कॉलॅनी ऑफिस' से बाहर निकली तो उसने देखा—बाँस की खपच्ची की आड़ में संध्या चुपचाप खड़ी है।

उसने सुना, कीर्तन का सेक्रेटरी कालाचाँद कह रहा था—ठीक है, कल ही तो मंगल है। कल से ही आइए। भगबान का नाम गाने के लिए भी कहीं मनाही है?

पवित्रा को लगा—कोई संध्या को उससे छीनने आया है।...किशोरी संध्या ने उस पर अधिकार कर लिया है, मानो।

संध्या रात में दीदी ठाकरुन के पास सोती है। एक ही बिछावन पर। पवित्रा उदास हो गई।

छह

तालेवर गोढ़ी के दरबार के सभी मुँहलगुवे जब चले गए तो जयराम सिंघ ने लम्बी साँस छोड़कर, नाटकीय अन्दाज में कहा—इस्स! मालिक, सीटी फूँक दीहिस था कि!

तालेवर गोढ़ी ने पूछा—क्या सीटी फूँक दीहिस?

—वही पाकिस्थनियाँ सब कहते हैं कि रात में गाँव में माने कोलोनी में आना मना है। बहुत कड़ा कानून है।...लेकिन, एक बात सवा सोलहों आना ठीक है कि जो असली बंगालिन है उसको एड़ी तक केश है।

—एड़ी तक केश है?

—हाँ मालिक। हम अपने 'चस्म' से देख आए हैं। जैसी 'खपसूरती' वैसा केश!

तालेवर गोढ़ी सोच में पड़ गया।

आज जयराम सिंघ ने पूछ दिया—क्यों, क्या बात है मालिक? कोई बात हो तो हुकुम फरमाइए...।

तालेवर गोढ़ी के हाथ में अभी सुमरनी नहीं, सचमुच कतरनी है। सरौता से सुपारी के टुकड़ों को महीन करते हुए वह मुस्कराया। पोपले मुँह की ऐसी मुस्कराहट को जयराम सिंघ ने पहले भी देखा है। लेकिन इधर दो-तीन साल से तीरथ-धर्म, नेम-टेम देखकर उसने सोचा था कि अब...?

जयराम सिंघ को बहुत दिनों से एक साइकिल खरीदने का शौक है।...लगता है, भगवान् ने इस बार उसकी प्रार्थना सुन ली। एक बार तलवार का शौक हुआ था तो तालेवर मालिक ने ही दाम दिया था। पोखरवाले 'कामत घर' में 'डायन का मंत्र' सिखाने के लिए बभनटोली से एक 'तेलबाभिन' लड़की को ले आया था—तालेवर गोढ़ी के लिए।...दूसरी बार तालेवर गोढ़ी के चक्र के लिए गोप टोला का माल—हारमोनियम का दाम लेकर पहुँचाया था उसने। जयराम सिंघ जानता है, तालेवर गोढ़ी को 'सवर्ण' छोड़कर—अपनी जाति या अपने से छोटी जाति की औरतों पर कोई लोभ नहीं।...इस बार साइकिल की कीमत पहले ही वसूल लेना होगा।

तालेवर गोढ़ी बोला—बात यह है जयराम कि तुमसे क्या छिपाना? इस बार 'हरदुआर' जी में हम एक साधू बाबा के पास जाकर बैठे। हाथ की रेखा देखकर साधू बाबा ने बहुत कुछ कहा। जब मैंने पूछा कि बाबा यह संसार का माया-मोह कब कटेगा तो बोले—बच्चा! अभी हड़बड़ाता क्यों है? अभी तो एक एड़ी तक केशवाली का तलवा सहलाना बाकी है।

—एकदम ठीक बोले हैं साधू बाबा! आप हुकुम दीजिए तो हम लग जाएँ।

—अरे नहीं-नहीं। मैं तो, यों ही एक बात कह रहा था।

जयराम सिंघ जानता है—इस बूढ़े कामी के हुकुम देने की यही भाषा है। इससे पहले भी हर बार इसने इसी तरह मुस्कराकर कहा था—हम जो साधना करते हैं उसके लिए औरत बहुत जरूरी है। तंत्र सिद्ध करने के लिए 'भैरवी' का होना बहुत जरूरी है।

जयराम सिंघ ने कहा—मालिक! आपकी साधना इस बार एकदम सिद्ध समझिए! बंगाला-मुलुक का तंत्र...।

तालेवर गोढ़ी गम्भीर हो गया—तुमने मेरे मन की बात पढ़ ली जयराम। 'साधना' के बारे में ही साधू बाबा ने कहा था कि तलवा सहलाना बाकी है। यानी, बंगाल का तंत्र सिद्ध करना बाकी है। इसके लिए हम कामरूप-कामच्छा जानेवाले थे।

—नहीं मालिक! जब संग में ही जाल तो मछली का अकाल? घर बैठे आपको कामरू...।

तालेवर गोढ़ी ने किसी की छाया देखकर पूछा—कौन है उधर?

रामजी ने जवाब दिया—मैं। रामजी।

—क्या बेटा? क्या बात है?

—कृष्णजी का तार आया है।

—तार?...

—रुपये के लिए लिखा है!

—रुपये के लिए तार?

—हाँ, परीक्षा फीस...।

तालेवर गोढ़ी का जी खट्टा हो गया।...उसके समधी मुख्तार साहब कुलदीप माँझी, बात पर 'मंझा' लगाना खूब जानते हैं। शादी के पहले एकदम 'लाट-गवर्नर-मनिस्टर-बालिस्टर' तो 'अलान' तो 'ढेकान' बोलकर ढेरी कर गए। कहते थे कि कृष्णजी 'लन्दन' में पढ़ना चाहें या रूस चाहे अमेरिका में—सभी पैसा सरकार देगी। सरकार से वसूल करेंगे—लाठी के हाथ। केवट-संघ, निषाध सभा, मल्लाह-सभा—मुख्तार साहेब सभी कमिटी के 'परसिडंट' है और बात एकदम 'फैलियर'।...आदमी की बात का एक 'भैलू' होना चाहिए!...

तालेवर गोढ़ी ने बौखलाकर कहा—तार आए या बेतार, पैसा नहीं जाएगा! आज किताब तो कल कपड़ा तो परसों परीक्षा-फीस!! एक पैसा भी नहीं—'पोस्काट' लिख दो साफ-साफ।

जयराम सिंघ ने रामजी बाबू की ओर देखा। रामजी बाबू के मुँह से कृष्णजी की फिजूलखर्जी के किस्से सुन चुका था। फिर भी उसने अपने कर्तव्य का पालन करना अपना धर्म समझा। कृष्णजी से जयराम सिंघ का 'हेलमेल' है—गुप्त बात कोई भी हो, जयराम सिंघ को छोड़कर किसी से नहीं कहता कृष्णजी। इसलिए जयराम ने कहा—मालिक! डागडरी पढ़ने में बहुत खर्च, यह तो मशहूर है। डागडरी पास करने के बाद तो देखते ही हैं कि किस तरह रुपये की बरखा होती है!

रामजी कुछ कहना चाहता था। तालेवर गोढ़ी ने उसे चुप कर दिया—रामजी बेटा! रुपये की 'बरखा' की बात सुनकर तुम भी भूल गए...मेहनत का पैसा जिसका है वह कैसे भूल सकता है कि 'बरखा' का रुपया जाता भी है बाढ़ के पानी की तरह। जो घर में जमा था उसे भी ले-देकर साफ। जाओ, अपना काम देखो।

रामजी चला गया तो तालेवर गोढ़ी बहुत देर तक मुँह विकृत करके गुमसुम रहा। जयराम सिंघ ने उसी मुख-मुद्रा के अनुसार अपने चेहरे पर एक परेशानी का मुखौटा डाल लिया।

तालेवर गोढ़ी ने कहा—हो जयराम! तुम भी खूब हो, कहते हो डागडरी पास करने पर रुपये की बरखा होती है। मैंने कौन-सी डागडरी पार की है अपने जमाने में; जैसा हम कमाते थे सो तो तुमने देखा ही है। सिर्फ 'चिरागी' का पैसा लेकर 'चक्कर' पूजने पर इतनी आमदनी होती थी। यदि हम भी बेमारी देखने की फीस लेते, फी 'मन्तर' पाँच रुपया और एक-एक 'जन्तर' का दाम दस रुपया लेते तो...खुद हिसाब करो कि आज रुपये रखने की कहाँ जगह थी?

जयराम सिंघ ने कहा—मालिक! आपकी और तंत्रविद्या की बात निराली है।

सिर्फ मछली की बिक्री से तालेवर ने पैसा नहीं जमा किया है। तालेवर गोढ़ी अपने जमाने का बहुत मशहूर 'ओझा-गुणी' था।...भूत-प्रेत, जिन-पिशाच, देव-दानव किसी की भी हवा लग जाए—तालेवर गोढ़ी के हाथ की एक चुटकी धूल पड़ते ही बाप-बाप करके भूत भागते थे।...खुट्टी-खरैइहा में एक साथ चार डाइनों को नंगा नचाया था—तालेवर गोढ़ी ने। मरे हुए लड़कों को जिलाने के बाद चारों डाइनों का 'गुण' खींचकर अपनी चुनौटी में रख लिया था। मशान की हड्डी जिसके घर में गाड़ दे उसके घर में ऐसा 'बनरभूता' लग जाता था कि एक ही साल में सब हहाकर साफ!

जयराम सिंघ को एक पते की बात याद आई—अच्छा, मालिक! किसुन बाबू जो बक्सा-भर 'हाड़-गोड़-मुंडी-खोपड़ी' ले आए हैं—उनको जगाकर आपका

काम माने 'तंत्र' का काम नहीं हो सकता?

—तुम भी खूब हो जयराम! पूछता हूँ—फेनायल से धोई हुई हड्डियों से मेरा क्या काम हो सकता है? उस पर कोई 'गुण' काम कर सकता है भला!

जयराम सिंघ ने मन में सोचा—तब तो इस कीड़ा मारनेवाले तेल (फिनाइल) में बहुत गुण है। भूत-प्रेत भी इसकी गन्ध से भागता है!

...पंडित रामचन्द्र चौधरी हमेशा हँसते थे—अरे, इस गोढ़ी के पास 'ढोढ़ा-साँप' का भी मंत्र नहीं। भेड़ियाधसान इसी को कहते हैं।...क्या है उसके पास में? —लेकिन, तालेवर गोढ़ी ने आखिर-आखिर में ऐसी हड्डी गाड़ी दरवाजे पर कि चौधरी की सारी सम्पत्ति के साथ 'लछमी' नाचती हुई तालेवर गोढ़ी के घर में आकर बैठ गई। बस, उसी चक्कर के बाद से तालेवर गोढ़ी ने 'तंत्र-मंत्र' ऐलान करके छोड़ दिया! अब, इतने दिनों के बाद फिर नया चक्कर साधना चाहता है। जयराम सिंघ को लोभ हुआ—क्यों न इस बार साइकिल की कीमत के बदले एकाध 'मंत्र' सीख लिया जाए।...वशीकरण का 'काम' तो इसी बार बूढ़े को करना है। पहले की 'भैरवी' सब तो रुपये और कपड़े के लोभ में पड़कर चक्कर में आती थी। कोई-कोई सचमुच 'डाइन' का मंत्र सीखने के लिए आती थी। जैसे आई थी मोरंग की खत्रानी—उसने तो सोने और चाँदी की 'गुरुदच्छिना' दी थी।...जयराम सिंघ को अब पछतावा हो रहा है। उस समय वह सोचता था कि सिर्फ 'बदमाशी' करने का बहाना है यह सब। यदि इस बार भी जयराम सिंघ चूक गया तो हमेशा पछतावा लगा रहेगा। यह आखिरी चक्कर जिसमें एड़ी तक लोटते हुए केशवाली 'बंगाला मुलुक' की भैरवी बैठेगी...!!

जयराम सिंघ को बीस साल के बाद अभी अचानक ज्ञान हुआ। उसने लपककर तालेवर गोढ़ी का पैर पकड़ लिया। तालेवर गोढ़ी अकचकाकर बोला—हें हें, यह क्या जयराम? यह पाप क्यों चढ़ाते हो?...कोई देख लेगा!

—नहीं मालिक! इस बार हमको चेला बनाना ही पड़ेगा। अपनी झोली का 'चूर-घून' भी दे दीजिए तो...

—सुनो जयराम! पैर छोड़ो।

—पैर नहीं छोड़ूँगा। जिस तरह 'केवट' ने रामजी का पैर तब तक नहीं छोड़ा था जब तक कि पैर पखारने...मैं आपका पैर पखारूँगा। चूल्हे में जाए जाति? गुण से बढ़कर क्या जाति ही है!

तालेवर गोढ़ी प्रसन्न हुआ।

तो तुम सचमुच...?

—वैसे भी जो हुकुम देते हैं—आग में, पानी में जहाँ भी जाने को—तैयार ही रहते हैं। अब चेला बनाकर देख दीजिए।

—तो आज बहुत बढ़िया दिन है। मंगल। बहुत खरा दिन है। आज से ही शुरू कर दो।...यह मिट्टी उस एड़ी तक—केशवाली की एड़ी के नीचे—पड़ जाए तो समझो कि इसी अमावस्या की रात चक्कर लग जाए।

—आज मंगल है। तब सब काम का मंगल ही मंगल समझिए। पाकिस्थनियाँ-टोली में मंगल की साँझ में कीर्तन होता है।...मेरे माथा पर हाथ रखकर 'आशीख' दीजिए और हाथ में दीजिए—'मंतराई' हुई मिट्टी।

'सतनाम-सहसर नाम'—कहकर जिस झोली से मिट्टी निकाली उसी में सुमरनी रख दी तालेवर गोढ़ी ने—अब यह सुमरनी रहे, कुछ दिन के लिए आराम करे।...तिजोरी के निचले तल्ले से सिन्दूर से रँगी हुई एक हड्डी निकालकर अपनी गद्दी पर, मसनद के नीचे रख लिया तालेवर गोढ़ी ने।

गुरु तालेवर गोढ़ी ने कहा—जै हो औघड़दानी की! बोलो जयराम—औघड़दानी की जै कहो!

—जै हो बाबा औघड़दानी की!

—मुट्ठी बाँधो। पीछे से कोई कहीं पुकारे, उलटकर मत देखना।

जयराम सिंघ चला—जै हो औघड़दानी की! जयराम इतने दिनों तक भ्रम में था। तंत्र-मंत्र यदि झूठ होता तो अररिया-कोट की सभा में जो मंत्रीजी आए थे—उनकी बाँह में उतने तावीज क्यों लटक रहे थे—गोल, चिपटे, चौड़े। लाल मूँगावाले तावीज!...मंत्र के बल से ही मंत्री हुए हैं मंत्रीजी! जयराम अब सब कुछ समझता है। यदि मंत्र की कोई महिमा नहीं होती तो कोसी-बाँध खोलने के समय उस तरह धूप-दीप देकर कलश सजाकर काशीजी और पटना से आए हुए पंडितों ने क्यों मंत्र पढ़ा था?

तालेवर गोढ़ी के मन की बहुत पुरानी लालसा पूरी होनेवाली है। उसके गुरु ने खास 'बंगाला' में जाकर—तारापीठ के औघड़दानी को मनों 'माँगुरमाछ' खिलाकर, तारापीठ श्मशान के युग-पाकड़ और दो सौ साल पुराने सेमल के नीचे—गुरु के चरण के नीचे थोड़ी-सी जगह पाई थी। कामरूप-कामच्छा में देह रखने जा रहे थे गुरुजी, तब तालेवर ने भी 'विनती' की थी। मगर गुरु ने कहा था—गृहस्थी धर्म का पालन पहले, बाद में और कुछ। अभी जितना मिला है उससे जो पैदा हो—उसमें से 'दान' का अंश निकालकर अपनी गृहस्थी में लगाओ। हर जोतो और हरि भजो—यथाशक्ति, जो बन पड़े दो...!

उसके गुरु भी किसी उच्चकुल के नहीं थे!

गुरु ने कहा था—औघड़दानी के तंत्र में कोई मिलावट नहीं। इनके मंत्र पर

ब्राह्मणों का कोई प्रभाव नहीं पड़ा, कभी। इसका सबूत यह है कि जहाँ दूसरे तांत्रिक-भैरवी के रूप में ब्राह्मण और गुरुकन्या को छोड़कर बाकी सभी जाति की विवाहिता लड़की को 'चक्र' में लाने को कहते हैं—वहाँ औघड़दानी कहते, सोलह साल से पचास तक किसी उम्र की और किसी जाति की नारी को 'भैरवी' बनाया जा सकता है।

इसीलिए तालेवर गोढ़ी अपने 'चक्कर' के लिए खास तौर से 'सवर्ण' औरतों को मँगवाता।...जयराम सिंघ ने तो कहा कि बंगाल की बाभिन है!

—तालेवर गोढ़ी ने कंठी तोड़ ली!

—एँ?...मछली खाई हुई जीभ भला माने तुलसी की कंठी?

दूसरे ही दिन सारे गोड़ियर गाँव में यह खबर कानोकान फैल गई कि तालेवर गोढ़ी का सब 'तीरथ-धरम' और 'पुण्य-प्रताप' खतम! कल रात को ठीक बारह बजे एक जोड़ा काला छागल (बकरी के बच्चे) काटकर खाया तब नींद आई।...काटकर खाया नहीं—काली माई को चढ़ाया कहिए। बात यह ठीक है कि तालेवर गोढ़ी ने कंठी तोड़ दी।

जयराम सिंघ अपने सौतले भाई को समझा रहा है—तुम चौधरी के बहकावे में मत पड़ो। उसकी बात सुनोगे तो उसी के जैसा हो जाओगे। तुमसे यह किसने कहा कि तालेवर मालिक 'बेधर्मी' हो गए हैं? सुनी हुई बात दूनी होती है।

—सुनते हैं फिर से 'ओझाई' शुरू करनेवाला है?

—'ओझाई' मत कहो रामजय—साधना।

रामजय हँसते-हँसते लोटपोट हो गया।

—अरे वही साधना?...आप भी भाई साहब सब दिन यही 'गोबर-घिचोड़' काम करते रह जाइएगा। अरे, साले गोढ़ी के पास पैसा जमा हो गया। कोई ऐसा 'फितरत' लगाइए कि एक सेशन केस उठे तो देहात के लोगों का गुजारा हो।...यह अबोले छागलों, कबूतरों और 'छिनाल' औरतों को हलाल करवा के क्यों पाप बटोरते हैं?

जयराम सिंघ ने अपने मूर्ख सौतेले भाई से और बात करना उचित नहीं समझा। उसने साइकिल सँभालते हुए कहा—तुमसे फिर कहता हूँ, रामजी बाबू को काम के बहाने...।

—देखिए भाई साहब, गोढ़ी की नौकरी मैं नहीं कर सकता। उसको फुसलाकर, ठगकर चार पैसा लेना और बात है।...फिर, दोनों भाई एक ही नाव पर पैर क्यों दें?

रामजय चतुर है। जयराम गँवार। रामजय का कहना है, साल-भर किसी की ताबेदारी करने में क्या फायदा! साल में एक बार 'लाठी' का 'कंट्रैक' हो जाए,

इसी में पाँच सौ रुपये की आमदनी हो जाती है। एक सेशन मुकदमा चल जाए—तीन साल के खर्च से निश्चिन्त। तब, नौकरी क्यों करे आदमी? सो भी उस मरकट-मशान-तालेवर गोढ़ी की?...धन धरावे तीन नाम—धन्नू, धनुआँ, धनेसर राम!

...रामजय ने शुरू-शुरू में सौतेले भाई जयराम के साथ छागल और बदचलन औरतों की 'सप्लाई' का काम किया है। एक बार जब कहीं कोई नहीं मिली तो रामजय ने अपनी चहेतिन गुनमन्ती गोरनियाँ की बलि दी थी। गुनमन्ती गोरनियाँ को डाइन का गुण सीखने का लोभ और रामजय को रुपये का।...गुनमन्ती से ही उसे मालूम हुआ था कि चक्कर में क्या-क्या होता है। मांस-मछली, कबूतर, शराब, खीर-पूरी, मिठाई, चना-चबेना से लेकर सभी तरह की चीज 'इरिंग-बिरिंग' मन्तर पढ़ने के बाद, भोग। तब, महाभोग!...गुनमन्ती ने हँसकर कहा था—दुत्त, उस बूढ़े को 'क्या' है जो 'क्या' करेगा? 'इनुआ' (नपुंसक) है।

रामजय ने गुदगुदाते हुए पूछा था—पन्द्रह दिन तक चक्कर में गई, कुछ नहीं...?

—तुम्हारी सपथ। सच कहती हूँ।

—जब ऐसी बात है तो औरत के लिए इतना क्यों वह भूखा 'नाकर' (भेड़िया) की तरह...?

उस जमाने में दो सौ रुपये, पन्द्रह दिन की मजदूरी कुछ कम नहीं। उसमें से रामजय ने आधा हिस्सा काटकर अपने पॉकेट में रख लिया—गुलाबबाग मेला का खर्च।...सो, स्टेशन पर ही काट लिया—डिल्ली के पॉकिटमारों ने। उस बार डिल्ली से पॉकिटमारों का एक जबर्दस्त दल आया था न!

रामजय ने धरती पर थूकते हुए मन में कहा—थू है ऐसे पैसे पर और पेशे पर। लेकिन, उस जमाने का दो सौ, इस जमाने में पाँच सौ?...देखें, इस बार किस गाँव की 'हरजाई औरत' फाँसी जाती है। साला, इस बार चक्कर जहाँ भी पूजे—पुराने श्मशान में या ब्रह्मस्थानवाले श्मशान में—रामजय इस बूढ़े गिद्ध की शैतानी सटकावेगा।

...लेकिन, रुपये के बिना कुछ नहीं इस दुनिया में। भाई साहब आजकल चाँदी काट रहे हैं। ऐसी दरियादिली से गाँजे की पुड़िया खोलते इसके पहले नहीं देखा किसी ने। रामजी ने अपनी साइकिल ही दे दी है।

तालेवर गोढ़ी ने अपने मुँहलगुओं के बीच बयान देने के अन्दाज में कहा—शिवाला नहीं, अब छिन्नमस्ता भवानी का मन्दिर बनेगा। गुरु की कृपा से मैं सही राह पर आ गया।...हम सपना देखे कि 'सरगपुरी' में हम मर्दाना फाटक से मर्दाना 'कम्पाट' में जा रहे हैं। इसी समय एक सिपाही आकर बोला—ए! ए!! यह सब माता के दरबार का आदमी है। बाबा की ड्योढ़ी में क्यों आया है? उधर ले जाओ। उधर जाकर देखा तो छिन्नमस्ता भवानी खिलखिलाकर हँस रही थी...!

उपस्थित मुँहलगुओं ने इस सपने का कोई मतलब नहीं समझा।

जयराम सिंघ ने पूछा—इस सपने का अर्थ समझे?

मोहन दफादार ने चेष्टा की—इसका माने तो हम लोग यही लगाते हैं कि शिवाला में आप एक ही दरवाजा बनाना चाहते थे...।

तालेवर गोढ़ी हँसा। जयराम सिंघ ने समझाया—माता माने देवीदुर्गा काली! बाबा माने बमभोलेनाथ! सो, जिन्दगी-भर तो मालिक भगवती का 'गोचर' (देवी के गीत) गाते रहे और अन्तिम समय में 'निरगुनियाँ' लोगों के संगत में पड़कर गलती से वैष्णव हो गए। भला गुनी आदमी 'निरगुनियाँ' कैसे हो? शिवाला बनाने के पहले काली मन्दिर बनवाने का हुकुम समझिए—सपना थोड़ो था!

कुताय धानुक ने कहा—सब 'इस्सरी माया'!

सात

पंडित रामचन्द्र चौधरी जब भंग के नशे में रहते हैं, पुत्र कामदेव को फूटी नजर से भी नहीं देख सकते।...सभी लज्जा, ग्लानि, अपमान का जड़ यह कामदेव।...एक घड़ी को मस्तानी और जन्म-जन्म पछतानी—इसी को कहते हैं। बलात्कार के बाद हत्या!

कामदेव दुकान करता है। तेल, नून, हल्दी, मिर्चा, धनिया की सम्मिलित-गन्ध उसकी देह से हमेशा निकलती रहती है। पिता के पास जाने के पहले वह अपनी माता का मन टटोलता है, जाकर—मैया! 'अखतिया' (पहले ही तैयार होनेवाला) पाट अभी माटी के मोल बिक रहा है। दस रुपये की भी पूँजी दे दें बाबूजी तो...

—पूँजी? तुम्हारी दुकान की पूँजी क्या हुई?

दुकान की पूँजी से तो दुकान भी नहीं चलती। फिर इतने बड़े परिवार का खर्च भी दुकान से ही...

—आज यदि माँगोगे एक लाल पैसा भी नहीं मिलेगा, ऊपर से एक हजार सुनोगे।

—तब आज नहीं कहूँगा।

उस दिन पंडित रामचन्द्र चौधरी का मन प्रसन्न था।...तालेवर गोढ़ी ने कंठी तोड़ दी। सभी उसके नाम पर हँस रहे हैं।...साला गोढ़ी, भगत बनने चला था। शिवजी रहेंगे उसके शिवाला में—जहाँ कबय मछली चुलबुलाएगी?

कामदेव अवसर देखकर पिता के सामने जा खड़ा हुआ।

—क्या है?

—एक बात है।

रुपये-पैसे की बात हो तो मत करो। अभी रुपये जोगाड़ करने का मतलब है उस साले गोढ़ी की खुशामद करना और...

—नहीं बाबूजी, रुपये की बात नहीं। एक गुप्त...

—गुप्त?...फिर कहीं कोई...?

कामदेव लजा गया और डरा भी...शुरू हुई गाली।

कामदेव ने हिम्मत बाँधकर, गला साफ किया—बात गुप्त है और गुप्त ही रहना चाहिए। आप यदि आज्ञा दें।

—किस बात की आज्ञा?

—एक...एक...एक व्यापार करना चाहते हैं।

—व्यापार के लिए पूँजी कहाँ से आवेगी?

—पूँजी की जरूरत नहीं है।

—तात्पर्य?...गाँजा-वाजा तो नहीं पीने लगे हो, इधर? बिना पूँजी के, ऐसा कौन व्यापार...?

कामदेव इधर-उधर देखकर धीमी आवाज में, गला दाबकर बोला—गाँजा का!

अब चौधरी की बोली भी कंठ में समा गई। उसने और भी धीमी आवाज में पूछा—गाँजा का?

कामदेव ने बतलाया, न पूँजी लगाने की जरूरत और न कोई बखेड़ा। और यदि एक साल भी कारबार किया जाए तो सभी जमीन, सारी सम्पत्ति उस गोढ़ी के घर से वापस आ सकती है।...अभी दस सेर से ही शुरू किया जाए। दस सेर के दस रुपये। माल बिकेगा—दस-सते सत्तर। साठ रुपये हाथ में रहे। फिर, दूसरे खेप में हाथ में साठ आवेंगे—और एक सौ बीस। और एक महीने में सात खेप तो हिसाब कीजिए न—साठ-सते...चार सौ बीस। मान लीजिए कि एकाध खेप की आमदनी या मुनाफा साला जर-जमादार, हर-हवलदार, दर-दरोगा वगैरह को भी देना पड़े!

पंडित रामचन्द्र चौधरी चौंधिया गए, क्या कहता है उसका सुपुत्र? फिर किसी सेशन-मुकदमा में फँसने की तैयारी तो नहीं कर रहा है?

—बाबूजी, इसमें डर की कोई बात नहीं। सीमा (भारत-नेपाल सीमा) पर जाने की जरूरत नहीं, न सीमा के उस पार।

—यदि पकड़े गए?

—तो कितनी सजा होगी?...चार या पाँच महीने? डेढ़ साल जेल में रहकर जेल का डर भी भाग गया है।...और, हमेशा दस सेर का ही कारबार करते रहेंगे, यह क्या जरूरी है। हो सकता है, दस मन फी खेप का भी महाजन मिल जाए।

—दस मन? इसका मुनाफा?

—एक साथ एक खेप में चालीस मन का कारबार भी लोग करते हैं।...आप सिर्फ आज्ञा दे दीजिए।

पंडित रामचन्द्र चौधरी ने समझा, कामदेव उनकी बोली सुनते-सुनते अब तुल गया है। उसके चलते सारी सम्पत्ति गई है, वही वापस लावेगा। चौधरी ने कहा—इसका जवाब मैं तुमको कल दूँगा।

—कल से ही शुरू करना चाहते हैं।

—कहाँ जाना होगा?

—फारबिसगंज।

—बाजार में, गोला होने पर लगा अब गाँजा का कारबार?

—बाजार के बीच में...अली-गली की बात नहीं। नाम का असर है कि! फरेबगंज नाम जो पड़ा है सो यों ही नहीं।

पंडित रामचन्द्र चौधरी चुप हो गए।

प्रातःकाल पंडित रामचन्द्र चौधरी ने कहा—यदि झोली में ही लाना है तो चलो दस सेर की झोली तो मैं भी ढो सकता हूँ।

कामदेव प्रसन्न हुआ—एक खेप में, बीस सेर! बीस सत्ते...!

—प्रणाम चौधरी जी। जयराम सिंघ ने आकर प्रणाम किया। पंडित रामचन्द्र चौधरी को इस व्यक्ति की सूरत से ही चिढ़ है। लेकिन, क्या किया जाए।

—किधर जयराम?

—जरा पत्तरा में देखकर एक 'दिन' उचारिए तो, आज से लेकर शनिवार तक।

—कैसा दिन?

—कोई नया काम शुरू करने का?

—कौन-सा नया काम हो रहा है?

—काली मन्दिर की नींव देने के लिए। इसी सप्ताह में होना चाहिए लेकिन।

पंडित रामचन्द्र चौधरी न ज्योतिषी हैं और न उन्हें पाँजी-पत्रा से विशेष सम्पर्क रहता है। फिर भी, यह तालेवर गोढ़ी उसे मुफ्त का पुरोहित बनाए हुए है। जब न तब, यात्रा का सगुन, एकादशी का हिसाब और अमावस्या के निशिपालन की बात पूछता-पुछवाता रहेगा!...साले गोढ़ी को और कोई दिन, समय नहीं मिला था—दिन उचरवाने का?

—शिवाला की नींव पड़ी थी किस महीने में?

—शिवरात्रि के दिन?

—तो, सीधा हिसाब तो है। अभी हड़बड़ाने की क्या जरूरत। काली मन्दिर की नींव काली-पूजा के समय क्यों नहीं डालने को कहते तालेवर से?...पत्रा तो मेरा श्यामदेव लेकर अररिया-कोट चला गया है।

कामदेव ने कहा—दिन उचरवाना है तो चले जाइए सीधे पाकिस्थानी-टोला। एक जनाना है...?

जयराम सिंघ को कामदेव की बात में व्यंग्य की गन्ध लगी।...कामदेव को अब, जनाना को लेकर, दिल्लगी करने का साहस हो गया है? यदि जयराम सिंघ ने डटकर गवाही नहीं दी होती तो आज 'चुनमुन पंडित जी' (कामदेव) का दिन उचार चुकी थी—मुसहर-टोली की जनाना। जयराम को किस बात का डर? किसका

डर ? उसने हँसकर जवाब दिया—अब किसी दिन सुनाओगे कामू कि दिन 'उचरवाना' है तो जाइए मुसहर-टोली ? हे-हे-हे-हे...

बाप और बेटा, दोनों एक साथ तिलमिला उठे। पिता ने पुत्र को आँख टापकर संकेत दिया—किससे लगते हो ?

कामदेव ने गम्भीर होकर कहा—आप दिल्लगी कीजिए। मैं आपसे कैसे दिल्लगी कर सकता हूँ जयराम भैया! मैं सच कहता हूँ, फारबिसगंज और कस्बा से लोग आकर दिन उचरवाते हैं—बंगला, बिहारी, मारवाड़ी सभी। पाँच-पाँच देश के पत्रे हैं उसके पास—बंगला का नदिया-शान्तिपुरी, बिहार का तिरहुता और काशीजी की पाँजी—सब हैं उसके पास।...धर्मास्ती! (धर्म से कहते हैं!)

जयराम को विश्वास हो गया—कौन जनाना ?

—उसका नाम दीदी ठकुराइन है।

सच ?

जयराम सिंघ साइकिल की घंटी बजाता हुआ चला गया।

कल रात कीर्तन के समय सारी कॉलॅनी के लोगों पर वह अपना रोब जमा आया है। यदि सुक्की बेलाही का वह 'लड़की-मुँहा' ग्वाला नहीं रहता तो रंग और भी जमता। क्या करे, जयराम सिंघ गले से लाचार है। गाँजे ने उसके सुरीले स्वर को जर्जर कर दिया है। सिर्फ, हारमोनियम बजाकर कहाँ तक लोगों को रिझाया जाए ?

...ठीक कीर्तन शुरू होने के समय जयराम सिंघ कॉलॅनी के ठाकुरतला के सामने पहुँचा और भूमिष्ठ होकर प्रणाम किया। वह अपने मालिक की ओर से सन्देश लेकर आया है कि कॉलॅनी के आसपास जो परती जमीन है, मालिक की—उसमें आप लोग अपने मवेशी मुफ्त चरा सकते हैं।...जब 'हरिनाम' के बेला में आ गए हैं तो थोड़ा पुण्य हमको भी...दीदी ठकुराइन के दरबार में ठाकुर जयराम सिंघ की 'अरजी' है—अब आगे आपकी जैसी 'मरजी' हो...।

जयराम ने कॉलॅनी में प्रवेश करने के पहले दो चिलम गाँजा चढ़ा लिया था।

सभी बंगाली हँस पड़े थे—औरत-मर्द-बच्चे मानुस टा भीतरे भालो। अन्दर से यह आदमी अच्छा है, लाठी और मूँछ देखकर बेकार भ्रम हो जाता है।

पवित्रा ने कालाचाँद की ओर उँगली उठाकर दिखलाते हुए कहा—कीर्तन का सेक्रेटरी...।

—अरे, सब सिकरेटरी के एक परसिडंट आप। अब आप ही के दरबार में जब...।

सभी शरणार्थियों ने प्राय: एक ही साथ हँसते हुए जयराम सिंघ का स्वागत किया।

सिर्फ सुक्की बेलाही के उस 'गुअरवा' चेहरे पर हँसी नहीं थी। उसने तालेवर मालिक के सन्देश को सुनकर कहा था—इसमें क्या बड़ी बात है? हम लोगों के गाँव के पास महिचन्दा कोलोनी के आसपास जिसकी भी जमीन परती थी, सभी ने मुफ्त में चराने के लिए छोड़ दिया था—क्या गरीब, क्या अमीर!

ऐसे-ऐसे निमोंछिये जवानों को समय पर सही जवाब देना जानता है जयराम सिंघ। उसने कहा था—इसीलिए महिचन्दा कोलोनी में आजकल दिन में ही बिजली-बत्ती भुकभुकाती रहती है। क्यों, जादब जी?...न जाने कैसे और कब आकर इस कोलोनी में समा गया है यह 'अवरवा गुअरवा'! सभी उसे कहते हैं—जादोब! एक अधेड़ औरत 'जादू' कहकर बहुत प्रेम से बुलाती थी—जादू! तुमी एकठो गानो कोरो!

बहुत देर तक बंगला कीर्तन होने के बाद जब कॉलॅनी के कीर्तनियाँ लोग दम लेने लगे, जयराम सिंघ को फिर एक मौका मिल गया दीदी ठकुराइन से अरजी करने का—दीदी ठकुराइन। अब एक 'अरजी' और। इतनी देर तक बंगला कीर्तन हुआ, अब एकाध हिन्दी कीर्तन भी होना चाहिए।

—हिन्दी कीर्तन कौन गाएगा? कोई नहीं जानता।

—कोई नहीं जानता तो हमको ही हुकुम हो।

यह कहते हुए जयराम सिंघ ने हारमोनियम खींचकर सामने किया और नौटंकी की एक धुन छेड़कर सभी की ओर देखने लगा। सभी की ओर एक चलती निगाह से और 'दीदी ठकुराइन' की ओर प्रश्न-भरी दृष्टि से। कालाचाँद ने कहा—हाँ-हाँ। होइए। भगवान का नाम जिस भाषा में गाइए—भगवान समझ लेते हैं।

सुक्की-बेलाही के ग्वाले को 'जादू' कहनेवाली अधेड़ महिला ने अपनी फटी हुई आवाज में कहा—हामार जादू भी भालो कीर्तन गाये। गाओ जादू!

जयराम सिंघ ने तब तक 'मेरा तन डोले, मेरा मन डोले' तर्ज पर अपना गीत शुरू कर दिया था—मेरा मन बोले, मेरा तन बोले—मेरे किस्न से हो गया प्यार रे—मोरा कौन ओढ़ावे चादरिया—या-या!!

और सुक्की-बेलाही के उस गोप को यह गीत सुनकर ऐसी तिलमिली लगी कि कमर में चादर बाँध उठकर खड़ा हो गया और नागिन का 'डानस' करने लगा।...जो कुछ भी हो, डानस करना जानता है गुअरवा!...जयराम सिंघ रह-रहकर हारमोनियम पर 'चलन्ती' देता और हर चलन्ती पर जादब ऐसा नाचता कि हू-ब-हू 'सनीमा' का 'डानस'!

...मिट्टी फेंकने में कोई गफलत नहीं होने दिया है। अब देखा जाए कि रात-भर में क्या असर हुआ है?...

जयराम सिंघ साइकिल की घंटी बजाता हुआ कॉलॅनी के अन्दर दाखिल

हुआ। सभी खेतिहर काम पर चले गए थे। बिस्कुट, सिन्दूर-आलता, चिनिया-बादाम की फेरी करनेवाले लड़के भी ट्रेन और बस पकड़ने की जल्दीबाजी में थे। किसी ने उसकी ओर नजर उठाकर देखा भी नहीं। दिखलाई पड़ी एक लड़की, जो उस 'गुअरवा' के साथ 'दीदी ठकुराइन' के 'महापिसखाना' (ऑफिस) से निकली, हँसती हुई।...साला, दिन-रात कोलोनी में ही रहता है? दूसरे गाँव का आदमी आकर हम लोगों की कोलोनी में रात काटता है?

जयराम सिंघ ने अभिवादन के लिए नये शब्द का व्यवहार किया—पाँवलागी दीदी ठकुराइन!

इस व्यक्ति को देखते ही पवित्रा को यहाँ के बहुत-सारे मुहावरे याद हो जाते हैं—गंगा का स्नान और सुँगठी का वाणिज्य—एक ही साथ।

—पाँवलागी।

—हाँ, हमको कल पता चला कि आप बाभिन हैं। तिस पर कुमारी—आपके चरण में हम लोग पड़ें तो क्या हरज है!

यह कहकर जयराम सिंघ ने सचमुच पवित्रा के दोनों पैरों को पकड़ लिया—तालेवर के पैरों को जिस तरह जकड़कर पकड़ा था।...लगा, देह में 'करंट' मार दिया। रामजी बाबू की 'मिल' में एक दिन ऐसा ही 'करंट' लगा था जयराम को।

पवित्रा ने झटककर पाँव छुड़ाया—क्या करते हैं आप भाई साहब? देखिए, मैं आपकी छोटी बहन हूँ! आप भाई हैं...।

पत्थर-जैसा जयराम सिंघ का मन गलकर तुरत पानी-पानी हो गया। उसकी आँखें डबडबा आईं। जयराम सिंघ को बहन नहीं, जन्मते ही एक को उसकी माँ ने मार डाला था।

—मालिक ने आपके पास भेजा है। हम लोग तो नौकर-चाकर ठहरे, जहाँ भेजेंगे जाना ही पड़ेगा। लेकिन अपना धर्म अपने साथ है, सभी के। है कि नहीं?...मालिक बोले कि पाकिस्थानी-टोला में ऐसी पंडिताइन आई है कि अपने 'जिला-जैवार' में नहीं। जरा मेहरबानी करके एक दिन उचार दीजिए। दच्छिना हम लेते आए हैं, साथ में।

—कैसा दिन?

—तालेवर मालिक इसी सप्ताह काली मन्दिर की नींव डालना चाहते हैं। सबसे बढ़िया और 'सुद्ध' दिन देख दीजिए।...देश तो है, बंगाला। हम लोगों का बिहार भी कोई देश है?...साला, यह 'निमोंछिया गुअरवा' फिर कहाँ आ रहा है?

हरिप्रसाद जादब ने आकर कहा—परनाम, दीदी ठाकरुन। आज चलते हैं!...नमस्कार सिंघ जी। कभी सुक्की-बेलाही की ओर भी आइबु। खूब बाजा बजाते हैं—आप!

जयराम सिंघ गम्भीर बना बैठा रहा।

पवित्रा पाँजी ले आई, आलमारी से निकालकर।—इसी सप्ताह में?

—हाँ, नींव डालकर तीरथ पर निकलेंगे मालिक—कालीघाट कलकत्ता! कलकत्ता से 'कसौटी पत्थर' की काली माई की मूर्ति बनाने का 'औडर' देकर काशीजी जाएँगे। उसके बाद मन्दिर में राजमिस्तरी लग जाएगा।

संध्या आई—दीदी ठाकरुन। अन्दू को बुखार है। उसकी माँ ने पूछा है, देह पोंछ देने से कोई हर्ज तो नहीं?

—कितनी बार कहूँ कि तेज बुखार हो या मद्धिम, देह पोंछने में कोई हर्ज नहीं। घर के अन्दर ही, लेकिन।

संध्या जाने लगी, पवित्रा ने पुकारा—माना! एकटा फूलेर नाम कर तो!

—केया फूल। संध्या ने मुस्कराकर एक फूल का नाम लिया...केया केवड़ा।

...ककारवर्ण सर्वांगी-क्रिंकारी कमला-कला...मालिक का क्या नाम?

—तालेवर गोढ़ी।

...त्रपा, त्रपावती...घर से किधर होगा मन्दिर?

—लः, यह तो मैंने पूछा ही नहीं। जाकर पूछ आवें?

—नहीं।

पवित्रा कागज पर कोई हिसाब करने लगी। फिर बोली—शनिवार को। अपने मालिक से कहना, यह पुण्य कर्म शनि की प्रेरणा से ही कर रहे हैं वह। लेकिन शुक्र प्रबल है तुम्हारे मालिक का। इसलिए शनिवार को छोड़कर और किसी दिन यह शुभकार्य सम्पन्न न करें।

जयराम सिंघ का मुँह बहुत देर तक खुला ही रह गया! इतनी बड़ी पंडिताइन? कामदेव चौधरी ने दिल्लगी नहीं की थी!

मालिक का काम हो गया।

जयराम सिंघ ने अब अपनी तलहथी फैला दी। —जरा हमारा भी देख देते।

—भाई साहब, मैं हाथ देखना नहीं जानती।

पवित्रा उठकर खड़ी हो गई!

जयराम सिंघ कॉलॅनी से लौटे। उनकी दृष्टि दूर जाते हुए पिता-पुत्र पर पड़ी। रामचन्दर चौधरी और कामदेव की यह जोड़ी! अँधेरे में भी देख ले जयराम, पहचान लेगा।

उसने जोर-जोर से 'पैडिल' मारना शुरू किया।

पिता-पुत्र को बाएँ छोड़कर घंटी बजाता हुआ जयराम निकल जाना चाहता था। कामदेव ने ही टोका—उचरवाये दिन जयराम भैया!

जयराम सिंघ तुरत साइकिल से उतर गया—नहीं बाबू, तुमने ठीक ही कहा

था।...चौधरी जी, समझिए कि बंगाल मुलुक का 'जोतिस से लेकर पंचांग' का ज्ञान अब अपने भी गाँव में आ गया है!...आप लोग किधर चले हैं? शनिवार तक लौटिएगा तो? ब्राह्मण-भोज भी होगा उस दिन।

जयराम सिंघ साइकिल पर सवार होकर चला गया।

चौधरी ने पूछा—तुमने भी उसी से दिन और सगुन 'उचरवाया' था?

—हाँ बाबूजी!

आठ

जिला मैमनसिंघ, गाँव जुमापुर।

नबीनगर कॉलॅनी के सैकड़े-पचहत्तर निवासी एक ही जिला और गाँव के रहनेवाले हैं। पवित्रा को छोड़कर सभी पिछड़ी जाति के लोग हैं? सतगोप, काँदू, नमःशुद्र और कैवर्त।

योगेशदास बारिसाल से आया है और शारदा बर्मन और माखन दोनों त्रिपुरा जिला के निवासी थे—बेतिया कैम्प में जुमापुरवालों के दल में आ मिले इनके परिवार।

पवित्रा 'गोलपार्क' के दक्षिण में कटहल के नए पेड़ के पास खड़ी है।...जुमापुरवालों को बुलाकर दिखलाना होगा! कॉलॅनी के एक किनारे 'गोलपार्क' बनाया गया है। इसी के सामने स्कूल के लिए मकान बनेगा।...पवित्रा न जाने कहाँ देख रही है।

गोपाल पाइन ने पवित्रा का ध्यान भंग किया—की देखसेन?...स्कूल का स्थान देख रही हैं। और देखना नहीं होगा। हम लोगों के नोबीननगर के स्कूल का साइट—फर्स्ट क्लास...।

—नहीं, पाइन मास्टर। मैं कुछ और ही देख रही हूँ।

—क्या?

पवित्रा हँसी। बोली—इधर आइए पाइन मास्टर!...यहाँ खड़ा होइए। अब देखिए, वहाँ दूर उस टेढ़े पेड़ को।...देख रहे हैं न? अब उससे भी दूर वह काला जंगल दिखलाई पड़ रहा है, टाइल-खपड़े के वे घर! खजूर के दोनों पेड़ों से उस पार—देखा?...अच्छा, बोलिए तो पाइन मास्टर, अछिमुद्दीनपुर हाट हम लोगों के जुमापुर से जैसा दिखलाई पड़ता था।...मान लीजिए आप जुमापुर के 'ठाकुर पोखरे' पर पूरब मुँह खड़े हैं और दूर दिखलाई पड़ रहा है अछिमुद्दीनपुर हाट का काला जंगल। वह पेड़, ठीक इसी तरह टेढ़ा पेड़ उस रास्ते में भी था। आपको याद है? देखिए तो! बोलिए तो!!

गोपाल पाइन ने आँखों के ऊपर तलहथी डालकर दूर तक दृष्टि फेरी और अवाक् हो गया!...ए की लीला?

—मैं कल से ही देखकर हैरान हूँ।

गोपाल पाइन एक-डेढ़ मिनट तक चुपचाप खड़ा देखता रहा, फिर न जाने कैसे सब कुछ भूल गया। उसे लगा, वह जुमापुर गाँव के ठाकुर पोखरा पर खड़ा होकर पूरब की ओर देख रहा है—अछिमुद्दीनपुर हाट की ओर। पीठ की ओर है ठाकुरबाड़ी—काशीनाथ चटर्जी की ड्योढ़ी!...गोपाल पाइन अभी तुरन्त पाठशाला से लौटा है। कुछ जरूरी बातें करनी हैं सेक्रेटरी (पिता ठाकुर) काशीनाथ चटर्जी से। वाग्दीपाड़ा में पाठशाला खोलने की बात हो रही है और मुसलमान जमींदार कादिर का बेटा कासिम विरोध कर रहा है। लोगों को भड़का रहा है। पिता ठाकुर अछिमुद्दीनपुर हाट पर एक कमिटी में गए हैं, 'गोरूगाड़ी' पर।...टेढ़े पेड़ के पास गोरूगाड़ी (बैलगाड़ी) देखकर गोपाल पाइन का दिल धड़क उठा था—पता नहीं कमिटी में किसकी जीत हुई! पिता ठाकुर का कोई प्रस्ताव कभी गिरता नहीं—इस बार देखा जाए। 'ठाकुरबाड़ी' के चबूतरे पर खड़ी पवित्रा पुकार रही है—पाइन मास्टर, बाबूजी अब आ ही रहे हैं। यहाँ आकर बैठिए न...!

—पाइन मास्टर? की होलो?

—पाठशाला यदि नहीं खोलने दिया तो...आमि हांगर स्ट्राइक कोर्बो।

—लेकिन स्कूल की मंजूरी तो मिल गई है। कल से मकान बनाने के लिए ठेकेदार भी आ रहा है, जन-मजदूरों को लेकर।

—कोथाय? सालार बेटा साला—कादिरेर बेटा कासिम तार साला जालिम...! आमि हांगर-स्ट्राइक कोर्बो!

—क्या बक रहे हो?

—मैं बक रहा हूँ?

अचानक गोपाल पाइन को किसी ने नोबीननगर की कॉलॉनी में, गोलपार्क के सामने, लाकर पटक दिया।...उसकी आँखें झरने लगीं—दीदी ठाकरुन! ए की देखा ले? यह क्या दिखलाया तुमने? अपने गाँव की छवि देखकर कलेजा स्थिर रह सकता है भला! मैं एकदम जुमापुर पहुँच गया था।

...इस देश में सिर्फ आदमी ही 'आपन पार्टी' का नहीं, दिशाएँ भी 'आपन देश और आपन पार्टी' की हो सकती हैं।

—सोचती हूँ, गाँव का रुख ही इस ओर कर दिया जाए—जैसे जुमापुर में था। गोपाल पाइन ने कहा—'अलबत्ता' बदल दीजिए।

गोपाल पाइन को इतनी बड़ी बात मिल गई, वह कैसे चुप रह सकता है। उसने एक-एक जुमापुर के निवासी को नाम ले-लेकर पुकारा—देखे जास-देखे जास...देख जाओ, एक झलक अपनी जननी—जन्मभूमि की!

छिदामदास, कालाचाँद घोष, हरेराम, हरिधन, राखाल विश्वास, हरलाल साहा,

लखीकान्त सरकार—सभी दौड़े आए। खेत-खमार से लौटे हुए और हाट-बाजार से आए हुए लोगों को गोपाल पाइन चौरस्ता पर, कॉलॅनी के बाहर ही चेतावनी दे देता—एक अद्‌भुत चीज दिखलाएगी दीदी ठाकरुन। चल, चल!

पवित्रा ने कालाचाँद से भी उसी तरह खड़ा होने को कहा। फिर बोली—उस टेढ़े पेड़ को देख रहे हो? खजूर के दोनों पेड़ दिखलाई पड़ रहे हैं न! उसके बाद वह काला जंगल और टाइल-खपड़े के वे घर। देखा? अच्छा, अब तुम आँख मूँदकर एक बार कल्पना करो कि तुम जुमापुर के 'ठाकुर पोखरे' की पूर्वी मेंड़ पर खड़े सामने की ओर देख रहे हो—अछिमुद्‌दीनपुर हाट की ओर। फिर आँखें खोलो। आँखें बन्द करो!

कालाचाँद हँसा—आँख बन्द करने से क्या होगा—पैर जो इस 'पर-भूमि' पर है दीदी...।

—तुम मूँदो भी। और जैसा कहा—वैसा सोचो!

कालाचाँद का चेहरा पीला पड़ गया।...उसी खजूर के पेड़ पर चढ़कर—'टीया' (तोता) के दोनों बच्चों को उतारा था—रामलखन! अछिमुद्‌दीनपुर हाट में आलूचॉप खाने के लिए वह हर हाटबार को मामा के साथ भाग जाता था...। वह—वहाँ—बगुले उड़ रहे हैं; वही है 'बीबी दीधी'—मछली से भरी हुई छोटी नदी। उसी के किनारे मुहर्रम का मेला लगता है!...अछिमुद्‌दीनपुर हाट स्कूल में सभी मास्टर मुसलमान थे। इसलिए कालाचाँद अपने साथियों के साथ 'बीबी दीधी' की ओर भाग जाता और शाम को सेर-डेढ़ सेर मछली लेकर लौटता। बाबूजी खुश होकर कहते—सतगोप का बेटा पढ़कर क्या करेगा? अन्त में खेती ही करनी होगी।...जंगल के उस पार ही अछिमुद्‌दीनपुर गाँव है। उस गाँव के शेख मंसूर आलम साहब मिनिस्टर हैं। कितना शानदार घर बनवाया था! दरवाजे पर रोज 'सिनेमा' होता था—'भूलिनाई' बंगला सिनेमा कालाचाँद ने मंसूर साहब के दरवाजे पर ही देखा था—भूलिनाई। रात में लौटते समय उसके मामा ने कहा था—इस जंगल को एकदम चुपचाप पार करना। खाँसी-छींक कुछ नहीं होने पाए।...दरगाह में अभी जिन्नात की बीबी निकली होगी।...जंगल से निकलकर एक दिन जिन्नात की बीबी नहीं, शैतान आए थे...हजारों लोग जुलूस बनाकर आ रहे हैं—झंडा, बाजा-गाजा। मुहर्रम नहीं! जुलूस!...जुलूस जुमापुर के पास आकर रुका! कई लोग आ रहे हैं—मोटरसाइकिल पर, घोड़े पर!...तोमरा मोछलमान हइते, इस्लाम कबूल कोरते राजी?...की बल से साला मोछला? इस्लाम कबूल? कभी नेंही, कभी नेंही। जान दे देगा—धरम नहीं छोड़ेगा। खूब धोखा देकर जुलूस ले आए हो! फिर इसके बाद जुलूस आगे बढ़ता आया—आग की नदी में बाढ़ आई—नदी गाँव में घुस गई।...आगुन! आगुन!! मारो-मारो!!

कालाचाँद को एक ओर ठेलते हुए पवित्रा बोली—साँझ हो जाएगी! जरा इन्हें भी देखने दो।

कालाचाँद ने भरे गले से कहा—दीदी ठाकरुन, पर-भूमि में रहकर भी जुमापुर पहुँच गया। देखो मेरी देह, सभी रोएँ खड़े हैं।...यह तो, सचमुच जुमापुर में ही हैं हम लोग।...जुगीदा आप नहीं समझिएगा। बारिसाल नहीं—जुमापुर गाँव का छवि जिसको देखना है, वह 'हियाँ पर' आ जाए!

पचीस साल और इससे अधिक के उम्रवालों ने उस दिन बार-बार जुमापुर गाँव की—अपने देश की छवि देखी।

लखीकान्त सरकार मंसूर साहब की दुकान में नौकरी करता था। रोज सुबह उठकर, हाट पर जाने के पहले, पूरब की ओर देख लेता—'ठाकुर साँड़' कहीं है या नहीं। पता नहीं क्यों 'ठाकुर साँड़' लखीकान्त को देखकर ऐसा चिढ़ता था।...लाल कपड़ा नहीं, लीग के झंडे के लिए मंसूर साहब की दुकान में गाँठ की गाँठ कपड़ा आया था—लीगी रंग का कपड़ा। उसी कपड़े का कुरता लखीकान्त पहरता था। और उस कपड़े को देखते ही 'ठाकुर साँड़' आगबबूला! एक बार भागकर उस दाहिनेवाले खजूर पर किसी तरह चढ़कर लटका रहा था लखीकान्त दो घंटे तक।...पिता ठाकुर ने अपनी माँ के श्राद्ध में साँड़ छोड़ा था। बोले थे—लखी, तुम उस रंग का कपड़ा छोड़ो!...आखिर उस साँड़ को अछिमुद्दीन हाट पर कुर्बानी में जिबह कर दिया मंसूर साहब के चचा और ससुर दाऊद साहब ने।...लीगी रंग का कपड़ा छोड़ देने पर फिर कभी नहीं चिढ़ा ठाकुर-साँड़। आश्चर्य!

पन्द्रह साल के लड़के-लड़कियों की बुद्धि में कोई बात नहीं आ रही। इनमें से अधिकांश का जन्म भागते समय विभिन्न कैम्पों में हुआ है—मालदह, कटिहार, पटना, बेतिया। फिर भी वे उन खुले खेतों की ओर, खजूर के पेड़ों को, काले जंगल को लाल खपरैलवाले घरों की ओर टकटकी लगाकर देख रहे हैं—यह तो परवाहा गाँव है अछिमुद्दीनपुर नहीं। कल ही उस गाँव में बिस्कुट बेच आया है अन्दू।

जुमापुर-निवासी शरणार्थियों को रात-भर नींद नहीं आई—यह क्या दिखला दिया दीदी ठाकरुन ने?...आश्चर्य! रात के अन्धकार में रंग भी उस 'दिक्' (दिशा में) देखो—हू-ब-हू अछिमुद्दीनपुर हाट की रोशनी! दूर से झिलमिलाती हुई रोशनी!...रात-भर जब तक जगे रहे, जुमापुर में ही रहे। वहीं की याद, चर्चा। किसी ने खाया, कोई यों ही लेट रहा।

रात में तीसरे पहर नींद के साथ सपने आए—सभी को।

सुबह में एक-दूसरे के सपने की बात सुनते और लम्बी साँस लेकर चुप हो जाते। राखाल ने कहा—आज वह खेत पर नहीं जा सकेगा। रात-भर उसकी 'खुड़ी' (दादी) पुकारती रही है—ओ रे राखाल!

तीस जुमापुर-निवासियों में बीस स्त्री-पुरुषों ने आज बेवजह हड़ताल कर दी।...फेरीवाले नौजवानों ने समय पर अपना काम किया, एक-दूसरे को पुकारकर बुलाया। नहाया-धोया और अपनी-अपनी झोली-टोकरी, कनस्तर और बक्से लेकर निकले—चल रे साढ़े आठ टा बाजलो।...गाड़ी फेल हो जाने पर 'बस' नहीं है आज!

फेरी करनेवाले नौजवानों का 'दलपति' है—बिश्टू। ट्रेन में, चेकर या गार्ड से मिलकर अपने साथियों के दुख-दर्द की कहानी सुनाकर—मौखिक औडर लेना, 'बस के ड्राइवर और कंडक्टरों को खुश रखना, सामूहिक खर्च का हिसाब रखना—बिश्टू का काम है। महाजन भी उसी की 'जामिन' (जमानत) माँगते हैं।

बिश्टू ने आज कॉलॅनी से निकलने के पहले अपने साथियों से कहा—तुम लोग चौरास्ते पर ठहरना। मैं जरा दीदी ठाकरुन से दो बातें कर लूँ।

—दीदी ठाकरुन। मिछे-मिछे...झूठमूठ कल आपने क्या कह दिया सभी से कि आज सारी कोलोनी में हड़ताल है। कोई काम पर नहीं जा रहा आज। गाय-गोरू सब खूँटे पर हैं। मैं और लोगों की बात नहीं जानता, मेरे बाबा और माँ यदि इस तरह सोये रहेंगे झोंपड़े में तो आज खेत में धान की 'बोआई' नहीं हो सकेगी। जब तक खेत में पानी है...।

—क्यों? काम पर क्यों नहीं जा रहे लोग?

—की जानी?...आप जानें।

—मैं जानूँ? मैंने उनसे काम-धन्धा छोड़कर मातम मनाने के लिए कहा है? तुम क्या कहना चाहते हो बिश्टू—यह हड़ताल मैंने करवाई है?

...दीदी ठाकरुन इस तरह चिढ़ क्यों गई अचानक? ऐसी बात पर इतनी जल्दी गरम नहीं होती, दीदी ठाकरुन।

—नहीं, दीदी ठाकरुन। मेरे कहने का माने...

—खूब समझती हूँ मतलब? तुम जरा अधिक चालाक हो गए हो।...मैं नहीं रहना चाहती कोलोनी-मेम्बर। बार-बार 'रिजाइन' लिखकर दिया है, इस बार भी दे देती हूँ। कोलोनी-मेम्बर चुनो अपना।

बिश्टू समझ गया, बात बढ़ी तो उधर गाड़ी छूट जाएगी। वह कुछ भी नहीं बोला और वहाँ से चलने लगा। पवित्रा ने कड़े स्वर में कहा—बिश्टू! तुम आज फेरी करने नहीं जाओगे। पहले...

बिश्टू चला गया।

पवित्रा का क्रोध अचानक उतर गया—यह क्या हुआ? वह क्यों अचानक गरम हो गई बिश्टू पर? वह बेचारा तो ठीक ही कह रहा था।...काम पर नहीं जाने का क्या मतलब?

पवित्रा एक-एक को पुकारती हुई कोलोनी ऑफिस की ओर चली।...

दोपहर को 'ऑफिस-घर' में एकत्रित शरणार्थियों को समझा रही है पवित्रा—यह तो अजीब बात हुई।...भगवान ने देखा कि अपनी जन्मभूमि की याद करते-करते हमारा हृदय कुंठित हो गया है। किसी काम में जी नहीं लगता इनका। किसी चीज से प्यार नहीं—न यहाँ के लोगों से, न यहाँ के पशु-पक्षी से। किसी पर विश्वास नहीं जमता इनका। इसलिए भगवान ने सोचा कि चलो इन्हें अपनी लीला दिखला दें। सात-आठ महीने हो गए हमें यहाँ आए। कभी तो हमारी नजर में यह 'चौर' अछिमुद्दीनपुर हाट की झलक लेकर नहीं पड़ा! फिर, कल...क्यों? जानते हो—ठाकुर (भगवान) का आदेश है—यहाँ की मिट्टी को प्यार दो!...जुमापुर और नबीनगर एक ही है।

दोपहर के बाद सभी काम पर गए।

घनघोर वर्षा शुरू हुई। पेड़ पर फिर वह 'हल्देपाखी' आई—का करुण परिवेदना!

पवित्रा अपने काम का लेखा-जोखा ले रही है—चार टेबुल-क्लाथ, दो आसनी, दो दर्जन गिलाफ, ढकनेवाले नेट-कवर, पाँच बटुए। दो महीने में बस यही उत्पादन!...बिश्टू के हाथ कल 'खादी प्रतिष्ठान' के मैनेजर को भेज देना है और पिछला हिसाब साफ करके पैसे...?

संध्या की माँ गिरिबाला दासी आई—दीदी ठाकरुन! बिश्टू का कोई दोष नहीं। सभी के जड़ में है वह—शारदा बर्मन। वही सबको 'उचकानी' देता रहता है कि औरत कोलोनी-मेम्बर जहाँ रहे वहाँ के मर्द की बात का क्या भैलू?

—नहीं संध्या की माँ, किसी का कोई दोष नहीं। न बिश्टू का न शारदा बर्मन का।...बिश्टू ने ठीक ही कहा था!

...संध्या को प्राणों से बढ़कर प्यार करती है पवित्रा। इसीलिए उसकी माँ गिरिबाला दासी की सभी बातों पर ध्यान दे, ऐसी नहीं है पवित्रा। गिरिबाला कभी-कभी नाजायज बातें कर बैठती है। पवित्रा का नाम लेकर लोगों से बेवजह तर्क-वितर्क करती फिरती है—दीदी ठाकरुन आग में खड़ा होने कहे—खड़ा होना होगा।

—नहीं संध्या की माँ। तुम नहीं समझोगी।

...कल ही संध्या की माँ कह रही थी, 'जादू' (जादब) को दीदी ठाकरुन ने हुकुम दे दिया है! वह जब चाहे कोलोनी में आ सकता है। रात रह सकता है। कोई कुछ बोल नहीं सकता।

—नहीं, संध्या की माँ, मैंने ऐसा नहीं कहा है किसी से!

...संध्या उस दिन सोने आई। एक ऐसी खुशबू ले आई अपने साथ जिसकी जरा-सी गन्ध लगते ही पवित्रा का लहू गरम हो जाता है।...कादिर का बेटा कासिम! कादिर नहीं, कादिर अब्बा का बेटा कासिम भाई!! पोत्रा आमि हिन्दू हुते पारि, तुई

हाँ बोल। एक बार 'बोसा' तुमसे बगैर पूछे लिया। एक बार तू खुद...ना-ना कासिम भैया, मैं 'अम्मा' से कह दूँगी। तुम बहुत 'दिक' (तंग) करते हो। मैं अब नहीं आऊँगी।

—कैसे नहीं आओगी? मैं लिवाने आऊँगा, तब भी नहीं?

—कादिर अब्बा भी आएँगे बुलाने, तब भी नहीं।

—तो किसके बुलाने पर आओगी? लखीमपुर के उस विनोद मुखर्जी...

...विनोद मुखर्जी। लखीमपुर के जमींदार—राय साहब विकास मुखर्जी का बेटा—जिसके साथ पवित्रा की मँगनी हो चुकी थी।...विनोद और कासिम एक ही कॉलेज में एक ही दर्जे में पढ़ते थे।

...कासिम भाई ने हठात् उसकी बाँह पर कुछ डालकर मल दिया था—जोर से। पवित्रा और भी नाराज हुई तो हँसने लगा था—पोत्रा! साढ़े तीन सौ टाका भरी—एई खास लखनऊ का आतर...!

...लखनऊ का इत्र! ऐसी मारात्मक गन्ध!

—की रे संध्या, की मेखेछिस...क्या लगाकर आई है?...खास लखनऊ का आतर?

संध्या अचरज से मुँह देखने लगी थी...दीदी ठाकरुन सचमुच सबजाँता (सब कुछ मालूम हो जिसे) हैं। नहीं तो, खास लखनऊ का इत्र... ?

—कहाँ लगाया है, बाँह पर?

संध्या की आँखें अब गोल हो गईं...सचमुच।

—बोलती क्यों नहीं।...बिछावन झाड़ना नहीं होगा। मैंने सब कुछ कर लिया है। तू एक बार अपनी किताब ले आ। और सुन—'लखनऊ का आतर' की गन्ध से मुझे सिरदर्द होता है। आज तू माँ के साथ ही सोना।

—मैं धो आती हूँ! संध्या बोली।

...धोने की क्या बात, संध्या नहा आई। साबुन से दस बार बाँह को धोया है। फिर भी गन्ध लगेगी दीदी ठाकरुन को? दीदी ठाकरुन को बात की भी गन्ध लगती है।

—किताब ले आई?

—अग्येहाँ!

—पहले हिन्दी किताब निकालो।

...दीदी ठाकरुन जानती हैं, संध्या हिन्दी पढ़ना ज्यादा पसन्द करती है।

...सचमुच, संध्या ठेठ-बिहारियों की तरह हिन्दी पढ़ती है—भारतवर्ष को 'भारतवर्ख' पढ़ती है, संयुक्त को 'संजुक्त'—

...पता नहीं क्यों, जिस दिन इस लड़के को देखा—पवित्रा मुग्ध हो गई—

देखते ही। संध्या की माँ ने कहा था—यह आपके साथ रहे। यह आपकी ही बेटी है—दीदी ठाकरुन। निगोड़ी ने जन्म के बाद से ही मुझे सताया है। अब आप इसे अपनी शरण में लीजिए।...किशोरी संध्या! बहुत मीठा गला है। गीत गाते समय 'शब्दों' को समझकर गाती है।

...संध्या को पढ़ाते समय ऐसा लगता है मानो पवित्रा स्वयं संध्या होकर बैठी है और पवित्रा के आसन पर बैठे हैं—बाबा। काशीनाथ चटर्जी। पिता ठाकुर।

—आज एक नया कीर्तन सीखो!

...नया कीर्तन?

—नहीं, आज कीर्तन नहीं। एक कहानी सुनाऊँगी। तुम 'हाँ' 'हाँ' कहती रहोगी तो सुनाऊँगी।...बुझलि माना?

...संध्या को पवित्रा 'माना' कहती है—तुई आमार मा ना?...तू मेरी माँ है न? माँ ना ...माना।

...पवित्रा को माँ का लाड़-दुलार कभी नहीं मिला! चटर्जी वंश की कन्या जब ब्याहने योग्य होती है, परिवार पर एक आफत ढाकर चली जाती है।...पवित्रा की बड़ी फुआ नदी में डूब मरी। मझली—मौलवी वदूद के 'जिन्नों' के फेर में पड़कर पागल हुई, फिर मर गई। पवित्रा की माँ कहती—यह तो जानबूझकर साँपिन पालना है। तीन पुश्त से जो होता आया है वह एक दिन होकर रहेगा।

...पवित्रा की माँ को बेकार बक-बक करने का रोग था। बचपन से ही दोनों छोटे भाइयों की देखरेख, रसोईघर की सहायता, पूजा-घर की तैयारी, छोटे-मोटे बरतन-बासन की धुलाई—सब कुछ पवित्रा के सिर पर। इसमें कहीं और कभी तनिक-भर त्रुटि हुई कि माँ की गालियाँ और कभी-कभी तमाचे!

...बाबा कहा करते—उसे मारकर हार जाओगी, वह कभी रोएगी नहीं। मेरी आनन्दमयी माँ की आँखों में आँसू आ ही नहीं सकते।

—अपनी आनन्दमयी को लेकर घर बसाओ!

—गिन्नी! पागल हो गई हो?

—पागल तुम हुए हो। जवान लड़की को बगल में लिटाकर कहानी सुना रहे हो? यही क्या ढंग है बेटी और बाप के बैठने-लेटने का? तुम बुढ़ापे में बुढ़भस कराओगे! पूछती हूँ, यह कहाँ का लाड़-दुलार है? जवान बेटी का सिर छाती पर रखकर सहलाते हुए कहानी कहना! मैं सब कुछ देख रही हूँ।

—इसे तुम 'जुबती-मेये' कहती हो। मेरी इस पिद्दी-भर की बेटी को?

जुबती आर काके बले? तुम पंडित-मानुस हो। तुम्हारा यह काम...?

...बाबा माँ के कोलाहल से बहुत घबराते थे। पूजा करने के, घर में घंटों बैठकर 'पद्य रचने' के सिवा और क्या कर सकते थे। माँ ने पवित्रा के बड़े भाइयों

के मन में भी यह बात पैठा दी थी—बूढ़ा किसी को भी प्यार नहीं करता, उसी डायन के कारण!

...पवित्रा माँ से कभी नहीं डरी। बचपन में वह पहली बार नारायण गंज काली-मेला में गई थी। मूर्ति देखकर वह डरी। बाबा ने कहा—क्यों माँ, डरती क्यों है?...हाथ में क्या है वह, जीभ क्यों निकली हुई है उस तरह? गुस्सा है?—इसमें डरने की क्या बात? माँ गुस्सा में रहे या खुशी में—माँ से कभी कोई डर नहीं।

...युवती हुई पवित्रा एक दिन! माँ ने स्पष्ट कह दिया—बाहर दालान पर पैर रखोगी तो काट दूँगी—इसी तरकारी काटनेवाली 'बैठी' से। रेत दूँगी गला—हाँ। बेटी न हुई सौत!

...पवित्रा मन-ही-मन खूब हँसती। माँ को चिढ़ाने के लिए नहीं, वह हर रोज भोजन के समय पिता के पत्तल के पास जाकर बैठती—पंखा लेकर। बाबा आँखें थाल पर गड़ाए रहते—तोमार शरीर केमन? 'जर' नेइ तो?

—शरीर की बात पूछते हो?...तुम्हारी लाडली को भूखी रखती हूँ?...मछली खाते नहीं क्यों? तुम्हारी बेटी के लिए पूरा 'माथा' ही रख दिया है रेहू का।

...और भोजन करते समय गुस्से में कभी बड़े भैया के हिस्से की 'मूड़ी' (मछली का सिर) परोस देती माँ—पवित्रा कभी आनाकानी नहीं करती। खा लेती। तब माँ चिल्ला-चिल्लाकर सारे दालान को दलमला देती—देख लो आकर, चार सेर के रेहू की मूँड़ी तुम्हारी बेटी ने किस तरह चट कर दिया है। राक्षसनी और किसको कहते हैं?

...बड़े भैया मछली की परोसी हुई कटोरी झन्न से फेंककर मुँह पोंछते हुए उठ जाते—यह भी उसी को परोस दो!

...कादिर अब्बा के घर हर साल ठाकुरबाड़ी से दो बार सौगात भेजी जाती। ईद और दुर्गापूजा में। अपने पिता के साथ पवित्रा बचपन से ही ईद के मौके पर कादिर अब्बा की हवेली में जाती। कासिम, शमीम, शबनम—कादिर अब्बा के सभी बच्चे—दुर्गापूजा में ठाकुरबाड़ी आते थे।

...किन्तु उस बार 'ईद' के दिन पवित्रा नहीं गई। कासिम दादा खुद आए। पवित्रा ने हँसकर कहा था—ईद मोबारक कासिम दादा!

...कासिम दादा ने इधर-उधर देख कहा था—चाँद तो मैंने अभी देखा है।

—कासिम दादा क्या बक रहे हो?

—तुमी आमार चाँद...।

—किन्तु कासिम दादा, चाँद सदा आकाश में रहता है।

—आमि धोर्बो...।

...कासिम ने पवित्रा को चूम लिया था पकड़कर।

—कासिम दादा। की...?

—ना, कासिम दादा ना। तोमार 'नोक' (पति)...।

...उसी बार पवित्रा ने अपने पिता से स्पष्ट शब्दों में कह दिया था—बाबा, यह कासिम दादा बड़ा फाजिल...यानी बदमाश हो गया है।

...बाबा उन दिनों गांधी जी की तरह सप्ताह में एक दिन मौनव्रत रखते थे। उन्होंने कागज के एक टुकड़े पर लिखकर उत्तर दिया था—बदमाश हो या शैतान, प्रेम से सभी को जीता जा सकता है। प्रेम सदा विजयी होता है।...आसल जिनिस होलो भालोवासा। गांधी जी बलेछेन...।

...किन्तु उसी बार वाग्दी-पाड़ा की कुबड़ी बूढ़ी की मारफत कासिम ने खबर भेजी थी—इस बार ईद के बाद फिर दूसरा ईद होगा—जशन! वह पवित्रा को लेने आवेगा। पवित्रा सज-धजकर तैयार रहे उस दिन।

...ईद का जशन। आग की लपलपाती हुई लपटों की रोशनी में पवित्रा ने देखा था—कासिम ढूँढ़ रहा है!...कोथाय...कोथाय...कोथाय से?

...आग...मार-काट...बन्दूकों की आवाजें ईद का जशन...फुलझड़ी...वंदेमातरम् ...गांधी जी की जय—पवित्रा के पिता की आवाज ठाकुरबाड़ी में मँडरा रही है।...कासिम ढूँढ़ रहा है—साला बूड़ार बिटी कोथाय?...आमार चाँद!

...फिर, पवित्रा ठाकुरबाड़ी से निकलकर कैसे वाग्दीपाड़ा पहुँची, वह नहीं जानती। उसकी आँखें खुली थीं—हिन्दुस्तान के एक शरणार्थी कैम्प में, कटिहार स्टेशन पर। होश में आते ही पवित्रा ने पूछा था—बाबा कहाँ हैं? माँ कहाँ? और लोग कहाँ हैं?...किसी ने कोई जवाब नहीं दिया। उसने फिर कोई सवाल नहीं किया। एक लम्बी साँस लेकर वह चुप हो गई। तभी से वह चुप है।...घर से भागते समय—बाबा के रचे हुए कीर्तन की पोथीवाली झोली वह कलेजे से सटाकर निकली थी।

...काला की माँ ने बेतिया कैम्प में चुपचाप बतलाया था—कासिम भाले की नोक पर 'विनोद' का कटा हुआ सिर लेकर सबसे आगे था।...विनोद मुखर्जी। लखीमपुर के राय साहब विकास मुखर्जी का बेटा—पवित्रा का होनेवाला दूल्हा—जो 'पिता ठाकुर' के नाम अपने बाप का कोई गुप्त सन्देश लेकर आ रहा था। अथवा—उसके मन में जो बैठी हुई थी उसी की सुधि लेने आ रहा हो।...अछिमुद्दीनपुर हाट पर कासिम ने विनोद को देखा और भुलावा देकर अपने घर पर ले गया—साला, तुई पवित्रा के बिये कोर्बे।...विनोद का सिर कटकर धरती पर गिर पड़ा।

—की रे माना, जादब केमन लोक?

—लोकटा बदमाइश?

—बदमाइश? क्या बदमाशी करता है?

—मासी माँ, वह मुझे बहुत 'दिक' (तंग) करता है।...आज भी जबर्दस्ती इत्र लगा दिया बाँह पर।

—सिर्फ इत्र लगाया? इसमें क्या बदमाशी हुई?

—आमा के खूब जोरे चूमू खाय।...मुँह में पान भरकर!

—तुझे अच्छा नहीं लगता। माँ-बाबा से क्यों नहीं कहती?

—बाबा ने उससे बहुत 'टाका' लिया है।

—टाका? क्यों?

—मेरी शादी की बात पर। बाबा कहते हैं, हम लोग भी सतगोप हैं और 'जादब' भी गोप है।

...तो, हरिप्रसाद जादब, संध्या का होनेवाला दुल्हा है?

—मासी माँ?...सो गई क्या?

नौ

पंडित रामचन्द्र चौधरी को विश्वास हो गया है, कामदेव सारी सम्पत्ति लौटाकर दम लेगा। रुपये सेर का माल, पहली बार में ही नौ रुपये सेर बिका। सचमुच, पूँजी की कोई जरूरत नहीं हुई। पिता-पुत्र दोनों महाजन के दलाल से मिले—नाम-धाम लिखने के बाद, दस-दस सेर माल दे दिया। नब्बे रुपये का माल बेचकर, दस रुपये चुका आया। फिर, दस-दस बीस सेर। दो खेप में ही एक मन का मुनाफा साढ़े तीन सौ—एक सप्ताह में!

चौधरी लोगों से कहता है—बीरपुर में कोसी के साहबों की कोलोनी बनी है। सभी साहब की जनाना पूजा-पत्तर करनेवाली। ब्राह्मण का और काम ही क्या है? पिता-पुत्र दोनों को दिन-रात पूजा करने और कराने से ही छुट्टी नहीं मिलती। अररिया कोर्ट में रसोई-पानी करके—स्कूल में पढ़नेवाले श्यामदेव को भी चौधरी ने संवाद भेजा—खाए अररिया कोर्ट में और हाथ सुखावे गोड़ियर में...।

तीसरी खेप में तीन जन—तीस सेर माल—बिका चौदह रुपये फी सेर की दर से। एक ही खेप में तीन सौ नब्बे मुनाफा—लागत पूँजी काटकर!

चौथी खेप में कामदेव ने प्रस्ताव रखा—बाबा! घर में तो फूफू रहती ही है। पहलवान की छोटकी-पुतोहु भी आकर रह सकती है, दर-दुकान भी चला सकती है।...यदि इस खेप में माय को अस्पताल ले जाने का बहाना बनाकर भैंसागाड़ी लेकर चला जाए?...

कामदेव के किसी प्रस्ताव को अब पंडित रामचन्द्र चौधरी 'नकार' नहीं सकते—ठीक है। तैयार करो भैंसागाड़ी!

पहलवान की छोटी पुतोहु कामदेव की दुकान पर दिन में दस बार फेरा देकर जाती है।...अजब बात! गाँजा-भाँग-अफीम-शराब-चाय बीड़ी-पान के नशे के बारे में कामदेव जानता था कि लत जिसे पड़ी, वह नशे का गुलाम हुआ। किन्तु लेमनचूस का नशा भी ऐसा हो सकता है?

...सुबह से एक बार भी नहीं आई पहलवान की छोटी पुतोहु? कामदेव वसूल-तगादावाली बही हाथ में लेकर निकला। पहलवान रनबीर सिंघ के दरवाजे से दस रस्सी दूर ही कामदेव को पता चल गया—आज तीन पुतोहु एक ओर हो गई हैं,

पहलवान की ओर दो ही हैं। छोटी पुतोहु सदा पहलवान की ओर से झगड़ा करती थी। 'पुतोहु-पाटी' में उसके मिल जाने से बहुमत के साथ बहुबल भी हो गया है!

पहलवान चिल्ला रहे थे—एक पाई नहीं। एक लाल-पैसा भी नहीं दूँगा।...तुम लोग...तुम लोग कोई भी असल राजपूत की बेटी नहीं। तब कैसी पुतोहू?...रखेलिनों को मनिआडर में क्या हक?

बड़ी पुतोहु 'पुतोहु-पाटी' की 'लीडरानी' है। कहती है—अपने कौन उत्तिम राजपूत हैं यह सभी को मालूम है। इससे तो गहलोत राजपूत (दुसाध) भला!

—क्या बोली? पहलवान तारस्वर में चिल्लाने लगे—क्या बोली? फिर से बोलो एक बार। जीभ बाहर खींच लूँगा।

छोटी पुतोहु बोली—बैठा खाय तुरंग!...इन कमानेवालों को भी तनिक लाज नहीं। साल-भर बाहर नौकरी करेगा—दो महीने के लिए घर आकर साल-भर का हिसाब वसूल करेगा...उस बार इतना रुपया भेज दिया। फलाने महीने में बाबूजी को लिख दिया था कि फलानी को दो रुपया हाथ-खर्च दे दीजिएगा—सो क्या हुआ? मैं आज ही कामदेव से चिट्ठी लिखवाती हूँ उस 'सिपाही-मरदुए' को कि घर में आकर कमर तोड़ोगे बहू की—मनिआडर भेजते हो बाप के नाम! अफीम खाने के लिए?

पहलवान की दृष्टि अचानक कामदेव पर पड़ी। बोला—जाओ कामदेव, लिख दो। आँगन में बुला रही है!

—कामदेव को आँगन में नहीं बुलाऊँगी। खुद कामदेव के घर जाकर लिखवाऊँगी।

—जा चुड़ैल की बेटी, जहाँ चाहे जाकर चिट्ठी लिखा या जो खुशी में आवे कर!...हम किसी को राजपूत की बेटी नहीं मानते? हमने अपने किसी बेटे से तुम लोगों की शादी नहीं की। रखेलिन सब!

—क्या बोला बुड्ढा? जो खुशी में आए कर? तब तुम्हारी पगड़ी कहाँ जाएगी—मुँहझौंसे?

—गरदन काट लूँगा, छिनाल!

—आज रात यदि बरामदे पर बैठकर पेशाब किया तो देखना—बुड्ढे!...कहता है जहाँ जो खुशी में आवे, कर?

—कामदेव, तुम गवाह रहना। यहाँ आज खून होगा। समझे?

कामदेव बोला—मैं तगादा में आया हूँ। ऐसी गवाही की ऐसी-तैसी! आप भी पहलवान काका खूब हैं। इन लोगों को बेकार मुँह क्यों लगाते हैं?

—तुम भी 'बभने' आए हो, चूड़ा की गवाही दही से देने!

—मेरा दाम...।

छोटी पुतोहू ने इशारे से पूछा—लेमनचूस आया है दुकान में? साथ में भी है?

सबसे छोटी पुतोहू, झगड़ा के समय ससुर की चौकी से सटकर खड़ी रहती है और फुसफुसाकर बीच-बीच में ससुर से कुछ-न-कुछ कहती रहती है।...बोली—कामदेव से इशाराबाजी करके कुछ कहा छोटी ने।

—क्यों कामदेव, तुम तगादा करने आए हो या इशाराबाजी करने? हम कहते हैं, एक दिन यहाँ एक नहीं कई खून होंगे!

कामदेव बोला—छोटी का बकाया तीन रुपये आप मुझे दे दीजिए। अदालत भैया ने लिखा है!

पहलवान रनबीर सिंघ के पाँचों पुत्रों के नाम उनके तत्कालीन मालिक राजा नागेश्वर सिंह ने रखे हैं। उसी दरबार में पहलवानी करते समय ये पाँचों 'लाल' हुए—खंजर सिंघ, पेस्तौल सिंघ, बन्दूक सिंघ, अदालत सिंघ, फौजदारी सिंघ। पहलवान ठाकुर रनबीर सिंघ का नाम भी राजा नागेश्वर ने ही रखा था। बाप-माँ का रखा हुआ नाम था—लूटन सिंघ!

पहलवान की आँखों से चिनगारी निकलने लगी—किसने लिखा है? अदालत ने? ले जाय साला अपनी रखेलिन को! मैं अपने इस घर में उसकी 'हरजाई-औरत' को नहीं रख सकता!...हमको नहीं लिखकर तुमको लिखा?

—क्यों नहीं लिखेगा? छोटी बोली—तुमको लिखने पर तुम देते नहीं!

हर महीने में बारी-बारी से अथवा एक ही दिन पाँच मनीआर्डर आते हैं और ऐसे झगड़े होते रहते हैं। कामदेव ने इशारे से छोटी बहू को अपनी दुकान पर आने को कहा और मोढ़े से उठ गया।

चलते समय पहलवान ने कहा—अपने रुपये लेते जाओ कामू!

कामदेव के जाते ही छोटी बहू ने चुनौती देकर अपने ससुर से कहा—लो, मैं जाती हूँ। फिर यदि कोई बुलाने गया, तब उस मुँहझौंसे से पूछूँगी।

कुलदीपा (दीपा) की मुसम्मात माँ पहलवान के पड़ोस में रहती है। बहुत 'नियम-धरम', 'बरत-उपवास' करनेवाली औरत है। वह झगड़ा होते समय किसी पक्ष से कोई बात नहीं करती। पहलवान रिश्ते में उसका जेठ है, इसलिए 'मुँहामुँही' नहीं बोलती। लेकिन टट्टी की आड़ में बोलने में क्या हर्ज?

झगड़ा बुझ जाने के बाद वह टट्टी के पास आ खड़ी होती है और यथासाध्य सभ्य और 'सधुक्कड़ी-भाषा' में वार्तालाप करती है—सो पहलवान-जेठ को कौन समझावे? हाय-हाय, जिसका नाम एक जमाना में तिरहौत से लेकर मुलतान तक फैला हुआ था। राजा-महाराजा तक जिसकी बहादुरी देखकर दाँत तले उँगली दबाते थे, उसको हर महीने ऐसी-ऐसी गन्दी गाली? हरे राम...हरे राम! सो पहलवान जेठ से कहती हूँ कि एक बार कष्ट करके दिल्ली जाकर एक क्षण के खातिर

नेहरू जी के रू-ब-रू होकर 'अरजी' क्यों नहीं लगाते? सभी को 'पेनसिलन' बाँट रहे हैं नेहरू बहादुर—क्या पहलवान-जेठ को लौटा देंगे दरबार से?

इतना सुनते ही पहलवान बच्चों की तरह फूट-फूटकर रो पड़ता है—दीपा की मा...य! कौन बूझेगा उस दुख को।...खुद लाट साहब पीठ ठोक चुके हैं। आज इन दुसाधिनों, धाँगड़िनों की लात खा रहा हूँ।

—सब दिन का फेर है पहलवान—जेठ! रोइए मत!

इस वार्तालाप के समय कोई पुतोहू-पक्ष या विपक्ष की—कुछ नहीं टोकती। पहलवान अपना आँसू खुद पोंछता है और बार-बार कहता है, ले जाओ अपने-अपने रुपये। अपने-अपने भतार की कमाई। नहीं चाहिए रुपये!

इस बार दीपा ने अपनी माँ की बात को दुहराया—पहलवान बाबा! चाह पीने के लिए यहीं आइएगा।

जब से गठिया ने पैरों को बेबस किया है, पहलवान ने दीपा की माँ के कहने से चाय पीना शुरू किया—अफीम छोड़कर। और दीपा की माँ जैसी पड़ोसिन नहीं होती तो पाँचों पुतोहु मिलकर एक ही दिन में पहलवान को 'पेनसन' दे देतीं—बहुत पहले ही।

मुसम्मात ठकुराइन से कोई नहीं झगड़ती—सभी को भय है, मुसम्मात डायन है। पाँचों पुतोहु अपनी अनुर्वरता का दोष उसी के सिर मढ़ती हैं। सभी उसे प्रसन्न रखना चाहती हैं। जिस दिन 'ढर' जाएगी—'कोख' दे देगी वापस!

कारे मंडल मुसम्मात की भैंस चराता है और रब्बी पासमान पंडित रामचन्द्र चौधरी की बची-खुची खेती-बारी करता है।...दोनों 'पालवेत' उदास हैं आजकल! इधर कई महीनों से दोनों एक नशे में थे। बी. डी. ओ. साहब के किरानी बाबू मुसम्मात ठकुराइन का बहन-बेटा है। उसने एक बार कहा—पुराना नाच-गान जाननेवालों को सरकार 'पेनसिलन' बाँटेगी।...बेहुला-बाला लखिन्दर आज का नाच है?

दोनों पालवेत एक बार समय निकालकर बी. डी. ओ. साहब के पास गए। बी.डी.ओ. साहब ने कुछ समझा ही नहीं।...मुसम्मात के बहन-बेटा की बदली—दूसरे 'बलौक' में हो गई—न जाने कहाँ! कहाँ-कहाँ जाएँ दोनों पालवेत!...

...बंगला-गान और बंगला बोली जानते हुए भी बंगाली टोला में रब्बी और कारे से किसी ने बंगला में गप नहीं की। जयराम सिंघ ने आकर सुनाया—कोलोनी के कीर्तन में हम सभी बंगाली-बंगालिन को पानी पिलाकर छोड़ दिया! दोनों पालवेत दूसरे दिन साँझ होते ही कोलोनी में पहुँच गए।

—कौन है?

—हामी!

—कौन हामी?

—हाम बोंगला गान करैंयाछी। उ खोल बजैंया खुब भालो पारे। वही गान सुनैयाँर जन्नो हामी कोलोनी में आसेछी। कत्तालोक के गान सुनैयाँ...।

—अरे, ई कौन मुलुक का बोली बोलती है?

—बोंगला बाबू, बोंगला!

गोपाल पाइन ने छिदाम को मैमनसिंघ की बोली में बताया—ये लोग 'आपन-पाटी' के 'मानुस' हैं।

—हें-हें। ओही तो आछेन मास्टर मुसाई। सोहिर दिन चौरस्ते पर भेंट हुइयाछी न। माने नेंही?

—क्या काम है? पहले काम की बात बोलो।

—एही गान!

...सब साला ए खाने गानई सुनते आइसे!

रब्बी ने कान पर हाथ कर शुरू कर दिया—बाला भाँसे-भाँसे-भाँसे सागड़ेरे जोले।...ओइ भाँसिते-भाँसिते बाला रे...!

—थामो बापू, थामो! रात में बेहुला गान मत गाओ।

कीर्तन के सेक्रेटरी कालाचाँद ने डाँटकर कहा—क्या? कोलोनी को 'गान-बाजना' का अड्डा समझ लिया है? जो आता है सब 'गान-बाजना-नाचना' शुरू कर देता है!

दोनों पालवेत हतोत्साहित लौटे—पालवेत! इन लोगों में भी ऊँच जाति और नीच जाति का 'विचार' है। जयराम सिंघ और सुक्की-बेलाही के बाबू लोगों की ही पैठ यहाँ हो सकती है।

कारे मंडल भैंस दुहकर ले आया—झुटपुटा होते ही। आज पहलवान काका चाय ही नहीं, रात में भी यहीं खाएँगे—इस उम्र में भी पहलवान काका दो जोड़ा कबूतर खा जाते हैं। मुसम्मात ने कारे से कहा—कारू, जरा धनुकटोली की सुगनी के घर जाकर कबूतर ले आओ। आज पहलवान जेठ ने दिन से ही मुँह में अन्न नहीं दिया है।

पगहिया में बँधे हुए घोड़े की तरह खड़ाऊँ खड़बड़ाते लाठी टेकते हुए पहलवान रनबीर सिंघ आए—दीप्पा! कहाँ रे? ले जा—कामदेव की दुकान में खाक-पत्थर भी नहीं—पाकिस्थनियाँ टोला से जाकर ले आया। ले! ले जा बेटी—दीपा!

पहलवान लेमनचूस ले आया है दीपा के लिए।

दीपा कहती है—अर्थात् माँ की सिखाई हुई बात तोते की तरह दुहराती है—पहलवान बाबा, आपने क्यों कष्ट किया? कारे को पैसा दे देते, वह दौड़कर ला देता।

—बैठे-बैठे गिरह 'दुखाने' लगता है बेटी। दस कदम चल लेने से ठीक रहता है। दीपा के मुँह से शुरू करवाने के बाद मुसम्मात स्वयं अपनी बोली तेज कर देती है—महानारायण तेल का पार्सल आ गया क्या?

—ई धनुका जब से पोस्टमास्टर हुआ है तब से न किसी मनिआडर का ठीक है। और न चिट्ठी-पारसल का। डाकपेन से रोज पूछते हैं।...पता-उता तो गड़बड़ नहीं लिख दिया गया?

—कहो दीपा कि पता हम अपने हाथ से अँगरेजी में लिखे थे। उस कम्पनी से बराबर दीपा के लिए 'किशोर-सुधा' मँगवाती रहती हूँ।

—तुम अपने पते से ही क्यों न मँगाया?

—अपने पते से ही मँगाया है। कहो दीपा कि अपने पते पर मँगाने से कमीशन ज्यादा मिलेगा।

दीपा के गुरुजी आ गए। दीपा के गुरुजी—पारसप्रसाद।

पारसप्रसाद ने कहा—आ गया भीपी!

—आ गया। कहो दीपा कि पहलवान काका, भीपी आ गया।

—क्या आ गया?

—पारसल।

कितने का है, पूछा?

—हम 'इन्टिमेसने' लेते आए हैं—दस रुपये अस्सी नये पैसे।

दीपा की माँ मन ही मन हिसाब जोड़कर बोली—एक सौ पचास नये पैसे कमीशन दिया।

पारस का नाम गाँव में पड़ गया है—पारसलप्रसाद! बचपन से ही उसे पारसल मँगाने का शौक है। ओटो दिलबहार के खुशबूदार कार्ड का सेट मुफ्त में पाने के लिए बीस लोगों के नाम लिखकर भेजना पड़ता था। मुसम्मात ने ही पारस का नाम-पता लिख दिया था। पारस को भी एक कार्ड आया और उससे भी बीस नाम मय पता-ठिकाना के साथ माँगा गया—इसके बाद पारस को भी सुगन्धित-रंगीन कार्ड का सेट आया। फिर दुनिया-भर के सूचीपत्र—तरह-तरह की चीजों के—आने लगे पारस के नाम और दीपा की माँ के नाम।...दीपा की माँ उस समय मिडिल-इंगलिश पास करके गाँव की कन्या-पाठशाला में पढ़ाती थी—कुमारी सरस्वती देवी, अध्यापिका, रामगंज-पिपरा कन्या पाठशाला।

रामगंज-पिपरा पोस्ट ऑफिस में दो ही नाम से पार्सल आते—सरस्वती देवी अथवा पारसप्रसाद के नाम। सरस्वती देवी तरह-तरह की किताबें मँगवातीं। कभी हिमसागर तेल और कभी बालों की जूँ मारने की दवा! किन्तु पारस तो पार्सल का व्यापार ही करने लगा। गाँव में किसी को कोई रोग हो—सीधे पारस के पास

हाजिर। सब कुछ 'खुलासा हाल' चिट्ठी में लिखकर लुधियाना-पंजाब के हबीबुल हक हकीम को भेजते ही वाजिब दवा का पार्सल आ जाता!

...कलकत्ता, बनारस, लखनऊ, अलीगढ़, मथुरा, बम्बई की कई कम्पनियों से वह माल मँगाता था। कलकत्ता से कल-पुरजेवाली चीजें, बनारस से सुर्ती-जर्दा, लखनऊ से काला पत्ती जर्दा, अलीगढ़ से ताला और सरौता, मथुरा से नाटक का सामान!...किन्तु माल के साथ वह व्यक्तिगत अनुरोध भी लिख भेजता—प्रिय महाशय, आप तो जानते ही हैं कि हम आपका पुराना गाहक हैं।...माल के साथ यदि कालीघाट-काली-माई के मन्दिर के आँगन में गिरे हुए—कुचले हुए भी हों हर्ज नहीं—अड़हुल के फूल भेज दें तो भगवान-कसम आपकी कम्पनी को छोड़ कलकत्ता की किसी कम्पनी से कोई माल नहीं मँगाऊँगा।...बनारस से गंगाजल और विश्वनाथ जी का प्रसाद!

...अपने नाम का एक साइनबोर्ड भी मँगवाया एक कम्पनी से।—पारस एंड फ्रेंड कम्पनी, रामगंज-पिपरा। गाँव के लड़कों ने चिढ़ाया तो साइनबोर्ड उतारकर रख दिया पारस ने। लेकिन कारबार बन्द नहीं किया।...मशहूर हकीम, वैद्य और डॉक्टर के अलावा उसे असली-नकली चीजों का पारखी समझते लोग। सभी उससे सलाह लेने आते—जमाई को घड़ी देनी है, किस कम्पनी की घड़ी दें?...लड़की की जन्म-पत्री काशीजी के पंडित से बनवाना चाहते हैं—कैसे होगा?

...एक बार गाँव के एक खोये हुए लड़के का बाप रोता-कलपता हुआ आया—पारस बाबू! कैसे क्या होगा? पारस ने कुछ सोच-समझकर—'पूर्णियाँ समाचार' में एक विज्ञापन लिखकर भेज दिया। बोला—तीन रुपये का मनीआर्डर भेजना होगा आज ही। दूसरे ही सप्ताह 'पूर्णियाँ समाचार' में खबर छप गई...भगेलूप्रसाद उर्फ भोगेन्द्र मंडल, उम्र बारह साल, होंठ के ऊपर कटा हुआ, तुतलानेवाला, साँवला लड़का—12 ता. से ही लापता है!...भगेलू, तुम जहाँ भी हो घर चले आओ—बाबूजी डाँटेंगे नहीं, माँ रो-रोकर अन्धी हो रही है।

...एक सप्ताह बाद ही भगेलू घर वापस आ गया। उसी बार गाँव के नौजवानों ने नाम रख दिया—यह पारसप्रसाद नहीं—सचमुच पारसलप्रसाद...

...एक बार पारस चूक गया, किन्तु! गर्भनिरोधक बटी पार्सल से मँगवानेवाले नौजवान ने अपनी भाभी के लिए नहीं, किसी और के लिए मँगवाई थी। बटी की छपी हुई सेवन-विधि में 'सावधान' लिखकर चेतावनी दी हुई थी—गर्भवती स्त्रियों को यह दवा मत दो! तिस पर कोई गर्भवती को खिला दे यह बटी—डबल खुराक—तो उसका दोष किसे दिया जाए?...पंचायत में दोष पारस के मत्थे ही मढ़ा गया।...किसी लड़की को 'असली कोकशास्त्र' मँगवा देने का इलजाम किसी ने लगाया। लेकिन वह प्रमाणित नहीं हो सका।

...सरस्वती का विवाह हुआ। ससुराल चली आई। पार्सल मँगाने का शौक लगा रहा।...दीपा के बाबू की बीमारी में पार्सल से ही दवा मँगाई गई थी। उनकी मृत्यु के बाद बहुत दिनों तक सरस्वती देवी ने कोई पार्सल नहीं मँगवाया। दीपा के लिए 'किशोर सुधा' मँगवाने लगी। पुरानी आदत कहाँ जाए? हर महीने कोई न कोई चीज आती ही रहती है—फूल के बीज, अष्टधातु की अँगूठी! जादुई आईना!

...अजब संयोग! पारस का भी विवाह गोड़ियर में हुआ। सरस्वती देवी के विधवा होने के बाद पारस भी अपनी सास के यहाँ 'घरजमाई' होकर आ गया।

...दीपा को रोज सुबह पढ़ाने के लिए पारस को मास्टर रख लिया है। शाम को एक चक्कर रोज दे जाता है। किसी पार्सल का इंटिमेशन, कोई सूचीपत्र अथवा किसी कम्पनी की बेईमानी की बात लेकर पारस जरूर आ जाएगा। किसी रात को देर हो जाती है, कारे साथ जाता है पहुँचाने—मुनकीवाली लाठी बजाता हुआ।

...गोड़ियर गाँव के पंचायत का फैसला है—साँझ को कितना भी अँधेरा क्यों न हो, गाँव में चलते-फिरते कोई टॉर्च नहीं जला सकता।...गाँव की 'लाज' की बात है।

आज पारस अधिक देर तक नहीं ठहरेगा।

पारस चला गया। पहलवान ने इधर-उधर देखकर पूछा—दीपा? सो गई क्या दीपा?

—सोई नहीं है। मास्टर के डर से चुप थी।

—दीपा की माँ, कोई ऐसी दवा नहीं किसी कम्पनी में कि खिलाते ही...।

कारे मंडल कबूतर ले आया—एक ही मिला। सभी कबूतर तालेवर गोढ़ी के लिए 'रिजरब' हैं। कल काली मन्दिर की ईंट पड़ेगी—गाँव-भर की कबूतरवालियों को दाम धरा दिया है रामजी बाबू ने।

—एक से क्या होगा?

पहलवान रनबीर सिंघ ने सन्तोष की साँस लेते हुए कहा—ठीक है। तरद्दुद करने की जरूरत नहीं। पोस्तादाना के 'बड़े' बना देना।...लेकिन दीपा की माँ, यह छोटकी सचमुच कामदेव के घर चली गई है। दुकान चला रही है। अब बोलो, इसको क्या कहा जाए!

पहलवान जेठ को भोजन कराने में एक अद्भुत सुख का अनुभव करती है—दीपा की माँ।...विशालकाय आदमी के सामने भात की ढेरी।...एक-एक अन्न को बहुत प्रेम से मुँह में डालते हैं पहलवान जेठ। एक दाना भी बरबाद नहीं करते।

—दीपा, पहलवान बाबा से कहो कि लोग जो कुछ कहें, मैं दीपा को लड़के का लिबास पहनाती हूँ। पहनाऊँगी। बनस्थली विद्यापीठ में भेजकर लाठी, भाला, घुड़सवारी की ट्रेनिंग दिलवाऊँगी। अब लोग जो भी बोलें।

—लोक साला क्या बोलेगा? मारते झापड़ से 'थूथना' झाड़ देंगे।

पहलवान को खिला-पिलाकर बिदा किया दीपा की माँ ने। अब कारे को समझाने लगी—पाकिस्तानी टोला में क्या है? तुम और तुम्हारे पालवेत—एक अन्धा और दूसरा कोढ़ी!

कारे का पालवेत रब्बी—नाम लेते ही हाजिर।

—खाए पालवेत?

—बैठिए दरवाजे पर, आ रहे हैं।

दीपा की माँ ने कहा—खाने-पीने में हड़बड़ी कभी नहीं करनी चाहिए। अपने पालवेत को अन्दर आँगन में ही बुला लो। खाओ और बात भी करो—कोई नहीं सुनेगा तुम्हारी गप।

—आइए पालवेत, आँगन में ही आ जाइए।

रबिया ने आते ही सूचना दी—एक खबर जानते हैं? कल तालेवर गोढ़ी के पोधर पर 'पुरोहिताई' करने आवेगी—वही पाकिस्थनियाँ टोला की गोरी सरदारनी—दीदी ठकुराइन!

—अच्छा?

—और पाकिस्थनियाँ टोले से ही कीर्तन-पाटी आएगी।

—यह अन्याय की बात है। गाँव की कीर्तन-पाटी, चाहे जैसी भी हो, टूटी-फूटी, फिर भी अपने गाँव की है।

—गाँव की पाटी भी रहेगी।...और सुनोगे?

—क्या?

तालेवर मूलगैन हम लोगों को 'बिसरे' नहीं हैं। कहा है, तुम लोगों को 'बेहुला बाला लखिन्दर' का नाच, जैसे भी हो—करना पड़ेगा। नहीं कोई मिले, मैं ही मूलगैनी करूँगा।

बेहुला-नाच के पुराने मूलगैन हैं तालेवर गोढ़ी।

—रहिए! आप घबराइए मत मीता। इसी बार बंगलिया कीर्तनियों का छक्का नहीं छुड़ा दिया तो कारे नाम नहीं। बेहुला और सावित्री—दोनों 'पाला' एक साथ गाएँगे। देखें, पकड़ सकता है या नहीं!

—दोनों पाला कैसे गाओगे मीता?

—इसका 'दिष्टान्त' उसमें देंगे और उसका 'दिष्टान्त' इसमें। है न मालकिन?

दीपा की माँ ने कहा—मालकिन से क्या पूछते हो। मालकिन क्या तुम्हारे नाच की मूलगैन है?

—आप ही ने कहा कि इसका 'दिष्टान्त' उसमें...

दीपा की माँ हँसी—मुझे क्या दोगे? मैं क्यों बताऊँ?

रबिया ने मन ही मन कहा—पालवेत तकदीर का सिकन्दर है, ऐसी भली मालकिन मिली है। यहाँ कामदेव बाबू के मुँह से कभी एक मीठी बोली भी नहीं निकलती।...बनिया-बाभन!

रबिया बोला—मालकिन, हम लोग गरीब हैं। हम लोगों के पास क्या है जो देंगे।...देह है सिर्फ! अगले साल से हल-बैल कीजिए अपना—रबिया आपके 'खिजमत' में हाजिर है।

—दृष्टान्त देकर पाला करना चाहते हो? दीपा के मास्टर को पकड़ो।

—दीपा दाई के मास्टर के पेट में इतना गुन है!

—दीपा दाई मत कहो—दीपा बाबू, कुलदीप सिंघ कहो। दीपा बेटी नहीं, बेटा है। रबिया अवाक् होकर कारे की ओर देखने लगा—पालवेत, यह बात आपने कभी बताया नहीं। हम लोगों को तो मालूम है कि लड़की है। मगर असल में लड़का ही है क्या?

दीपा की माँ हँसने लगी—कारे, तुम्हारा पालवेत पड़मान नदी के उस पार का रहनेवाला है क्या?...जो बेटी वही बेटा! नेहरू जी को नहीं जानते? एक ही बेटी है, मगर एक सौ बेटे का मुकाबला कर रही है। जानते हो?

—हम लोग क्या जानें, मालकिन। नया-नया सब कानून होते रहता है।

दीपा के मास्टर फिर आए!...दीपा की माँ जानती थी, पारस फिर लौटकर आवेगा। पहलवान जेठ की बोली सुनकर उसकी बोलती बन्द हो जाती है।

—बैठो मास्टर। भोजन करोगे?

—नहीं। भोजन मैं कर चुका हूँ। मैं एक प्रस्ताव लेकर आया हूँ।

दोनों पालवेत कुछ देर तक मास्टर से कुछ 'विनती' करने के लिए हाथ जोड़े खड़े रहे। फिर दोनों आँगन से बाहर चले गए।

दीपा की माँ ने अपनी चचेरी सास से कहा—आप भोजन कर लीजिए। मैं आज भोजन नहीं खाऊँगी। क्या प्रस्ताव है मास्टर?

—गाँव में औरतों को बहुत तरह की गुप्त बीमारी है। मैं कहता हूँ कि एक पर्चा छापकर हर हाट में बँटवाकर, एक साइनबोर्ड लगाकर, आप डॉक्टरी शुरू कर दीजिए।

—क्या-क्या सोचते रहते हो मास्टर? मैं क्या जानती हूँ...?

—आपके जानने और नहीं जानने से क्या होता है। असल चीज है—प्रचार। आप तैयार होइए, मैं सब कुछ कर दूँगा। हर मंगलवार या हर महीने में पूर्णिमा के दिन दमा या किसी असाध्य रोग की जड़ी मुफ्त देने का एक बार ठिकाने से ऐलान हो जाए—फिर देखिएगा, आपके दरवाजे पर लोगों को जगह नहीं मिलेगी।

—लेकिन मुफ्त में जड़ी देने से आमदनी कहाँ से आएगी डाक्टरनी को? उसका इन्तजाम भी हो जाएगा।...

इसके बाद पारस मास्टर ने अँगरेजी में कहा—आइ एम योर ओबिडियेंट सर्वेंट—औलवेज! बोलिए—रुपये जब बरसने लगेंगे, तब मुझे क्या दीजिएगा?

दीपा की माँ धीरे से चिकोटी काटकर मुस्कराती हुई बोली—जो कभी नहीं दिया—वही दूँगी।

—सच?

—लेकिन तुम्हीं भाग जाओगे।

—कभी नहीं।

...बचपन की दोस्ती!

...अपाहिज और अपंग पति से मुक्ति भी पारस ने ही दिलाई है—सरस्वती को।...चाँद-सूरज को भी नहीं मालूम।...लूले ने विवाह के बाद ही बाएँ हाथ से पेट टटोलकर कहा था—चालाकी? यह 'सनेशा' कहाँ से लेती आई हो?

...किन्तु दीपा के बाबू देवता आदमी थे।...दीपा की माँ ने सब कुछ बता दिया—खुलासा करके! कुछ भी नहीं छिपाया। सारी जिन्दगी की कमाई मशीन में हाथ कटने का हर्जाना मिलाकर—पाँच हजार रुपये नगद देकर सरस्वती को खरीदा था दीपा के बाबू ने।...दीपा के बाबू ने सब कुछ माफ कर दिया। लेकिन घर में घुसे तो बाहर नहीं हुए। उनकी लाश ही निकली।

...पापी स्कूल इन्स्पेक्टर ने फिर कभी खबर भी नहीं ली। पारस नहीं होता तो दीपा की माँ पागल हो जाती।...बुखार से देह तेपी हो या खाँसी से परीशान—दीपा के बाबू कभी अपनी देह से अलग नहीं होने देते। नरक में बीते आठ महीने—दीपा की माँ को अब भी मितली आने लगती है।...रात-भर—जानवर! कहता—मैं 'मशीन मैन' था जूट मिल में, सो जानती ही हो।...तुम मेरे लिए मशीन ही हो—हे-हे-हे-हे! इतना रूप मैं कैसे समेटूँ—एक हाथ से 'हीन' हूँ—हे-हे-हे-हे!...

—पारस?

—हूँ।

—मैं डाक्टरनी नहीं, लीडरानी होना चाहती हूँ।

—लीडरानी?

—हाँ जी, हाँ! क्या मैं भाषण नहीं दे सकती? मीटिंग में जाने के योग्य मेरा चेहरा नहीं?

—भला कहिए! लीडरानी बनने के लिए चेहरा? आप कभी-कभी ऐसी बातें करती हैं!...किस पाटी में भर्ती होने का इरादा है? आजकल सभी पाटी का भाव मन्दा ही है।

—देश का काम करना सबसे बड़ा काम है। नेहरू जी की पार्टी ही असली पार्टी है।

—कौमनिस्ट?

—कौमनिस्ट पार्टी 'कमसिन' है अभी। स्कूल के लड़के-लौंडों की पार्टी है।...पारस, तुम एक काम करोगे? फारबिसगंज के छोटन बाबू को जानते हो न?...स्कूल इन्स्पेक्टर के साथ 'जीप' पर वह भी आता था—वहाँ।

कौन नहीं पहचानता उसको!

...वहाँ, अर्थात् रामगंज-पिपरा में।

—हाँ-हाँ। पहचानता हूँ।

—तुम उससे मिलकर महिला-मेम्बर बनने की नियमावली ले आओ। पूछे तो कहना—याद कर लो क्या कहना है...।

—ठहरिए, मैं लिख ही क्यों न लूँ।...बोलिए।

—कहना—मीठी-मीठी बातों से फुसलाकर, रामगंज-पिपरा के कांग्रेस डेलिगेट चुनाव के समय जिस मास्टरनी से घर-घर प्रचार करवाया।...स्कूल-इन्स्पेक्टर से मिलकर प्रधान अध्यापिका बनवा देने का लोभ...।

—छोड़िए...उन बातों को उठाने से क्या फायदा!

—नहीं पारस। तुम नहीं जानते उसको। सीधी बातों से वह कुछ नहीं सुनता। मुँह पर बात बनाकर तुमको सोलह आने विश्वास दिला देगा—फलाना काम? वह तो मेरी चुटकी में है। कल ही हो जाएगा। मगर उसने सच नहीं बोलने की कसम खा ली है। रामदेव बाबू लोकल बोर्ड के चेयरमैन और यह शैतान उसका दलाल। कितनी मास्टरनियों को 'डाक बँगला' तक भुलावे में डालकर ले गया—इसका हिसाब उससे किसी दिन भगवान ही पूछेंगे।

—लीडर तो मगर 'जब्बड़' हो गया है।

—ऊपर अमीन बाबू और नीचे रामदेव नारायण—छोटन के दो पाये हैं।...जो भी हो, उससे काम लेना है। उसको बाप भी कहना पड़े—सरस्वती कहेगी। तुम कल जा सकोगे?

—कल?...कल...एक पार्सल मेरा भी आनेवाला है।

—पार्सल आनेवाला है, आएगा!

—पारस कुछ सोचने लगा। कुछ ही क्षण पहले सरस्वती उसके दिल के जितना निकट थी, लीडर-लीडरानी की बात करते समय उतनी ही दूर चली गई।...हाथ से निकल गई सरस्वती।

—क्या सोच रहे हो, पारस?...मैं समझ गई। इस गोड़ियर गाँव में आकर तुम्हारी बुद्धि पर भी गोबर पड़ गया है। क्या चाहते हो तुम लोग? मेरे रहते इस गाँव में एक बंगालिन आकर लीडरी करेगी?...मीटिंग में जाती है पूर्णियाँ—हाथ में चमड़े का थैला लटकाकर। लोग क्या कहते होंगे? गोड़ियर गाँव में कोई बिहारी

औरत पढ़ी-लिखी नहीं है क्या? सो इस गाँव पर तो राज है गोढ़ी और गुडाम् का। लाज आवे तो किसे?...हुँह! दीदी ठकुराइन!...मेरा भी नाम सरस्वती ठकुराइन है!

...पारस के सामने चुनाव के कई पोस्टर नाच गए—वोट दो! ठकुराइन सरस्वती को वोट दो!! या, सरस्वती ठकुराइन को... ?

पारस बोला—सरस्वती ठकुराइन नहीं—श्रीमती सरस्वती ठकुरानी।

एक नहीं, दो। गोड़ियर गाँव में दो पढ़ी-लिखी औरतें हैं—अव्वल, श्रीमती सरस्वती ठकुरानी और श्रीमती हरिमाया पारसप्रसाद! लेकिन ठकुरानी बहुत 'फौरवर्ड' है, पारस की स्त्री हरिमाया—बैकवार्ड!

दस

चौदह वर्ष बनवास के...।

...चौदह वर्ष हुए स्वराज्य के।...लगता है कल की बात हो। जुलूस की याद ताजा है अभी भी। दो-दो बार आम चुनाव हो चुके हैं। देश में बड़े-बड़े काम हो रहे हैं। ब्लौक, कम्यूनिटी हॉल, बी. डी. ओ., ह्वी. एल. डब्ल्यू., सोशल आर्गनाइजर, एम. ओ., पी. ओ.—बहुत सारे 'ओ' वाले शब्दों का प्रचलन हो गया है। हर मैट्रिक-फेल नौजवान राजनीति में दाखिल हो गया है और प्रत्येक मिडल-पास कंट्राक्टरी के सपने देखता है—सोते-जगते, उठते-बैठते किसी कांग्रेसी बाबू का गुणगान करता है।...आम चुनाव सामने है। प्रत्येक खादीधारी उम्मीदवार है और टिकट की पैरवी के लिए देश के कोने-कोने में पैंतरे बाँधे जा रहे हैं।...समय पर वर्षा नहीं होती। असमय में बाढ़ आती है। ऋतुओं की 'महिमा' नष्ट हो चुकी है। सूरज-चाँद-तारों का भी कोई विश्वास नहीं—क्या जाने किस दिन अचानक उगना बन्द कर दें, कुछ कहा नहीं जा सकता। कोई कहता है, देश आगे बढ़ा है। कोई इसे योजन-भर पीछे खिसका हुआ देखता है।...ज्योतिषियों ने अष्टग्रह योग के बड़े भयावह भविष्य की गणना की है। बड़े और पुराने नेताओं की अकाल मृत्यु से देश हर महीने अनाथ होता है। नेहरू जी अकेले पड़ते जा रहे हैं। उनके सभी पुराने और सच्चे साथी बहादुर कॉमरेड प्रस्थान कर रहे हैं...रोशनी बुझ रही है—एक-एक कर।

...तीर के वेग से एक 'तारा' चल रहा है आकाश में—रूस का स्पुतनिक!!

...एक अज्ञात भय से सारा देश भयभीत है।

...आठ-आठ ग्रह? गरह!

—ग्रह-शान्ति के लिए 'अष्टयाम' कीर्तन कीजिए! दान-पुण्य, दया-धर्म जो कुछ करना हो, कर लीजिए इस साल। अगले साल के मालिक भगवान!

—और इस साल के मालिक कौन हैं?

—इस साल के? इस साल के मालिक—तालेवर मालिक। हा-हा-हा-हा-हा!

जयराम सिंघ का यह 'दिलखोल-ठहाका', दिन में दो बार और साँझ में दो बार हर दिन गूँजता है कॉलॅनी में—आजकल।

—कहिए मास्टर मोशा, ठीक है न? इसी बात पर 'रमैन' में गोसाँई जी कहिन। हैं कि 'जहाँ रहिए सोहि सुन्दर देशू, जो प्रतिपालहिं सोहि नरेशू'...बोलिए सियावररामचन्द्र की जै!

पवित्रा का मुखड़ा खिल गया—फिर से कहिए, क्या बोले हैं गोसाँई जी?—गोसाँई माने तुलसीदास तो?

इस बार जयराम सिंघ ने ऊँचे स्वर में सुर चढ़ाकर गाया।

—सिंघजी! तुलसी रामायण आप जानते हैं?

—दीदी ठकुराइन, किस्सा हमको सभी मालूम है रमैन का। लेकिन वही जो कहा है, काला अच्छर भैंस बराबर, चढ़िके पढ़े सुजान! अर्थ हुआ कि काला अच्छर उस भैंस के समान है जिस पर चढ़कर सुजान लोग ज्ञान की बात पढ़ते हैं। और यहाँ भैंस की पीठ पर ही मेरी सारी पढ़ाई हुई—हे-हे-हे-हे—एमे-एफे-एले-मेले—सब पास भैंस की पीठ पर हे-हे-हे-हे!!

कालाचाँद घोष ने पूछा—ई कौन गोसाँई बोले हैं?

जयराम को कालाचाँद के इस सवाल में दिल्लगी की गन्ध लगी। वह सारी कॉलॅनी में एक ही आदमी को आदमी समझता है। दीदी ठकुराइन को छोड़कर बाकी सभी 'अधम जाति' के लोग हैं—काले-कलूटे। लेकिन बात करेंगे सभी 'कूट' भरी!

जयराम सिंघ बोला—यह गोसाँई जी का वचन नहीं, यह जयराम सिंघ की 'बानी' है। अभी आपको इस देश में आए हुए ही कितने दिन हुए हैं। सुनिएगा तो माथा चकराने लगेगा और मछली आजकल महँगी है।...कबीरदास की बानी कभी सुनी है? लीजिए बतलाइए तो क्या अर्थ हुआ? कबीरदास की उलटी बानी—बरखे कम्बल भीजे पानी?

पवित्रा जब तक हँसती रही, जयराम सिंघ एक न एक हँसनेवाली बात का प्रसंग छेड़ता गया। अन्त में बंगला बोली की नकल करके बंगला में भी एक पद्य सुनाया—'अर की कोरछो खाबुर-खुबुर—की बोलैछो घाँटी—मानार भीतर बेंग बोलैछो—मूस कौड़ेछो माटी—मुशाके मारिलोरे मुशाके...!'

सभी लोट-पोट हो गए हँसते-हँसते!

—अलबत्त हैं सिंह जी आप?

पवित्रा ने पूछा—भाई साहब, आपके मालिक 'पुरी' भी जाएँगे?

—हाँ। कोई हुकुम?

—अरे, नहीं-नहीं। आपके मालिक को भला मैं हुकुम दूँगी?

—हाँ, आप दे सकती हैं! आप चाहें तो हुकुम देकर देख लीजिए...।

—संध्या के लिए एक शंख मँगवाना है। मैं रुपये देती हूँ।

—रुपये? रुपये से कहीं शंख खरीदा जाता है दीदी ठकुराइन। आप इतनी पढ़ी-लिखी होकर भी नहीं जानतीं?

—तब? किस चीज से... ?

—दिल से। जयराम ने अपनी छाती पर हाथ रखकर आँखों को तनिक झुका लिया। उसकी मूँछों पर उसके मन की शरारत दौड़ गई।...पवित्रा ऐसी मूँछों को पहचानती है। बेतिया कैम्प के सुपरवाइजर की मूँछें ऐसी ही थीं।

—दाम नहीं लीजिएगा? शंख का कोई खास काम नहीं अभी।

—अच्छी बात, हम मालिक से पूछकर कहेंगे कि मालिक दाम...।

—नहीं-नहीं, मालिक से कुछ मत कहिए।

—आप मालिक से इतना डरती क्यों हैं?

—नहीं, डरती नहीं।

संध्या ने भेद खोल दिया—उस दिन छागलों और कबूतरों को बलि देते देखकर, मासीमाँ डर गई हैं।

संध्या की माँ ने बेटी को डाँटा—नहीं-नहीं, तू क्या जानती है।

पवित्रा बोली—उसे क्यों डाँटती हो? वह सच कह रही है।...ओ लोकटा के देखे आमार भीषण भय कोरे!

जयराम सिंघ समझ गया—देखिए दीदी ठकुराइन, ऊपर से देखने में काला-कोयला है मगर दिल मेरे तालेवर मालिक का एकदम बगुला-जैसा सादा है। आप बेकार घबराती हैं।

—अच्छा? आपके मालिक तंत्र-मंत्र भी करते हैं?

—तंत्र-मंत्र?...यह...यह कैसे?

—लोकटार चोख देखेछिले संध्या?

जयराम सिंघ इस बात का कोई अर्थ नहीं निकाल सका। वह बोला—बेकार!

...मंत्राई हुई मिट्टी का असर शुरू हुआ लगता है।

—मालिक कह रहे थे, जयराम हम इतना देश-विदेश में घूमे हैं, ऐसी पवित्र जनाना कहीं नहीं देखा। वह जनाना नहीं—गंगा है गंगा!

...पवित्रा के पिता ने भी यही कहा था, तुम कभी अपवित्र नहीं हो सकती माँ!

पवित्रा को गुमसुम देखकर जयराम सिंघ ने अपनी बैठकी तोड़ी—सभी भाई-बहिन से भूल-चूक माफी के लिए 'इकट्ठे' ही हाथ जोड़ते हैं। पहली बार तीरथ करने जा रहे हैं हम। आप लोगों को और क्या कहें?

राखाल के घर की आड़ में खड़ी संध्या की माँ गिरिबाला ने जयराम सिंघ को रोका—सिंघजी, हमारे लिए एक चीज लेते आइएगा—पान का साज रखनेवाला बड़ा पान-डिब्बा!

—जरूर लेते आवेंगे!

—और?

—और 'कोलाकाता' होकर लौटिए तो खेजुर गुड़ का 'सन्देश'।

—चलिए, यह भी आ जाएगा। और हुकुम!...जयराम सिंघ की मूँछों पर दौड़ जानेवाली शरारत को संध्या की माँ गिरिबाला भी परखती है। मन ही मन बोली...और तोमार मुंडू!

—नहीं, बस!

चौरास्ते के पास गोपाल पाइन मिले—सिंघजी, कलकत्ता से मेहरबानी करके हमारे वास्ते एक चीज लेते आइएगा। बाँगला-हिन्दी टीचर माने बाँगला-भाषा में हिन्दी सिखानेवाली किताब—शिक्खोक!

—एक कागज के टुकड़े पर लिख दीजिए। लिखाई-पढ़ाईवाली बात मुझे याद नहीं रहेगी।

गुणमन्ती, रेशमी, सिंगारो, गौरी!

तालेवर गोढ़ी—ओझा तालेवर गुणी—की पुरानी भैरवियों का झुंड!

जयराम सिंघ ने देखा, आज चारों 'जोगिनियाँ' एक ही साथ निकली हैं साग खोंटने। पाट का साग!...पाट के खेत में साग खोंटनवाली औरतों को देखते ही जयराम को 'कामदेव चौधरी बनाम मुड़ली मुसहरनी' वाले केस की याद आ जाती है।...ऐसे ही मुड़ली मुसहरनी अकेली साग तोड़ रही थी पाट के खेत में! और कामदेव पाट के खेत में पहले से ही 'तैयार' बैठा था— !...दारोगा साहब ने खोंटे हुए साग को भी समेटकर झोली में बँधवा लिया था और उस पर एक कागज का पुर्जा लगा दिया—सबूत के लिए। जयराम सिंघ कामदेव का सफाई-गवाह था।...जज साहब को समझाते हुए सरकारी वकील ने कहा था—पाट साग, गुड टेस्ट। वेरी गुड साग।...बहस के समय दोनों पक्ष के वकीलों ने एक ही बात को करीब एक हजार बार दुहराया था—एंड मुड़ली मुसहरनी एंड पाट साग एंड कामदेव एंड चौधरी एंड...।

...उस मुकदमे के बाद से इन साग तोड़नेवालियों के लिए सुराज हो गया है।

जयराम सिंघ ने दूर से ही हाँक लगाई—अ-री-कौ-न सब है-ए-ए-ए-साग तोड़नेवाली—ई-ई-ई...पाट की मूड़ी नोच रही है। ऐ-ऐ-ऐ?

चारों भैरवियों को किसी बात पर हँसी आ गई और वे एक ही साथ खिल-खिलाकर हँस पड़ीं।

सिंगारो बात बनाना जानती है। जयराम की पुकार सुनकर बोली—देखती हो, अब इस 'कोढ़िए' को दोपहर-दिन में ही रतौंधी लगने लगी। पाकिस्थनियाँ टोला से आँख में आँजन लगा आया है, फिर भी नहीं सूझता है इस 'मुड़कटवे' को। हम लोग पाट की मूड़ी तोड़ रहे हैं, यह देख लिया 'दुरबिन' लगाकर।

—सुना है, ओझा फिर गुण-मन्तर का कारबार शुरू कर रहा है।

—जिनगी-भर छुछुआता रहेगा यह छुछूँदर।

—तू ऐसा मत बोल रेशमी। तालेवर गोढ़ी ने तुझे अपनी मरी हुई जोरू के गले का हैकल दिया था।

—मरी हुई जोरू का नहीं, मरी हुई नानी का। एकदम गिलट।...

—बंगलिनियाँ छौंड़ी को देखा है?

—देखा है। कोई वैसी 'गोरी-नारी' तो नहीं। दीपा की माँ से अठारह ही पड़ेगी। और देह की गढ़न की बात पूछती हो तो गोड़ियर गाँव में बहुत लोगों की गढ़न ऐसी है कि...!

गौरी साँवली है। लेकिन सबसे गठी हुई देह उसी की है। रामजय सिंघ आजकल गौरी के 'मचान' पर ही सुबह-साँझ 'उठ-बैठ' करता है। गौरी को रामजय की बात याद आई। कल ही रामजय कह रहा था—गौरी, तुम्हारी देह की गढ़न...खुद भगवान ने अपने हाथ से तुमको गढ़ा है।

गौरी बोली—जानती है? राजपूत होकर गोढ़ी की देह में तेल लगाकर मालिश करता है।

—कौन?

—जयराम।

गौरी बोली—भाई ने (अर्थात् रामजय ने) अपनी आँख से उस दिन देखा। पूछा, तो बोला कि हमारा गुरु है तालेवर। देह क्या, पैर में भी तेल लगा सकते हैं।...सो, उसी दिन से भाई से बोलचाल बन्द है।

गुणमन्ती बोली—रामजय इसके जैसा लोभी नहीं।

गौरी बोली—असल राजपूत का बूँद है उसमें!

सिंगारो बोली—तू कब असल राजपूतनी बन रही है, गौरी?

...असल राजपूतनी बनने की बात पर, पहलवान की 'पुतोहुओं' की बात उठी। सभी 'नीच-कुल' की हैं मगर अब असल राजपूतनी हो गई हैं।

रेशमी उम्र में सबसे बड़ी है। वह बोली—अरी, अब कौन जात ऊँच और कौन जात नीच। सब जात बराबर हो गया है, सुराज के बाद से।

—सो ठीक है! सो ठीक है!!

बात होने लगी, दीपा की माँ की।

सिंगारो बोली—दीपा की माँ अपने नौकर से देह टिपवाती है, सो?...एक दिन मैं सिर-दर्द की गोली माँगने गई दोपहर को। देखा तो, मुसहरी के अन्दर सोई हुई है। और कारे उसकी कमर की हड्डी 'ससार' रहा है, तेल लगाकर।...कुहर रही थी। मैं उलटे पाँव चली आई।

गुणवन्ती बोली—डूबकर पानी पियो, एकादशी का बाप भी न जाने! पहले तो एक तालेवर गोढ़ी का ही किस्सा मशहूर था कि बड़ी पुतोहू से 'लाट साट' है। अब तो 'भैया-बहिन' में भी शुरू हो गया।

—कहाँ?

सभी एक साथ आश्चर्यित हुईं। पाकिस्थानी टोला की सरदारनी कहाँ जा रही उधर—गाँव की ओर?...तालेवर गोढ़ी के घर की ओर ही जा रही है।...साथ में वह कौन है उसकी? बेटी...नहीं, भतीजी है शायद!

सभी ने साग खोंटना बन्द किया और धीरे-धीरे पगडंडी पकड़कर—पवित्रा का पीछा किया।

जयराम सिंघ की नजर पवित्रा पर पड़ी और उसका मुँह अचरज से खुल गया ...अभी तुरत वह कॉलॅनी से आया है और अभी तुरत ही ऐसी क्या बात हो गई जो आ रही है।...धन्न है! धन्न है! गुरु के गुण में इतना तेज असर? वह दौड़ा हुआ, तालेवर गोढ़ी के पास गया—मालिक...गुरुजी जुलुम हो गया। वह 'केशवती कन्ना' आ रही है—खुद-ब-खुद! धन्न है, धन्न है!! और पीछे-पीछे आपकी पुरानी जोगिनियाँ चारों!

तालेवर गोढ़ी गटगटाकर एक ही साँस में कुल्हड़ का दारू पी गया और बटुए से सौंफ चबाने लगा—जै हो औघड़दानी की!!

जयराम सिंघ की देह न जाने क्यों थर-थर काँपने लगी। दोनों हाथ पसारे वह अगुवानी को दौड़ा—धन्न है! दीदी ठाकरुन की चरणधूलि हम लोगों के गाँव में पड़ी—धन्न है, धन्न है!

आनन्द-विह्वल जयराम सिंघ आज गाँव के चौरास्ते पर सभी के सामने, पवित्रा के पैरों पर गिर पड़ा। पवित्रा फुर्ती से एक ओर हट गई—देखिए भाई साहब, मुझे यह एकदम पसन्द नहीं है।

...उस दिन जयराम ने पैर पकड़ा तो बहुत देर तक छोड़ा नहीं।

पवित्रा के तमतमाये हुए चेहरे को देखकर जयराम सिंघ तनिक अप्रतिभ हुआ। किन्तु उसका उत्साह कम नहीं हुआ। इस बार वह 'कालीमाई की जय' का नारा लगाने लगा।

तालेवर गोढ़ी अपने घर से बाहर निकला—दोनों हाथ जोड़े।...वृद्ध की आँखों से आँसू क्यों झर रहे हैं?

सारे गाँव में कुहराम मच गया।...पाकिस्थानी टोले की सरदारनी को गुण से खींचकर तालेवर गोढ़ी ने मँगवा लिया है।...नाचती हुई आई है!...नंगी या कपड़ा पहनकर?...दौड़ दौड़! चल चल!!...अरे नहीं, तालेवर क्या खाकर उसको मँगवाएगा? वह तो खुद गले में 'कफन' लेकर खड़ा है उसके सामने!

औरत-मर्द-बच्चे जो जहाँ थे, दौड़े।

दीपा बोली—माँ चलो नाच देखने!

दीपा की माँ बोली—नाच अपने दरवाजे पर भी होगा एक दिन।

तालेवर गोढ़ी के दरवाजे पर भीड़ लग गई।

सभी ने देखा—पाकिस्थानी टोला की सरदारनी मर्दों की तरह कुरसी पर बैठी है। और तालेवर गोढ़ी हाथ जोड़े खड़ा है मानो पुलिस दारोगा के सामने खड़ा हो।

पवित्रा बोली—पहले बैठिए आप! इस तरह खड़ा रहिएगा तो...मैं...!

—लीजिए, आपका हुकुम है तो बैठते हैं।

यह कहकर तालेवर गोढ़ी पवित्रा के पैर के पास जमीन पर जा बैठा।

पवित्रा उठ खड़ी हुई...मुश्किल व्यापार तो?

पवित्रा बोली—मैं आपसे एक प्रार्थना करने आई हूँ।

पवित्रा के हाथ स्वयं जुड़ गए।

उपस्थित जन-समुदाय को विश्वास हो गया, तालेवर गोढ़ी के 'गुण' पर ही वह दौड़ी आई है।...हाथ जोड़ती है, देखते नहीं!

पवित्रा बोली—आपसे ही नहीं, इस गाँव के सभी भाई-बहनों से मेरी अरजी है एक!...कोलोनी में मिडल-स्कूल की मंजूरी मिली है। घर बनकर अब तैयार है। मगर मैं यह कहने आई हूँ कि यह स्कूल सिर्फ कोलोनीवालों के लिए ही नहीं, सभी के लिए है।

तालेवर गोढ़ी ने सिर हिलाकर कहा—वाजिब बात! वाजिब बात!!

भीड़ से निकलकर रामजय ने लेकिन दूसरा ही जवाब दिया—नहीं, सभी के लिए नहीं। वह सिर्फ आप लोगों के बच्चों के लिए खुला है। पूछिए, कैसे? तो सुनिए—आप लोगों के स्कूल में सब बंगला चाल-ढाल, बोली-भाखा पढ़ाया-सिखाया जाएगा। वह पढ़ाई हम लोग पढ़कर क्या करेंगे जिससे कि सभी बंगाली हो जाएँ और आए लोगों की तरह 'रिफूजी' बनकर इस जिला से उस जिला में 'खोपड़ी' तानते फिरें।...हुँ। जो न किया पुरखा सो कर रे मुरखा!...इस गाँव का एक बच्चा भी नहीं जाएगा आप लोगों के स्कूल में। आप खिलाफ बात बोलने आई हैं।...

गुअरटोली का जोगिया बोला—आप लोगों के स्कूल में इस गाँव का बच्चा किसलिए जाएगा? बंगला में गाली सुनने के लिए?

रविया और कारे—दोनों पालवेत को मौका हाथ लगा है। कारे बोला—सोही दिन हामी पालवेत के संग बंगाली टोला में गान गाहिते गेलाम तो हामादिग के तो खूब भगाइयाँ दिलो—एखोन स्कूल के वास्ते एईखाने कैन आइयाँ छि...?

तालेवर ने कारे को रोका—क्या बक-बक कर रहा है करिया। बड़ा बंगला छाँटता है!

...कारे चुप नहीं हुआ। बोला—आप कहते हैं बक-बक कर रहा है? बिहुला, सावित्री बंगला पाला की मूलगैनी करके भी आप ऐसी बात कहते हैं?

पवित्रा मुस्कराती रही। वह बोली—यह किसने कह दिया है कि उस स्कूल में सिर्फ बंगला पढ़ाया जाएगा? बल्कि कोलोनी के बच्चे हिन्दी में ही सब कुछ पढ़ेंगे। बंगला पढ़नेवाले को भी हिन्दी पढ़नी होगी।

इस बार तालेवर गोढ़ी ने मालिकाना-तेवर दिखाकर बातें की—रामजय, जो बात जानो नहीं उसके बारे में बोलो नहीं। यह तुमसे किसने कह दिया? झूठ-मूठ की बातें क्यों फैलाते हो? तुम लोग 'अकिल-समझ' वाले भी इस तरह करोगे तो 'राड़' लोग क्या करेंगे?

रामजय पर इस वचन का तुरत प्रभाव पड़ा। वह सकपकाते हुए बोला—मोहना दफादार बोल रहा था।

इस बार जयराम की बारी थी। उसने कहा—मैंने तुमसे एक सौ बार कहा है रामजय, मगर तुम तो ऐसे लोगों के फेर में हो आजकल कि इस दरबार से दस कोस दूर ही रहते हो। इसीलिए तुम्हारा यह हाल है। गँवारों की तरह सुनी हुई बात पर गंग और गाय-जैसी इस बाभिनी से 'बतकुट्टी' करने लगे! ऐं?...अरे, तेरा बड़ा भाई जिसकी चरणधूर लेता है!...

रामजय लजा गया। किन्तु कारे और रबिया ने कहा—स्कूल में इस गाँव से बच्चे जाएँगे तो बंगला-कीर्तन में भी लोग जाएँगे!

—तो किसने मना किया है?

जब रबिया ने बँगला में कहा—तोमार कोनो दोख नाहीं। सब दोख कीर्तन सिक्रेट्री को आ छे। उ पैसा घूस लैयाँ सुक्की-बेलाही को होरी जादोब ही कीर्तन सिखैंया छे—गँवैयाँ छे...नचैयाँ छे...!

जयराम ने कड़ककर कहा—और हम तो हर कीर्तन में जाते हैं। हारमोनियम बजाकर गाते हैं। हमको तो कोई मना नहीं किया कभी!

तालेवर गोढ़ी ने अचानक एक सूचना दी—गाँव के सभी भाई-बहनो, सुन लीजिए—आज रात आप लोग यहीं पत्तल जूठा कीजिए।...तीरथ में जा रहा हूँ।...धन्न भाग...!!

तालेवर गोढ़ी फूट-फूट कर रो पड़ा।

...धन्न है! धन्न है!!

कारे ने नारा लगाया—मूलगैन गुरु की जय हो। भोज के साथ आज बिहुला नाच हो जाए। है कि नहीं?

—ठीक है, हो जाए!

तालेवर गोढ़ी के बड़े बेटे रामजी गोढ़ी के चेहरे पर खुशी की एक पतली रेखा

भी नहीं, कहीं। उसने कुनमुनाकर कहा—रात में भोज होगा और अभी एलान हुआ है। कैसे प्रबन्ध होगा ?...उधर मिल का ड्राइवर भी आज नहीं है। मुझे रात में छुट्टी होगी देर से।

तालेवर ने घुड़की दी—धत्तेरे मिल की ऐसी-तैसी! 'परमारथ' में 'सुआरथ'? मिल आज बन्द रहेगा।

पवित्रा कुछ समझ नहीं पा रही थी! वह बोली—ठीक है, मैं यही कहने आई थी!

—नहीं, आप थोड़ा और बैठिए।

जयराम सिंघ ने बात का खुलासा किया—तो मालिक! भोज...माने...पाकि...कोलोनी के लोगों को लेकर होगा या बाद देकर?

तालेवर बोला—तुम भी कभी-कभी बच्चों-जैसी बातें करने लगते हो। अजी, कोलोनी के लोगों के लिए ही यह भोज, और पूछते हो... ?

—समझ गए! मैं बात को साफ कर लेना चाहता था। बाद में फिर कोई बात नहीं उठे।

बाद में नहीं, बात उठी शुरू में ही।

पहलवान ने प्रस्ताव किया—हमारी भी एक अरजी है पंच परमेश्वर से, कि जब यह भोज कोलोनी के लोगों को लेकर हो रहा है तो यह भोज कोलोनी में ही हो।

पहलवान ने लाख टके की बात कह दी।...,आखिर, राजा-महाराजा के दरबार में रहा हुआ आदमी है। ठीक कहता है।...पकाना-बनाना सब वही लोग करें।...हाँ, सुना है, 'बंगाला-मुलुक' की जनाना बहुत बढ़िया खाना बनाती हैं। किसिम-किसिम का...।

जयराम सिंघ ने इस प्रस्ताव पर जनमत जानने के लिए पूछा—बोलिए भाई, इस बात पर जिनको एतराज करना हो, पहले कर दीजिए। बाद में यदि कहिएगा कि उन लोगों के हाथ का पकाया नहीं खाएँगे, सो नहीं होगा। खाना ही पड़ेगा।

—ठीक है, ठीक है। किसी को एतराज नहीं। मगर खाना क्या होगा—कच्ची या पक्की?

—सालन-सगौती भी होगा या सिर्फ... ?

जयराम सिंघ ने रामजी गोढ़ी से एकान्त में बात की—रामजी बाबू, देखते क्या हैं? बुढ़ऊ पर सनक सवार हुआ है। मानेंगे नहीं! आप चुपचाप रहिए!

जयराम सिंघ ने भोज का ब्योरा दिया—भोज कच्ची नहीं, पक्की होगा। यानी—पूड़ी, मांस, तरकारी, बुँदिया, दही।

पवित्रा कुछ बोली, शायद? तालेवर गोढ़ी ने जोर से कहा—जयराम!...ठाकरुन क्या कहती हैं सो सुन लो।...इस बार 'पोलाव' भी पकेगा?

...क्या पोलाव? धत्त, वह तो मुसलमानी खाना है, कौन खाएगा भला! नहीं-नहीं।...पोलाव नहीं। मुसलमानी खाना बनवाइएगा तो कोई नहीं खाएगा। वह सब पाकिस्थानी खाना यहाँ नहीं चलेगा।

पवित्रा ठठाकर हँस पड़ी। उसके साथ जयराम सिंघ, रामजय सिंघ, रामजी गोढ़ी और तालेवर गोढ़ी भी हँसे—अरे क्या पूछते हैं। बुद्धि का जहाज है यहाँ एक-एक आदमी। कहता है, पोलाव मुसलमानी खाना है।

जयराम ने इस बात का भी खुलासा करवा लिया—अच्छा दीदी ठाकरुन, पोलाव किस चीज से बनता है? जरा कह दीजिए तो हम लोगों को समझा दें।

—सुन लीजिए भाई लोग, आप लोग नाहक हर बात में 'लेकिन' लगाते रहते हैं। सुनिए, इस बार और पहली बार इस गोड़ियर गाँव के भोज में पोलाव पकेगा। और पोलाव किस चीज से पकता है, जानते हैं? अरवा चावल और घी से! उसमें 'वगैरह-मसाला' भी पड़ता है!

तय हुआ, जयराम और रामजय के साथ रामजी गोढ़ी अभी ही स्टेशन जाकर सामान ले आवें—हिसाब करके। मोहना दफादार ने मांस का जिम्मा लिया...वह एक मन मांस दो बजते-बजते पाकिस्थानी टोला में सप्लाई' कर देगा।...दही के लिए गुअरटोलीवालों ने दाम ले लिया—भोज के एक घंटा पहले ही दही की हँड़ियाँ पहुँच जाएँगी।

—जै हो! जै हो!!

ग्यारह

नाच शुरू होने के पहले ही रबिया और कारे ने नाच के समाजियों को समझा दिया था कि एक ही नाच में दो नाच होगा। अर्थात् बेहुला का 'दिष्टान्त' देंगे 'सावित्री' में और 'सावित्री' का 'दिष्टान्त' बेहुला में। सो तुम लोग कहीं घबराकर 'ताल-माल' तोड़ मत देना!

सारी कॉलॅनी मह-मह कर रही है—बासमती चावल और मसाले की गन्ध लोगों को मत्त बना रही है।

पवित्रा स्वयं पाकस्थल पर खड़ी है, चार बजे साँझ से ही। काला की माँ सालन पका रही है। पोलाव बना रही है संध्या। पवित्रा ने उसे सिखाया है आखिर किस दिन के लिए!

ठाकुरतला के पास शामियाने में लोग भर गए हैं। पाँच-पाँच पेट्रोमेक्स की रोशनी में कॉलॅनी की एक-एक झोंपड़ी नहा रही है। चारों ओर प्रसन्नता!

फेरी से लौटनेवाले नौजवानों ने दूर से ही देखा—यह क्या? कोलोनी में अचानक इतनी रोशनी क्यों हो रही है? इतना गुलगपाड़ा? सभी के कलेजे धड़क उठे एक साथ।

बिश्टू ने कहा—लगता है कोई बारात... ?

रास्ते में ही शंकाओं का समाधान हो गया। जयराम सिंघ घी का कनस्तर लेकर जा रहा था। उसने फेरी से लौटनेवाले नौजवानों को सारा किस्सा सुना दिया। बोला—इसी को कहते हैं 'चट मँगनी और पट ब्याह'!

बिश्टू ने पूछा—ब्याह किसका?

जयराम सिंघ ने कहा—रह गए सब दिन...

बिश्टू को बात अच्छी नहीं लगी...दीदी ठाकरुन अब न जाने क्या-क्या करने लगी!

शारदा बर्मन की भी यही राय है—इस भोज का क्या मतलब? इन लोगों के साथ 'खिलान-पिलान' और इन लोगों के साथ 'मिलान' यह कैसी बात?

कालाचाँद हँसते-हँसते लोट-पोट हो रहा है। वह आजकल हरि यादव से दिल्लगी भी करने लगा है। उसने कहा—पुलाव की महक तो सुक्की-बेलाही

तक पहुँच गई है। देखिए, वहाँ का आदमी आकर हाजिर हो गया।

सभी हँसे।...बंगाली लोग भी खूब रसवाली बोली बोलते हैं।

जयराम सिंघ ने आज पवित्रा की देह का स्पर्श करीब पन्द्रह बार किया। और प्रत्येक बार उसकी देह धन्य-धन्य हो गई।

रबिया ने कालाचाँद से कहा—सिक्रट्री दादा, हमार लोग के खोल भालो ना बोले, अपानादेर खोल दया कोरे देबेन?

तालेवर गोढ़ी आज रेशमी कुरता पहनकर आया है। उसने कहा—देखो रबिया, सारा पाला करने का समय नहीं मिलेगा। उधर 'पंगत' में अब ज्यादा देर नहीं। इसलिए बाला लखिन्दर की शादी बेहुला से कराकर—आज यहीं तक...!

...ठीक है, जब सिर्फ शादीवाला हिस्सा ही करना है तो सजे ठीक से बारात!

रबिया और कारे नाच के समाजियों के साथ और एक-डेढ़ दर्जन लोगों को लेकर कॉलॅनी से निकल आए। गाँव के बाजेवालों को ठीक किया और करीब बीस गाड़ियों, दस-ग्यारह टट्टू-घोड़ों पर बर-बाला लखिन्दर और बारात को लेकर चला!

उधर, समाजियों ने मूलगैन कारे के साथ-साथ गीत शुरू किया। खोल और करताल बजने लगे।

चाँदो बनिया साजिलो बारात ओ-रे-चाँदो
बनिया रे-ए-ए-ए-ए!
अरे, एक लाख हाथी साज़िलो, दुई लाख घोड़ा—
हाथीर ऊपर हौथा साजे चाँदो अधिकारी—
ओ-रे-चाँदो बनिया रे-ए-ए-ए!

बारात पार्टी कॉलॅनी के पास पहुँची। सभी लोग दौड़कर वर और बारात को देखने गए।...लखिन्दर बना है धानुकटोली का अनूपलाल।...एकदम सचमुच बारात!

चूँकि बारात के लोग भी नाच के समाजी हैं, इसलिए गीत की लय पर, खोल के ताल पर सभी नाच रहे हैं। गाड़ी हाँकनेवाले भी ताल पर ही गाड़ी हाँक रहे हैं। घोड़े पर बैठे लोग ताल पर ही देह हिला रहे हैं।

कालाचाँद ने सब कुछ देख-सुनकर पवित्रा से कहा—दीदी ठाकरुन, यह बाला-लखिन्दर का बारात है या शिव ठाकुर का?

पवित्रा की हँसी झिलमिला उठी। किन्तु बिश्टू बोला—किन्तु ये लज्जार कथा!

पवित्रा ने पूछा—इसमें लाज की क्या बात है बिश्टू?

शारदा बर्मन ने जवाब दिया—अभी चौधरी और चौधरी का बेटा मुझे रास्ते में मिला। पूछा कि तुम्हारे गाँव में कोई शादी हो रही है? मैंने कहा, नहीं। शादी नहीं

भोज है। तालेवर बाबू ने गाँव-भर के लोगों को भोज दिया है। तो, चौधरी बोला कि पहले भोज दिया है, बाद में शादी भी करेगा।...

—कौन चौधरी?

—वही, जिसका बेटा दुकान करता है।...ब्राह्मण-बनिया!

पवित्रा ने उलटकर देखा—संध्या कहाँ गई? संध्या!

बिश्टू ने अपना सारा साहस बटोरकर कहा—और, वह 'जादोब', वह तो अब साफ-साफ कहता है लोगों से—कॉलोनी हमारा ससुराल है।

पवित्रा उनकी बातें सुन रही है। संध्या दौड़ी आई। पवित्रा ने संध्या को झिड़की दी—कहाँ गई थी?

—बरजात्री देखने।

—चूल्हे पर पुलाव चढ़ाकर 'बरजात्री' देखने गई थी?

कालाचाँद की माँ चिल्ला रही है—टॅकेर (खटमिट्ठी-चटनी) की बेबस्था आछे?

'बेहुला-बाला लखिन्दर' नाच के बाराती नाचते-कूदते 'कॉलॅनी' में आ गए।

...बाजे बज रहे हैं?

...रह-रहकर 'सिंघा' की बोली गूँजती है।

...बाला लखिन्दर, गोड़ियर गाँव के दुल्हा के वेष में 'सम्पनी गाड़ी' से नीचे उतर रहा है।

...नाच के समाजी खोल-करताल बजाकर 'पाला' गा रहे हैं—

बारात लागिलो दुआर रे-ए-ए-हो चाँदो बनिया रे-ए-ए...
ओरे हाथी बोले कूँकूँ-कूँकूँ
घोड़ा हिनहिन कोरे
बारात देखैंया सब ग्रामवासी दौड़े-कि-चाँदो बनिया रे!
कन्ने देखे, और देखो कन्ने केर माई
दुल्हा के देखैंया दौड़े सब आइ-माई कि चाँदो बनिया रे!

रबिया और कारे आनन्द से पागल हो गए हैं, शायद। वे दोनों हाथ में चँवर लेकर नाच रहे हैं और कोलोनी की स्त्रियों से गा-गाकर बातें भी करते हैं, नाच के ताल पर। कारे कहता :

—अरे की देखेछी आइ-माइ दुल्हा केमन लागे?

रबिया पूछता—दुल्हा के देखैछी दीदी मोने की-की जोग?

कारे ने कहा—आसल दुल्हा भी हामी लेके एक दिन आबे!

...कि चाँदो बनिया रे-ए-ए-ए!!

रात के तीसरे पहर में भोज खत्म हुआ। ऐसा भोज गोड़ियर-गाँव में कभी नहीं हुआ! गाँव के लोगों ने पहली बार 'पुलाव' चखा है। इसलिए चटखारे ले-लेकर बातें कर रहे हैं। लेकिन मांस मीठा था। शायद गुड़ डाल दिया था!

और ऐसा नाच भी कभी नहीं हुआ पहले। कारे और रबिया ही नहीं, हरिप्रसाद यादव ने एक मैथिल भोजनभट्ट की नकल उतारी और कालाचाँद ने खिसियाहा स्टेशन मास्टर साहब का कैरिकेचर दिखाया।

और इस भोज और नाच के सिलसिले में उस दिन एक नया रिश्ता कायम हुआ। उस दिन अनायास पवित्रा के मुँह से निकल गया—ताले काका!

तालेवर गोढ़ी की आँखों से झर-झर आँसू झरने लगे। भरे गले से बोला—मेरी कोई...बेटी नहीं।

मालिक को रोते देखकर जयराम सिंघ भी सिसकियाँ लेने लगा।

संध्या से हरि यादव ने एकान्त में पूछा था—बारात देखकर...।

बारह

तीन-चार शरणार्थी कैम्पों में कई वर्षों तक जुमापुरवालों का दल, पवित्रा के बल पर ही टिका रहा। जुमापुर का एक बच्चा भी दल से बिछुड़कर कहीं जाना नहीं चाहता। और पवित्रा के कारण ही उन्हें कोई कष्ट नहीं हुआ, कहीं भी। जुमापुरवालों के सारे अभाव-अभियोगों की सुनवाई सबसे पहले होती। दीदी ठाकरुन की आज्ञा के बिना न तो कोई राशन का एक दाना छू सकता था और न सरकारी सहायता का एक पैसा। वे कहते—जाने दीदी ठाकरुन!

...और हर जगह पवित्रा को एक जोड़ी आँखें घूरती रहतीं। उन आँखों से कासिम झाँककर कहता—यहाँ है मेरा चाँद! पवित्रा सुनती; कासिम कह रहा है—तुम जो कहोगी, करने को तैयार हूँ। आग में कूदने को कहो, पानी में डूबने को कहो।

...पवित्रा हुक्म देती—चावल, दूध, बिस्कुट, दवा, कपड़े जल्दी भेजो!... कैम्प सुपरवाइजर की बदली करो।...रिलीफ क्लर्क को बरखास्त करो!...कासिम कहता—जो हुक्म। जैसी मर्जी।...लेकिन मेरी अर्जी? यानी कम से कम एक बोसा भी नहीं?

ऐसे सवालों पर पवित्रा मुँह बिदकाकर हँस देती। अर्थात्—नॉनसेन्स!

किन्तु बेतिया कैम्प के इन्स्पेक्टर की आँखों से झाँकता हुआ कासिम अधीर होकर टूट पड़ा था—चाँद को पकड़ने।...पवित्रा चुपचाप मुस्कराती रही और एक दर्जन जुमापुरी शरणार्थियों ने मिलकर इन्स्पेक्टर का सिर मूड़ दिया, मुँह पर कालिख और चूना पोतकर कैम्प से बाहर निकाल दिया था—समारोह के साथ!

...इसके बाद सबसे बड़े अफसर की आँखों में कासिम की झलक पाते ही पवित्रा ने हुक्म दिया था—जुमापुरी शरणार्थियों को ऐसी जगह में भेजो जहाँ वे मछली-भात पेट-भर खा सकें। धान उपजा सकें, पाट की खेती कर सकें।

सबसे बड़े अफसर ने कहा—जो हुक्म। सभी जुमापुरी शरणार्थी पूर्णियाँ जाएँगे।

...आँखों की खिड़की से कासिम ने झाँककर कहा—किन्तु तुमको मेरे साथ जाना होगा। मेरे दिल में एक वीरान जगह है, तुम अपना घर वहीं बाँधो।

...पवित्रा मुस्कराती रही, गाड़ी पूर्णियाँ की ओर चली—सभी जुमापुरवालों को लेकर।

...और, पूर्णियाँ पहुँचकर 'रीहैबिलिटेशन ऑफिसर' (आर. ओ.) के 'पर्सनल असिस्टेंट' (पी.ए.) की आँखों में देखा—कासिम विराजमान है, पहले से ही।

...इसलिए, सबसे अच्छी जगह और अच्छे इलाके में जुमापुरवालों की कॉलॅनी' बसाई गई। जहाँ धरती उपजाऊ है। जहाँ की नदियों में हर किस्म की मछलियाँ हैं।

लेकिन तालेवर गोढ़ी की आँखों में कासिम की नहीं, पवित्रा को अपने पिता काशीनाथ चटर्जी की झलक मिली है!...बाबा भी इसी तरह आँखों में प्यार भरकर देखते थे।

पवित्रा को माँ, मौसी, दीदी, दादी, नानी—किसी का भी प्यार कभी नहीं मिला। उसके किसी भाई ने भी उसको कभी प्यार नहीं किया। इस संसार में सिर्फ पिता का प्यार उसे मिला है...न जाने क्यों, पवित्रा का मन रह-रहकर तालेवर गोढ़ी के पास भाग जाता है!

किन्तु सारी कॉलॅनी में एक दबा हुआ असन्तोष छाया हुआ है, कई दिनों से। गोपाल पाइन, शारदा बर्मन और हरलाल साहा ने आपस में सलाह करके तय किया है कि इस बार हरि जादब आया कि मिलकर पकड़ो और इसके बाद 'तेरहवाँ विद्या' अर्थात् मारपीट करो। योगेश दास को भी पीटो!...अर्धचन्द्र!

बिश्टू सभी को सुना रहा है—कस्बा कोलोनी में उसकी मौसी आई है। मुझे कस्बा कोलोनी में बुला रही है।

अन्दू कहता है—सुक्की-बेलाही की ओर अब बिस्कुट बेचने के लिए कोई मत जाना, दादा। वहाँ के लोग अब खूब खराब-खराब गाली देकर दिल्लगी करते हैं और कहते हैं कि गोड़ियर कोलोनी के लड़के, सुक्की-बेलाही गाँव के लड़कों के साले हैं। इसलिए 'बहन' और 'बीवी' के नाम गाली देने का हक है हम लोगों को।

सभी असन्तुष्ट व्यक्तियों की जीभ पर एक बात आकर अटक जाती है—सब दीदी ठाकरुन के चलते हो रहा है!...कोई बोलता नहीं। लेकिन सभी यही सोचते हैं।

औरतों में कालाचाँद की माँ, संध्या की माँ को छोड़कर बाकी सभी नाराज हैं। कालाचाँद की माँ, उस रात को मुँह देखकर मांस और बुँदिया परोस रही थी।...अपने घर में एक कड़ाही मांस चुराकर रख लिया काला की माँ ने।...लोग इधर नाच देख रहे थे और संध्या की माँ, दही की हँड़ियों से मलाई निकालकर ले गई।...दीदी ठाकरुन अब बदल गई है! एकदम!!...एकेबारे!!

हरलाल साहा की स्त्री कनकबाला हमेशा घूँघट काढ़े रहती है। किन्तु बात बोलती है बहुत कँटीली। वह कहती है—उस रात को यहाँ क्या-क्या हुआ है, सो किसी को मालूम है?...जब नाचवाले बारात लेकर आए तो सभी दौड़े देखने। उस

भीड़ में शोभना को एक लड़के ने पकड़कर 'चूमू' खा लिया।...उई, जोयराम सिंघ का भाई रामजोय सिंघ, शेफाली से क्या कह रहा था, पूछे कोई!...शेफाली कह रही थी—रामजोय कह रहा था, हम तुमसे शादी करेगा! बहुत 'टाका' देगा। ऐसा ही माफिक बारात आनेगा।...

गोपाल पाइन की घरवाली गठिया से पीड़ित है। लँगड़ाकर चलती है। भोज में दही खाकर इधर दर्द और भी बढ़ गया है। वह कराहती हुई बातें करती है—सब गेलो! सब गेलो।...सब गया, अब। देश गया, गाँव गया—जाति-धर्म बाकी था सो यहाँ अब...समझो गया।...सुनती हो, बंगला नहीं, सभी के बच्चों को हिन्दुस्थानी भाषा पढ़ना होगा।...अपने (अर्थात् गोपाल पाइन) कह रहे थे कि स्कूल की नौकरी इस शर्त पर मिली है कि पहले खुद हिन्दुस्थानी भाषा पढ़कर 'परीक्खा' देना होगा। अब समझो, जिस देश में मास्टर को भी 'परीक्खा' देना पड़े वहाँ कोई मास्टर क्या पढ़ाएगा?...सब गेलो! सब गेलो!!

—संध्या को एक छापेदार साड़ी मिली है।

—किसने दिया है? जादोब ने?

—नहीं, ताले काका ने। ताले काका ने जीवन में पहली बार मांस-पुलाव खाया सो बोले कि जिसने पुलाव पकाया है उसको 'बकसीस' मिलना चाहिए।

सभी पवित्रा से असन्तुष्ट हैं। किन्तु पवित्रा के जोड़े हुए नये रिश्ते के अनुसार सभी तालेवर गोढ़ी को 'ताले काका' कहने लगे हैं। और कॉलॅनी के सैकड़े-पंचानबे प्राणी ताले काका की 'कृपादृष्टि' अपनी ओर फेरने की चेष्टा में लगे रहते हैं।

कालाचाँद की दोस्ती हरिप्रसाद जादब से अब बहुत गहरी हो गई है। भोज के बाद जादब अपने साथ कालाचाँद को भी अपने गाँव, अपने घर पर ले गया।...कालाचाँद आज लौटा है, बैलगाड़ी पर। साथ में—पाँच बोरे। एक बोरा चावल, एक बोरा चूड़ा, एक बोरा आलू, एक बोरा मूँग की दाल।...धोती भी नई दी है जादब ने—बिदाई में!!...सब टाका का खेला!...सब गेलो, सब गेलो!!

कॉलॅनी और गोड़ियर गाँव के सहभोज से गोड़ियर गाँव के सभी लोग प्रसन्न नहीं। पंडित रामचन्द्र चौधरी का परिवार, पहलवान की पुतोहुएँ, दीपा की माँ—सभी इस असामयिक तथा अचानक भोज और 'सर्वसंगठन' से नाखुश हैं।...पारस पहले प्रसन्न था। किन्तु जब उसको मालूम हुआ कि दीपा की माँ श्रीमती सरस्वती देवी इस 'बंगाल-बिहार-मिलन-भोज' का 'बाइकाट' करती है तो पारस ने भी भोज को बाइकाट कर दिया।

पहलवान की पुतोहुओं ने मिलकर पहलवान की दुर्गति कर दी!

पहलवान के प्रस्ताव पर ही यह भोज 'कोलोनी' में हुआ और बंगालिनों के हाथ का मांस-पुलाव सभी ने खाया।...और इस भोज में बहुत दिनों के बाद पहलवान

ने पेट-भर और जी भरकर खाया।...जयराम सिंघ परोस रहा था। उसका हिसाब है—बासठ पूरियाँ, बारह डब्बू मांस, बीस कलछुल दही, बत्तीस चम्मच बुँदिया और करीब एक सेर टमाटर की खटमिट्ठी-चटनी, पहलवान पत्तल पर चाट-पोंछकर उठ गया!

दूसरे दिन सुबह आठ बजे से पहलवान का पेट और मुँह चलने लगा। जब तक देह में शक्ति रही, हाथ से लोटा लेकर कूप से पानी भर-भरकर पिछवाड़े की झाड़ी में गए। जब असमर्थ हो गए तो बिछावन पर ही सब कर्म!

बड़ी पुतोहू चिल्लाई—और जाओ, खूब खाओ भोज!...रगटुटवे, सब भोज तेरा निकल रहा है!!

छोटी हँसती रही—भेद-वमन की आवाज सुनकर वह हँसती हुई कहती—पुलाव निकला।

लेमनचूस चूसती हुई छोटी बहू एक बार झाँककर देखने आई—कोढ़िया मर गया या जिन्दा है?...ए दीदी, ए दीदी! बुढ़वा तो भरसक टें बोल गया।

—एँ?...हैजा?

—एकदम मर गया या...?

पहलवान लड़ रहा था।...उसने यमराज के दूत को कसकर 'धोबिया-पाट' दाँव लगाया। धोबिया-पाट की 'काट' यमराज के दूत के पास कहाँ? वह भीतर से ही नागफाँस लगा रहा है, पहलवान के गले में। पहलवान गरदन तानकर जाँघ और घुटने में यमदूत को मिट्टी में रगड़ रहा है!...उ-य-य-य-हा-य!!

दीपा की माँ ने सुना तो वह भी जल-भुन गई। बोली—पहलवान जेठ की जीभ ही एक दिन यमदूत को बुला लावेगी, यह मुझे मालूम था।...मरे, कोई क्या कर सकता है!

किन्तु दीपा की माँ को दया आ गई। दीपा के बाप की मृत्यु के बाद से उसके मन में जीव के प्रति दया का भाव पैदा हो गया है। मरते हुए पशु-प्राणियों की रक्षा करने को धर्म मानने लगी है।...तिस पर पहलवान जेठ। पहलवान जेठ ने दीपा की माँ का भला छोड़कर कभी बुरा नहीं किया!...दीपा की माँ के कहने पर पहलवान जेठ ने ऐसा भी काम किया है जो उनको नहीं करना चाहिए। वह 'प्राणबिन्दु' की शीशी लेकर आँगन से निकली और सीधे पहलवान के घर में गई।

पहलवान लड़ रहा था। नागफाँस को छुड़ाने की चेष्टा कर रहा है। यमदूत ने दूसरा दाँव लगाया—पेशाब बन्द! नाड़ी बन्द! देह में ठंड और ऐंठ!

दीपा की माँ ने पूछा—घर में चीनी है? बतासा? कुछ भी नहीं?

छोटी बहू बोली—लेमनचूस है।

—लाओ, लेमनचूस ही दो।

दीपा की माँ ने लेमनचूस पर दो बूँद 'प्राणबिन्दु' की गिराकर पहलवान के मुँह में डाल दिया। वह बोली—लच्छन अच्छे नहीं।...लड़कों में से किसी एक को तार भेजवा दो, बहू।

—तार कौन लगाने जाएगा?

—पारस जा रहा है शहर।

—कितना लगेगा?

—तीन-चार रुपये से कम क्या लगेगा।

तीनों पुतोहुओं ने मिलकर पैसा जमा किया और तय हुआ कि तीनों बेटों को बुलाया जाए। बन्दूक सिंघ, अदालत सिंघ और फौजदार सिंघ, तीनों के नाम तार दिया गया है—बाप लबेजान है, जल्दी आओ।

छोटी बहू कामदेव की दुकान की ओर चली।...इस बार वह अपने पति अदालत सिंघ से कहेगी—नौकरी छोड़ दो और यहीं गाँव में दुकान करो!

वह एक गीत गुनगुनाती हुई जा रही थी—हो राजा, छोड़ि दे रे नौकरिया या-या!!

पंडित रामचन्द्र चौधरी की स्त्री, छोटी को बुलाने जा रही थी। बूढ़े का क्या हाल है?

—नरक भोग रहा है, और क्या?

पंडित रामचन्द्र चौधरी और उसके पुत्र कामदेव चौधरी ने इस बार डेढ़ हजार रुपये का मुनाफा किया है। इसलिए दोनों ने परामर्श किया है—यदि कुछ दिलेर औरतों को अपने गिरोह में रख लिया जाए तो... ?

पहलवान की छोटी पुतोहू ने सब कुछ सुनकर कहा—ठीक है। इस बार कामदेव की माँ के साथ वह भी जाएगी। लेकिन तार पाकर घरवाला घर आवेगा।...और बुढ़वा का क्या होता है!

—ठीक है, अभी इस 'खेप' में देरी है।

पंडित रामचन्द्र चौधरी को पक्का विश्वास हो गया है, उसकी गई हुई सम्पत्ति फिर लौट आएगी।...पास में पैसा रहने पर बात भी बुलन्दी से निकलती है।

अपने दरवाजे पर बैठकर चौधरी किसको क्या सुनावे? वह गाँव से बाहर निकलकर 'गुअरटोली' की ओर चला जाता है। वह कल से ही, जब से गाँव लौटकर आया है, इस भोज और मेल-मिलाप के खिलाफ बातें करता फिरता है—मैं कहता था न! खिलाया न सभी को मुसलमानी खाना! कौन कहता है कि पोलाव मुसलमानी खाना नहीं? हिन्दू का खाना है खीर-पूरी! सबकी जाति मारी गई। अरे, इस गोढ़िया की बुद्धि बुढ़ापे में भ्रष्ट हो गई है। खुद कंठी तोड़कर मछली खाना शुरू किया और सारे गाँव के लोगों को पाकिस्थनियाँ टोले की औरतों के हाथ पकाया हुआ मुसलमानी खाना खिला दिया। सबको 'पतिया-प्रायश्चित' करना होगा। गोबर, बालू और तुलसी का पत्ता निगलना होगा।

लेकिन गुअरटोली में पहुँचकर रामचन्द्र चौधरी अवाक् हो गया।...यह क्या! यह कौन है? यही है वह...पाकिस्थानी टोला की सरदारिन? गुअरटोली में क्या करने आई है?...लेकचर दे रही है?

पंडित रामचन्द्र चौधरी को सभी ने पाँव लागी की और पवित्रा ने हाथ जोड़कर नमस्कार किया। पंडित रामचन्द्र का मन पानी-पानी हो गया। पवित्रा को देखने के बाद सभी का मन इसी तरह बदल जाता है। पाकिस्थानी और शरणार्थियों पर खिजाया हुआ आदमी जब पवित्रा को देखता है, उसकी राय बदल जाती है।...कोई जादू तो नहीं जानती? जब ज्योतिष जानती है तो जादू भी जरूर जानती होगी।...'दिन' तो ऐसा 'उचार' दिया कि जहाँ अढ़ाई सौ रुपये की उम्मीद थी वहाँ एक हजार का मुनाफा हुआ।...नहीं, इससे बैर मोल लेना ठीक नहीं होगा।

पवित्रा गुअरटोली के लोगों को समझा रही है, बंगाल में ब्राह्मण, कायस्थ, गोप, कुर्मी, कैवर्त सभी जाति और वर्ण के लोग रहते हैं।

—लेकिन बंगाली तो बंगाली है। वह ब्राह्मण या कायस्थ कैसे होगा?

पवित्रा हँसती है—बिहार में रहनेवाले को क्या कहते हैं? बिहारी। उसी तरह बंगाल प्रदेश में रहनेवाले...।

पंडित रामचन्द्र चौधरी को इस बार बोलने का मौका मिला। हँसते हुए बोले—देवीजी, ये लोग तो 'लिख लोढ़ा, पढ़ पत्थर' हैं। ये क्या समझेंगे आपकी बात?...अजी, बंगाल के कारण ही हिन्दू धर्म का 'नेम' बचा हुआ है। बेसी दूर नहीं, जाकर अररिया-कोट में देखो। बंगाली के घर-घर में साँझ को शंख फूँका जाता है। रोज कोई न कोई पूजा होती ही रहती है।...क्या जनाना, क्या मर्दाना और क्या बच्चे जितनी बार 'दिशा-मैदान' से आवेंगे, कपड़ा जरूर बदलेंगे। नहावेंगे जरूर।...बंगाला मुलुक नहीं होता तो न काली माई रहतीं कहीं और न दुर्गा माता!

काली माई और दुर्गा माता का नाम लेकर पंडित रामचन्द्र चौधरी ने शून्य में दो बार नमस्कार किया हाथ जोड़कर। फिर अपना परिचय देते हुए बोले—देवीजी, मेरा नाम है पंडित रामचन्द्र चौधरी। इस गोड़ियर गाँव का पुराना जमींदार।...दुर्दिन और दुश्मनों ने मिलकर यह दिन दिखलाया है कि अपनी ही जमीन पर दूसरों के हल चलते देखकर ...अब क्या बतावें देवीजी!...मेरा लड़का कामेश्वर आपसे दिन 'गनना' करवाकर आया सो यात्रा ऐसा शुभ हुआ कि...अब क्या बतावें! किसी दिन इस गरीब ब्राह्मण के घर भी श्रद्धा करके आइए!

पवित्रा आई थी गाँव के बच्चों को स्कूल भेजने की 'पैरवी' करने। लोगों ने कहा—बच्चे पढ़ने जाएँगे तो गाय-भैंस की रखवाली कौन करेगा?...पढ़ने से बाबू हो जाएगा। फिर फुटानी छाँटेगा। खेती-बारी कौन देखेगा?

यों, गोड़ियर गाँव का हर टोला गन्दा है। लेकिन गुअरटोली की गन्दगी? हर

कूप के पास कीचड़ से भरा हुआ गड्ढा। गड्ढे में बैठी हुई भैंस! पोखरा एक था, सो सूख गया।...सूखेगा कैसे नहीं? पोखर के किनारे—दस रस्सी जमीन चारों ओर—नरक की धरती!...

गुअरटोली से पाँच बच्चे जाएँगे! तीन लड़के और दो लड़कियाँ। पवित्रा ने पाँचों को बुलाकर प्यार से नाम-धाम पूछा। एक लड़के ने साफ-साफ कह दिया, वह स्कूल नहीं जाएगा पढ़ने।...गुरुजी बेंत से मारते हैं।

पवित्रा ने उसे दुलारते हुए कहा—गुरुजी नहीं, तुझे मैं पढ़ाऊँगी। तब तो जाएगा स्कूल?

दँतटुट्टे लड़के ने लजाकर हँसते हुए हामी भरी—जाएगा!

पंडित रामचन्द्र चौधरी घर लौटे। उसके जी में आया, एक बार तालेवर गोढ़ी से नहीं मिलना ठीक नहीं। तीरथ में जा रहा है। इसके अलावा, साला गोढ़ी सचमुच थोड़ा गुण-मन्तर जानता है। नहीं तो आज तक कोलोनी की जिस जादू जाननेवाली बंगालिन से कोई भर-मुँह बात नहीं कर सके—उसको गुण-मन्तर से काबू में कर लिया!

...रामजय इस तरह झटपटाता हुआ कहाँ आ रहा है?

रामजय ने पंडित रामचन्द्र चौधरी को सूचना दी—दीपा की माँ तो सिविल सर्जन का कान काटती है। पहलवान एकदम मर गया था। नाड़ी डूब गई थी। ऐसी दवा चलाई कि पहलवान को जाकर देखिए—भूख से भात-भात चिल्ला रहा है।

तालेवर गोढ़ी 'यात्रा' से दो दिन पहले हर मिलनेवालों को सुनाकर कहता है—बेटी कहती है कि जगन्नाथपुरी से लौटकर आइए तब एक बार 'दुआरिकाजी' ले जाऊँगी...बेटी का कहना है, काका आप गाँव से जा रहे हैं। एकदम अन्धकार हो जाएगा—गाँव। मैंने कहा कि नहीं बेटी, तुम हो तो समझो तीसों दिन चाँदनी।

तालेवर गोढ़ी के दरबार में बैठे लोगों ने कहा—वह जनाना नहीं। साच्छात देवी है, देवी।...बाभन की बेटी है और गोढ़ी-गुआर को 'काका-दादा' कहती है।...हरदम हँसती रहती है।...बच्चों से तुरत हेलमेल कर लेती है।

पंडित रामचन्द्र चौधरी ने आज स्वीकार किया—तालेवर बाबू, हम बहुत बड़ा भारी भ्रम में थे। सो, आज हम अपने चश्म से देखकर समझ गए—वह सचमुच देवी है। उसमें भगवती का अंश 'जरूर से जरूर' है।

तालेवर गोढ़ी की आँखों में फिर आँसू उमड़े—देखा न? देखा न पंडित जी, मेरी बेटी को?—धन्न रे मेरा भाग!!

तेरह

जिला कॉलॅनी कमिटी की बैठक में इस बार पवित्रा के विरुद्ध कई दरख्वास्त पढ़ी गई। और दोनों शिकायत-पत्र गुमनाम!

एक पत्र में कहा गया है—'पवित्रा देवी कोलोनी-मेम्बर के पद के योग्य नहीं।...उसका दिमाग ठीक नहीं। कोलोनी के बाहर के लोगों से हेलमेल बढ़ाती है।...कोलोनी के लिए मंजूर हुए स्कूल में कोलोनी के बाहर के बच्चों की भर्ती करवाती है।...'

दूसरे पत्र में इल्जाम लगाया गया है—पवित्रा देवी योगेशदास की लड़की संध्या की शादी 'हिन्दुस्थानी' से करवाने के लिए तुली हुई है।...वह कहती है, गाँववालों के साथ रोटी-बेटी होना बहुत जरूरी है।

कॉलॅनी कमिटी के अधिकांश सदस्य इन पत्रों को पढ़कर हँसे। किन्तु जिले के कोने-कोने से आए हुए कॉलॅनी मेम्बरों के चेहरे संकुचित हो गए।

बैठक से आर. ओ. साहब और गैर बंगाली सदस्यों के जाते ही वे पवित्रा पर टूट पड़े—यह क्या सब कर रही हैं आप? लड़कपन नहीं तो और क्या?...छेलेमानुषी!

कस्बा कॉलॅनी के मेम्बर नोगेन बागची ने कहा—आप यदि अपनी शादी किसी हिन्दुस्थानी से करना चाहती हैं तो शौक से कीजिए। मगर किसी को जबर्दस्ती...?

...नोगेन बागची जुमापुर का शरणार्थी नहीं और न नबीनगर कॉलॅनी का वासी। वह नारायणगंज का रिफ्यूजी है। सतगोप, बागदी नहीं—वह ब्राह्मण है। नोगेन बागची के सामने पवित्रा की 'दीदी ठाकुराइनी' नहीं चलेगी। वह जानता है, पवित्रा जब भी कोलोनी-कमिटी की बैठक में पूर्णियाँ—सदर आती है तो दो दिनों तक कहाँ-कहाँ किसके साथ रात-दिन रहती है! रेंडी आर काके बले?

पलासी-पटेंगना कॉलॅनी के गोणेश पाइन ने एक नई सूचना दी—'एबार एकटा मोटा आसामी...! एक बूढ़े जेले' (मछुआ) को पकड़ा है। पैसावाला आदमी है, मछुआ है तो क्या! बूढ़ा है तो क्या!...और कहती है अपने को 'बामुनेर मेये'? छिः छिः...

भूना-मछेला कॉलॅनी के किश्टो मोड़ल ने कहा—उई देखून।...साली का यार आ गया, फटफटिया लेकर।

पवित्रा स्कूटर (फटफटिया) की आवाज सुनकर दफ्तर से बाहर आई, मुस्कराती हुई। स्कूटर पर आए हुए युवक ने पूछा—मुझे बहुत देरी हो गई क्या?

पवित्रा ने अपना थैला स्कूटर के सामने लगी टोकरी में डाल दिया और साड़ी के आँचल को कमर में लपेटकर स्कूटर की पिछली गद्दी पर जा बैठी—युवक की पीठ पर एक हाथ डालकर।...गर्र-र्र-र्र-र्र-र्र। कें! कें!!...

बरामदे पर खड़े सभी कोलोनी सदस्यों ने बारी-बारी से अपने मुँह में जमे हुए थूक को बाहर फेंका—आ-क-थू-उ-उ!...आमार रोक्तो माथाय उठे जाय।...छिनाल!—ए फटफटियावाला के?

—बर्मा!...सभी बर्मा कहते हैं। मिस्टर बर्मा।

—खबरेर कागजेर लोक!

—उरा उदिके कोथाय गेल?

—लीला-खेला खेलते।

—कृत्यानन्दनगर की ओर गया है।...निर्जन...!

पूर्णिया—कृत्यानन्दनगर रोड! निर्जन-सड़क!!

स्कूटर की चाल धीमी करके युवक ने अपनी पीठ पर लदी युवती से पूछा—आज इतना चुप क्यों हो, क्या बात है?...पीठ पर कई बार लम्बी और गरम साँसों के मृदु स्पर्श!

—जानती हो, सिनहा साहब क्या कह रहे थे?...बोले कि यार, तुमने तो इस मुफस्सिल पूर्णियाँ में भारत की राजधानी नई दिल्ली का समाँ बाँध दिया है!

—तो तुमने क्या जवाब दिया?

—मैंने कहा, सिनहा साहब, आप जानते हैं मेरा ताल्लुक 'इनकलाब' नामक अखबार से है। और मैं अपने को जन्मजात इनकलाबी मानता हूँ...।

पवित्रा ने नरेश वर्मा की पीठ पर एक हलकी चपत लगाकर टोका—ए, ए रकम गुरुचांडाली भाषा केन बोलो?...जन्मजात इनकलाबी?

...अरबी-फारसी के जुमले! इनकलाब!!...पवित्रा की देह सिहर उठती है।

—क्यों, क्या हुआ?

—होबे आर की?

—अजीब बात है। स्कूटर के पीछे कोई लड़की या औरत का बैठना बेहयाई है! अनैतिक व्यापार है! हा-हा-हा अश्लीलता है...हा-हा-हा-हा।

—ए! पागलेर मत हाँसो केन?

—हँसना भी गुनाह?...लाहौल!

—तुमी तोमार लाहौल-माहोल बन्द कोर्बे?

—आमि इंजिन बन्द कोर्लाम। नामो!

—एखाने केन?...इस धाँगड़ टोली में क्या है?

—एक वी. आई. पी. हैं यहाँ।

—वी. आई. पी.?

—हाँ, हम अखबारवाले 'वेरी इम्पार्टेंट परसन' से ही मिलने...!!

आध दर्जन धाँगड़ बच्चे-बच्चियाँ नरेश वर्मा को देखकर एक ही साथ 'हुर्रे-रे-रे' कहकर किलक उठे।

...बच्चों की किलकारी के पीछे औरतों की हँसी की हिलोरें!

...तरुण-तरुणियाँ-श्याम-बदनियाँ!!

—नमस्कार भैयाजी!

—मोतिया? बाबूजी कहाँ?

—भैंसे खोजने गए हैं। आइए न?

एक स्वस्थ किशोर ने आगे बढ़कर हँसते हुए धीरे-से पूछा—भैया? यही...?

—हाँ रे गंगू हाँ! यही हैं पवित्रा देवी। और पोबी, आओ इनसे परिचय करा दूँ।...यह है गंगू। हमारे गुरु माने वी. आई. पी. श्री नूना माँही का बेटा। यह उनकी बेटी मोतिया और यह जोगिया, यह थारू, यह लगमा, यह पुरैनी और यह-यह...क्या नाम है इसका—बिटनी!!...

नूना माँही की अधेड़ औरत हँसती हुई आई—हाथ में सफेद जंगली फूलों का गुच्छा लेकर। पवित्रा के जूड़े में खोंस दिया माँही गृहिणी ने।...सभी खिलखिलाकर हँस पड़े।

नरेश वर्मा पटना के प्रसिद्ध अँगरेजी साप्ताहिक 'इनकलाब' का प्रतिनिधि है।...लोकगीत गाता है और पिछले साल उसने यहाँ के धाँगड़ों का एक 'नाच दल' संगठित किया है।...'नाच दल' इस बार दिल्ली से 'रिपब्लिक डे शील्ड' जीतकर ले आया है।...पूर्णियाँ जिले में युगों से बसे हुए इन धाँगड़ों ने कभी किसी 'दिक्कू' (गैर धाँगड़) को अपने नाच में शरीक नहीं किया। किन्तु नरेश वर्मा ने इस धाँगड़ टोली के मुखिया नूना माँही और उसकी स्त्री रुपिया के दिलों को न जाने कैसे जीत लिया। धाँगड़ टोली का एक-एक बच्चा उसे अपना सगा-भैया समझता है। गाँव के पशु- पक्षी तक उसे अपना समझते हैं। किराये का काला कुत्ता धाँगड़ टोली में किसी 'बाहरी' आदमी को घुसने नहीं देता।...नरेश की बोली सुनते ही दुम हिलाने लगता है।

नूना माँही भैंसे को डोरी में बाँधे आया और स्कूटर देखकर आनन्द विह्वल हो उठा—नरेश आया है।

—पोबी, यही हैं मेरे गुरु—वी. आई. पी. श्री नूना माँही।...पवित्रा देवी!

नूना माँही कुछ बोलता नहीं, बत्तीसों-दाँत निकालकर हँसता है। हँसता ही जाता है!

मोतिया चाय ले आई।

...आज भोज!...मेहमान! पवित्रा दीदी आई है!

...आज नाच!!...नरेश भैया आए हैं!

पवित्रा दीदी भी नाचेगी?

जोगिया और थारू 'रिपब्लिक डे शील्ड' ले आया।

मोतिया एक अलबम ले आई।

पवित्रा फोटोग्राफ देखने लगी। रंगीन ग्रुप-तस्वीर को देखते समय वह मुस्कराकर एक-एक को पहचानने लगी।...प्रधानमंत्री पंडित नेहरू बीच में प्रसन्न मुद्रा में खड़े हैं। दाहिने सजी-धजी सटकर खड़ी है मोतिया...यह सरदार नूना माँही...मादल गले में लटकाए—जोगिया...बाँसुरी टेरता हुआ थारू...यह 'बिकटा' किराय...लगमा...पुरैनी...बिटनी।...ओही, पंडित जी के हाथ में बाँसुरी है एक।

—हाँ, उनके लिए स्पेशल बाँसुरी बनाकर ले गए थे गुरुजी।

मोतिया इतना शीघ्र पवित्रा से घुल-मिल गई है। वह मन्द-मन्द मुस्कराती हुई बोली—और पोबी दी, एक 'जन' को पहचाना? यह रंगीन पगड़ी बाँधे...? हिहिहिहिहि!!

—रंगीन पगड़ी बाँधे ...अरे, यह नरेश?

सभी खिलखिलाकर हँस पड़े!

—तूहू नाचबे आज पोबी दी। नरेश भैया भी नाचबे। सब नाचबे!! है है है है!!...आज नाच!

नरेश ने पवित्रा को 'नाच दल' गठन करने का किस्सा बताया—किस तरह उसके दिमाग में बहुत दिनों से एक योजना थी। फिर किस तरह नूना माँही से भेंट हुई, सौभाग्यवश। किस प्रकार महीनों वे बैठकर गीत और नाच के टुकड़ों को लेकर बहस करते रहे। अन्त में किस तरह दल के सदस्यों का चुनाव किया गया। दिल्ली में हमारे 'नाच दल' के एक-एक सदस्य की अलग-अलग कितनी तस्वीरें लोगों ने उतारीं, इसका पता नहीं। विदेशी पत्रकारों के झुंड कैमरा लटकाए इस मोतिया की हँसी को तरह-तरह से पकड़ने के लिए चक्कर मारते फिरते थे।...मोतिया की रंगीन तस्वीर 'लाइफ' के मुखपृष्ठ पर छप चुकी है। 'धर्मयुग' में रंगीन ग्रुप-फोटोग्राफ...।

रंगीन ग्रुप-फोटोग्राफ—'नाच दल' का।

...मादल बजा नाच दल का।

...बाँसुरी बोली।

...रंगीन ग्रुप-फोटोग्राफ में खड़े लोग...बिखर गए।

...विभिन्न रंगों में डूबी मूर्तियाँ हँसती हैं।

...युवतियाँ एक-दूसरे के कन्धे पर हाथ रखकर एक घेरा बनाती हैं।

...पुरुष सामने की पंक्तियों में, विभिन्न वेष में।

...मादल और बाँसुरी वाला बीच में—सिर में मोरपुच्छ खोंसे।

...नरेश?...पोबी नाचबे?

...पोबी दी आ ना रे-ऐ-ऐ!

...डाडिगा-डाडिगा-डाडिगा...!

...है रे! है रे!

कौने बने किश्ना बँसिया बजावे

कौने बने गइया चराबे मोहना—है रे! है रे-है रे!!

डाडिगा-डाडिगा...

...मोतिया। दिल खोलि के नाच। झामर-झामर...?

गोपार बेटा हाम्रा बोलाए।

नाम धरि शाम-सुन्नर हाम्रा बोलाए—है रे! है रे-है रे!!

...जोगिया! ताल न टूटे। नाच-नाच के बजा बेटा!

...द्रुत!

...हैरे हैरे! हैरे हैरे!!

बाप माई कूल पलिवारे-ए-ए-ए

सब छोड़ि किश्ना एलूँ जमुना किनारे-ए-ए

होय—भाई घटवारे।

होय राज रखवारे!

एहि ठाम किश्ना की बँसिया बजाए?

एहि ठाम किश्ना की गइया चराए?

हैरे-हैरे...!

...द्रुत! द्रुततर!!

डिगडिगडा-डिगडिगडा...।

...आ ना रे पोबी दी!

...पोबी दी तोर नाम धरे...किश्ना बोलाए।

पवित्रा किसी दूसरे लोक में पहुँच गई है। मादल और डिग्गा की आवाज खोल और करताल के सुर में खो गई है। कीर्तन गा रही कमला झरिया...के. सी. डे...सहगल...युथिका राय...मन्नाडे...सचीनदेव बर्मन...सभी मिलकर गा रहे हैं।...गौर-निताई की जोड़ी...कोथाय काला किश्न आमार—मोहनी मूरतवाला...सखि गो-ओ-ओ-ओ-ओ!

...पोबी!

...पोबी दी?

...बेटी!!

...ओ! नूना माँही ने उसे बेटी कहा या उसकी स्त्री ने?

—रो रही है?

—क्या हुआ पोबी दी को? क्यों रो रही है?

—बोलो न नरेश भैया, क्या हुआ...?

—होगा क्या?...कुछ लोगों को हर बात में रोना आता है।

...पवित्रा हँसी...रोई। हँसती रही, रोती रही!

...नूना माँही की स्त्री रुपिया ने पवित्रा को अँकवार में भरकर पुकारा—बेटी! काँदोना...तोरा नाच सिखाय देबौ।

...नरेश!

जिस लड़की ने जन्म के बाद सिर्फ 'गंजना' ही सहन किया। जिसे जन्मते ही माँ ने लात मारकर एक ओर कर दिया था। माँ, मौसी, दादी किसी ने प्यार नहीं किया। अशुभ और अमंगल की साक्षात् प्रतिमा समझी जाती।...बाबा अपना सारा प्यार लुटाना चाहते। और एक दिन माँ ने देवतुल्य उस महात्मा पर 'कलंक' लगा दिया। भाइयों ने—बड़े और छोटे—मिलकर जलील किया। हवेली के अन्दर होंठ सीकर नौकरानी की तरह खटती रही।...कालाचाँद की माँ ने देखा है, सब कुछ।...नरेश, तुमने ठीक कहा है। कुछ लोगों को हर बात में रोना आता है। नाच देखकर मुझे क्यों रोना आया—मैं नहीं जानती किन्तु कालाचाँद की माँ के बाद मेरी यह रुपिया माँ—दो माताएँ...इन्हीं दो महिलाओं के मुँह से मैंने प्यार-भरा सम्बोधन सुना—बेटी!!...नरेश, बोलो ना! आमि की?...मैं न जाने क्या हूँ...जिसे प्यार करती हूँ...वही डंक मारते हैं।...अब वे मुझे नहीं चाहते!

—कौन वे?

—नबीनगर कोलोनी के निवासी।

—क्यों?

—पता नहीं।...कोलोनी मेम्बर नहीं रहना चाहती।

...गर्रर्रर्र....कें कें कें क!

...ले उड़ा, ले उड़ा!

...जुलुम!

हद है!!

एक तरकारी बेचनेवाली सिर की टोकरी नीचे रखकर पगली नाचने लगी—आ अल्ला! अब का का देखना बाकी है।...'उड़नछौंड़ी' इसी को कहते हैं? देख ले, देख ले—जमाने को देख ले। गजब हो गया! है रे उड़नछौंड़ी रे-ए-ए!!

इस बार पवित्रा के लौटने के पहले ही, पवित्रा की 'लीला-खेला' की बात नबीनगर पहुँच चुकी थी। कस्बा कोलोनी के नोगेन बागची ने एक गाड़ी फेल करवाकर, बिश्टू को विस्तारपूर्वक सुनाया है ...बिश्टू का माथा झुक गया लाज से!

पवित्रा ने लौटकर देखा, संध्या उदास है। संध्या की माँ किसी से झगड़ने की तैयारी कर रही है और कालाचाँद की माँ के चेहरे पर गम्भीरता का मुखौटा चढ़ा हुआ है।...इसका अर्थ पवित्रा समझती है! काला की माँ को कुछ कहना है एकान्त में।

—क्या है काला की माँ?

—किस्सु ना तो!

कालाचाँद की माँ ने एक चिट्ठी दी।

—किसने दी?

—जादोब ने।

"...परम पूजनीया दीदी जी। आगे मालूम हो कि अब मैं ज्यादा दिन नहीं सह सकते हैं इसलिए दिल खोलकर साफ-साफ बात लिखते हैं। आगे मालूम हो कि संध्या से मेरा शुभविवाह 'अतिशीघ्र' 'शीघ्रातिशीघ्र' नहीं हुआ तो मैं कनैल का बीज खाकर मर जाऊँगा। मैं दिनरात 'हाय संध्या, हाय संध्या' करता रहता हूँ। मेरे बाबूजी और मेरी माता सब लोग तैयार हैं। सिर्फ 'मांस-मछली' खाने में तकलीफ होगी संध्या को कुछ दिन। यानी—जब तक बूढ़ा-बूढ़ी जीवित हैं। आप कहिए तो हम रजिस्ट्री शादी करने को तैयार हैं ताकि यदि कभी हम चाल से बेचाल हुए या संध्या को दुख दें किसी किस्म का तो हमको जेरबार कर सके। इस बात का हम चन्दकलमा लिख देना चाहते हैं और आप लोग कहें तो 'फंड' में कुछ रुपया जमा दे सकता हूँ। लेकिन अब बगैर संध्या के यह जिन्दगी—कुछ नहीं। संध्या भी अब मिलन की बेला के लिए आकुल-व्याकुल हो रही है। नहीं पतियाते हैं तो संध्या से एकान्त में पूछ देखिएगा। ज्यादा क्या लिखें, आप खुद सज्ञानवती हैं।...एच. पी. जादब।"

प्रत्येक बार कॉलॅनी कमिटी की बैठक से लौटने के बाद पवित्रा शाम को कॉलॅनी निवासियों को बैठाकर कमिटी की कार्यवाही विस्तारपूर्वक सुनाती है।...आवेदन-निवेदन-पत्रों और अभाव-अभियोग के बारे में क्या-क्या हुआ—सुनाती है।

आज शाम को भी 'बैठकी' बुलाई गई।

कालाचाँद लौट आया—बिश्टू आसिबे ना!

—क्यों?

वह कहता है कि बैठकी में जाकर क्या सुनना है। जो सुनना था सुन चुके हैं, हम लोग!

किन्तु पवित्रा ने देखा—बिश्टू बैठकी में आया है!

गोपाल पाइन ने पूछा—दीदी ठाकरुन हेडमास्टर कब तक आवेंगे?

राखाल की दर्खास्त का क्या हुआ—लोन के लिए... ?

बिश्टू बोला—नोगेन बागची बोला है कि कल यहाँ एक मीटिंग होगी। बाहर से, माने दूसरे कोलोनी से भी लोग आवेंगे।

शारदा बर्मन ने बिश्टू को इशारे से कहा—पूछें?

बिश्टू ने भी कनखी से जवाब दिया—पूछो।

—दीदी ठाकरुन, क्या सचमुच संध्या की शादी जादोब से हो रही है? माने, आपने हुकुम दे दिया है?

—मुझे किसी की शादी के बारे में नहीं मालूम।

बिश्टू कुछ कहना चाहता था। किन्तु चुप रहा।

हरलाल साहा ने कहा—कालाचाँद कहाँ है? वही जानता है असली बात। इस शादी का 'घटक' वही है। नई धोती पहन आया है, जादोब के घर से। धान, चावल और चूड़ा-दही ले आया है।

कालाचाँद पहले से ही तैयार बैठा था। बोला—हाँ पूछिए। किसको क्या पूछना है? किसकी शादी के बारे में?

किसी ने कुछ नहीं पूछा।

तब कालाचाँद का साहस और बढ़ा। उसने कहा—और किसी की शादी के बारे में कुछ नहीं कह सकता। लेकिन अपनी शादी के बारे में जरूर बतला सकता हूँ।...

कालाचाँद की माँ बोली—तुम क्यों बोल रहे हो?

—क्यों नहीं बोलूँगा।...आमि कि दालाल? और धोती और चावल-चूड़ा की बात पूछते हैं! शारदा बर्मन मोसाय, हमको तो प्रेम से जो दिया है, ले लिया। लेकिन आपने रामजय सिंघ से किस बात के लिए पचीस रुपये लिये हैं?

कालाचाँद की माँ बोली—बिश्टू की चाची गाँव से 'मूढ़ी' माँग लाई थी एक दिन, सो?

पवित्रा आज किसी को रोकती-टोकती नहीं। वह उठकर चली जाती है।

संध्या की माँ गिरिबाला और पिता योगेशदास आज इस बैठकी में अनुपस्थित रहे—जानबूझकर। संध्या बैठकर पवित्रा के सिखाए हुए गीत का रेयाज कर रही है, हारमोनियम पर—देशे-देशे मोर घर आछे। आमि सेई घर खूजि मरिया।...

संध्या की माँ गिरिबाला का स्वभाव विचित्र है। लोगों की चुगली करना, झूठमूठ की बातें गढ़कर बोलना और सदा अपने स्वार्थ की बातें करना।... वह जानती है कि बिश्टू असल में क्यों असन्तुष्ट है।...असल में उसकी नजर

संध्या पर है। शुरू से ही। और यह 'छूँड़ी' उसकी ओर कभी देखती ही नहीं आँखें उठाकर।...संध्या की माँ सतगोप है, बिश्टू कैवर्त। कैवर्त से शादी कैसे हो भला?

किन्तु आज संध्या की माँ का दिल थोड़ा दहल गया। कॉलॅनी में कई दिनों से लोग 'गुप्त मीटिंग' कर रहे हैं। दूसरे कॉलॅनी से भी मेम्बर लोग आनेवाले हैं कल। पता नहीं, बिश्टू और शारदा बर्मन और क्या-क्या बदमाशी करें।

संध्या की माँ बिश्टू और शारदा बर्मन को प्रसन्न रखना चाहती है। आज उसने बातचीत के सिलसिले में कई लोगों से ऐसी बातें घुमा-फिराकर की हैं जिनका स्पष्ट अर्थ यही हो सकता है कि वे लोग नहीं चाहते कि संध्या का विवाह किसी 'हिन्दुस्तानी गोप' से हो। लेकिन दीदी ठाकरुन...।

संध्या की माँ ने संध्या को पुकारकर कहा—मैं तुझे पुकारते-पुकारते मर रही हूँ और तुम इधर 'घर खूजी मरिया' गा रही हो।...इधर सुन!

संध्या अनमनी-सी उठी।

—टॉर्च लेकर जा। पहुँचा आ जरा!

—क्या है? किसको?

—बेगुन-चिंगड़ी।

संध्या की माँ ने फिसफिसाकर कहा—बिश्टू के दिए आय।...हरलाल के घर से अपनी 'बैठी' लेती आना। देरी मत करना। शायद, दीदी ठाकरुन को कोई काम...।

पवित्रा अपनी झोंपड़ी के अन्दर से ही बोली—नहीं, मुझे कोई काम नहीं।

संध्या बोली—मुझे अभी पढ़ना है।

संध्या की माँ ने तेवर चढ़ाकर कहा—पढ़ना!

...संध्या!

बिश्टू चौंका।

बेगुन-चिंगड़ी। माँ पाठिये से।

—संध्या!

बिश्टू अवाक् हुआ—यह अचानक तरकारी की सौगात क्यों?

...संध्या की माँ जानती थी, बिश्टू की बहरी चाची अभी आँगन में नहीं। माखन के घर गई है। बिश्टू अकेला होगा!

—संध्या!...सुनो संध्या!

—की?

—तुम...तुम क्या सचमुच उस हिन्दुस्थानी गोप से ब्याह करने जा रही हो?

—किसने कहा तुमसे?

—जो सुन रहा हूँ लोगों के मुँह से...।

—तो सुनो लोगों के मुँह से। मुझसे क्यों पूछते हो?

—हें हें—तुम नाराज तो नहीं! मैं तुम्हारे लिए कब से एक 'जिनिस' लाकर रखे हुए हूँ।

—की जिनिस?

—नॅकली मुक्तोर माला!

संध्या हँसी—मैं कोई नकली 'जिनिस' नहीं लेती।

बिश्टू अप्रतिभ हुआ। बोला—आमरा गॅरीब मानुष...।

—तो गरीब मानुष मुक्तोर माला का शौक ही क्यों करे?

बिश्टू के पुरुषत्व को हलकी चोट लगी।

—कौन कह सकता है कि किसी दिन असली नहीं 'कर' सकूँ। ठाकुर की कृपा से...।

संध्या बोली—ठाकुर की कृपा से जब असल मुक्ता की माला खरीदोगे तो कहना...।

संध्या हँसती हुई चली गई और माखन की स्त्री को पुकारने लगी—ओ रूली बौदी! बौदी! ओ रूली बौदी! बैंठी दिन आमार।

—एखन...बैठी क्या करेगी संध्या? —हरलाल साहा की स्त्री ने पूछा।

संध्या हँसकर बोली—एक प्राणी को 'हलाल' करना है।

बिश्टू ने शायद इसका कोई मतलब नहीं समझा। किन्तु हरलाल साहा की स्त्री समझ गई।...संध्या को बिश्टू के घर की ओर जाते देखकर, टट्टी में छेद करके वह देख-सुन रही थी सब कुछ।

बिश्टू ने मन ही मन एक प्रतिज्ञा की—एक अश्लील प्रतिज्ञा—साली यदि तुमको यह बिश्टू...!!

पवित्रा धाँगड़ टोली के नाच के सपनों में खोई हुई है। मादल, डिग्गा...

...है रे है रे! है रे है रे!!

बाप-माई कूल पलिवारे
सब छोड़ि किश्ना एलूँ जमुना किनारे-ए-ए
होय भाई घटवारे!
होय राज रखवारे!...

...द्रुत। द्रुततर!!

डिगडिगडा-डिगडिगडा-है रे-है रे!!

...आना पोबी दी! आ...

—मोतिया! मोतिया—मैं भी नाचूँगी!...

संध्या को अचरज हुआ। यह मोतिया कौन है जिसे दीदी ठाकरुन सपने में याद कर रही है?

—मोतिया।...के मोतिया?

—ना, आमी संध्या।

—अः

दीदी ठाकरुन?

—उँ।

—खाबे ना?

—ना।

दीपा की माँ, अन्त में पारस की बात पर सोचने लगी।...पारस छोटन बाबू से मिलने गया था। इसी को कहते हैं दुनिया। इन्स्पेक्टर के साथ जब आते थे तो कैसी मीठी-मीठी बातें करते थे। अब उनको याद ही नहीं है—कौन सरस्वती देवी?...बहुत याद दिलाने पर भी जब उन्होंने सरस्वती देवी को नहीं पहचाना तब पारस को 'गुप्त बात, कहनी पड़ी...वही जिसको स्कूल-इन्स्पेक्टर...प्रेगनेंट...माने। तब छोटन बाबू को याद आई और बोले—तो अब क्या चाहती हैं? किसी लीडर से...?

सब कुछ सुनकर दीपा की माँ ने एक भद्दी गाली दी थी—छोटन बाबू के नाम, छोटन बाबू के नाम परोक्ष में ऐसी न जाने कितनी गालियाँ लोग देते हैं।...बेचारे छोटन बाबू भी क्या करें? उन्होंने आजकल पटना में रहकर एक शहरी कहावत सीखी है—मैं क्या करूँ? एक अनार सौ बीमार!! अकेला एक एम. एल. ए. सारे इलाके के लोगों के अभावों की पूर्ति कैसे करवा दे सकता है? और चूँकि चुनाव में बार-बार जीतना है, इसलिए किसी को निराश भी नहीं करना है।...एक झूठ को दूसरे झूठ से, दूसरे को तीसरे से, तीसरे को चौथे से ढकते-ढकते मूल झूठ की जड़ मजबूत हो जाती है।

...छोटन बाबू क्या करे?

पारस ने कहा—आप मेरे प्रस्ताव पर गौर-विचार करके देखिए। देखिएगा, जिले की बड़ी-बड़ी लीडरानी आपका पानी भरेंगी।...

रामजय सिंघ से उस दिन दीपा की माँ की आँखें चार हो गईं—अचानक।...दीपा की माँ पहलवान की सेवा कर रही थी। बिछावन, कपड़ों को निकालकर, साफ कपड़ा बिछाकर पहलवान को सुला दिया—दीपा की माँ ने। रामजय बहुत देर से बैठा सब कुछ देख रहा था। और जब पहलवान ने आँखों को खोलकर पानी माँगा—रामजय जय-जयकार करने लगा—जै हो! पिपरावाली भाभी, सौ लेडी

डॉक्टर और पाँच सौ सिविल सर्जन पर एक डाक्टरनी है।...इसी को कहते हैं—मुरदे को जिलाना!...जै हो!!

उसी दिन से वह दीपा की माँ के आँगन में रोज एक-दो घड़ी आकर बैठ जाता है। दीपा की माँ जब से इस गाँव में आई, रामजय से कभी मुँहामुँही नहीं बोली थी।

...रामजय अब 'इधर-उधर' अर्थात् किसी के मचान पर या बथान पर सोने नहीं जाता। क्योंकि आजकल रोज दो-चार ज्ञान की बातें चली ही जाती हैं कान में।

रामजय बाबू, कहा है कि परदारा निज माता जान। सो परदारा को जो माता नहीं समझते हैं वह...।

रामजय ने 'परदारा' का अर्थ पूछा। पारस ने समझा दिया—दूसरे की स्त्री।

...रामजय अब पारस से चिढ़ने लगा है।

आज मौका पाकर उसने दबी-जबान से पूछा—भौजी!...वह पारस...!

...रामजय समझ गया—पारस के खिलाफ कुछ नहीं सुनना चाहतीं।...दुनिया-भर के गुण बतला गईं।...

रामजय सिंघ ने अभी आते ही कहा—भौजी, उस पारस से कहिए कि जल्दी आपका साइनबोट बनवाकर ला दे। और परोपगंडा? आज हाट में चौराहा पर खड़ा होकर दवा बेचनेवालों की तरह मैं कैसा भाखन दे आया हूँ, यह पूछिए आप अपने नौकर कारे से।...कहो जी कारे!

कारे बोला—हद भाखन दिया आपने मालिक।

कारे पर इधर कई दिनों से मालकिन अप्रसन्न हैं। कॉलॅनी के भोज के बाद कारे ने पवित्रा की बड़ाई, अपने 'पालवेत' रबिया के साथ मिलकर की थी, पछियारी टोले में। वह बात उड़कर न जाने कैसे आई और मालकिन के कान में चली गई। तब से नाराज हैं। हर बात में झिड़की देती हैं।

दीपा की माँ बोली—और तुम? तुमने कोई भाखन नहीं दिया कि कोलोनी में एक देवी आई है, एक दुर्गा आई है...।

कारे रो पड़ा—इस्स, मालकिन! एक ही बात का गुस्सा इस तरह मन में पालकर रखिएगा और रह-रहकर 'गुँगुआइएगा' तो कैसे काम चलेगा?...हमको क्या मालूम कि 'बंगाली-बिहारी' का 'रेसा-रेसी' हो रहा है। आप ने ही कहा था कि इसका 'दिष्टान्त' उसमें और उसका...।

— रखो अपना दिष्टान्त! जरा मेरे बेटे को कन्धे पर चढ़ाकर घुमा-फिरा लाओ।

कारे समझ गया—मालकिन खुश हो गई। जब प्रसन्न होती है, अपनी बेटी को कन्धे पर चढ़ाकर हवा खिलाने को कहती है अथवा कोठरी में बुलाकर कहेगी—जरा पीठ की रीढ़ 'ससार' दो, तेल लगाकर।

कारे दीपा को कन्धे पर बैठाकर दुलकी चाल दौड़ता हुआ बोला—हट जाओ! कुमार सन्नी बाबू का घोड़ा 'फर्दवाल' चाल में चलेगा...।

रामजय ने इस बात का भी विरोध किया—भौजी, दीपा बड़ी हो गई है अब। इस तरह कन्धे पर...!

—रामजय बाबू, दीपा बेटी नहीं। मेरा बेटा है।

—सो तो ठीक है। मगर है तो आखिर...

दीपा की माँ की रीढ़ में दर्द चिनचिना उठा।...मुरदा, अपने तो चला गया। लेकिन दीपा की माँ को जिन्दगी भर के लिए यह दर्द दे गया। अंगभंग' आदमी की पकड़! दीपा के बाबू का दाहिना हाथ कट गया था इसलिए बाएँ हाथ में ही दोनों हाथों की ताकत आ गई थी। सो उस बार इस तरह 'हथियासूँड़, की तरह कमर में बाँह लपेटकर ऐंठ दिया कि दीपा की माँ बेहोश हो गई।...तभी से यह दर्द!

...और यह दर्द जब 'चिनचिना' उठता है तो दीपा की माँ सब लाज-लिहाज भूल जाती है और कारे को कोठरी में बुला लेती है—जरा ससार दो, तेल लगाकर! सबसे पहले उसने 'पारस' से 'ससरवाया' था। लेकिन पारस की उँगलियों में जोर ही नहीं। तब से कारे भैंसवार से ही इस दर्द का इलाज करवाती है।...

...आश्चर्य! किसी हट्टे-कट्टे नौजवान से एकान्त में आमने-सामने हुई कि यह दर्द चिनचिनाया।...पहलवान जेठ को हर सप्ताह शनिवार की रात में कबूतर खिलाती है। इस बीमारी में ऐसी सेवा की, दीपा की माँ ने।...पहलवान जेठ जिस दिन उसकी रीढ़ की हड्डी पर उँगली देता है—सप्ताह-भर दर्द नहीं होता फिर!...पहलवान जेठ ने दीपा की माँ के अनुरोध पर वह काम किया जो नहीं करना चाहिए। फिर उसके लिए दीपा की माँ जो कुछ करे, थोड़ा है।

—रामजय बाबू। जरा इधर आना।...अन्दर!

...रामजय ने इस बात का विरोध नहीं किया।

...रामजय की उँगलियों में पहलवान जेठ की उँगलियों से भी अधिक ताकत है।

...रामजय...देवर...रामजय बाबू।

...हाँ, रामजय बाबू—मैं डाक्टरनी हूँ।

...रामजय बाबू—तुम मेरे डॉक्टर बनो!

...पारस को 'जवाब' दे दूँगी!

...कारे को भी!

उस दिन शाम को सभी ने अचरज से देखा—रामजय, अपना बोरिया-बिस्तर लेकर दीपा की माँ के दालान की ओर जा रहा है। रामजय का वक्तव्य है : भाई, मुसम्मात आखिर मुसम्मात है। एक मर्द-पुरुख घर में नहीं रहे तो नौकर-चाकर के भरोसे काम कैसे चल सकता है? इसलिए भौजी बोली कि रामजय बाबू, देवर

बेटा—बराबर होता है।...भौजी असल सती नारी है। उसके हाथ में गुण और जस दोनों हैं। वाक् में भी सत्त है।...

कारे को दीपा की माँ ने नहीं, रामजय सिंघ ने 'जवाब' दिया अर्थात् बर्खास्त कर दिया।

कारे को अचरज हुआ। वह बोला—आप 'जवाब' देनेवाले कौन होते हैं! मैं मालकिन के मुँह से सुनना चाहता हूँ कि आखिर किस कसूर पर मुझे...आप बिला कसूर...।

तब दीपा की माँ अन्दर से बोली—कारे, कल आकर हिसाब ले जाना।...अभी तुम्हारा भात यहीं बना है। खा लेना।

—रखिए अपना भात। कुत्ता को...।

—क्यों बोला रे साला राड़...।

—गाली मत दीजिए।

रामजय सिंघ ने कारे के गाल पर एक तमाचा जड़ दिया। आश्चर्य! कारे न रोया, न चिल्लाया। अचरज से वह रामजय की ओर बहुत देर तक देखता रहा। फिर, चुपचाप आँगन से निकल गया।

दीपा की माँ को रामजय का गुस्सा अच्छा लगा।...उसके मन में हुआ, रामजय उसको भी ऐसा ही एक तमाचा क्यों नहीं लगाता।...रामजय का दाहिना हाथ।...हस्तरेखा-ज्ञान दीपा की माँ को विवाह से पहले ही हो गया था। लेकिन इसी को कहते हैं भाग्य का खेला। घरवाला ऐसा मिला जिसको दाहिनी हथेली ही नहीं!...रामजय बाबू की हथेली में शुक्र का स्थल कितना उच्च है!

कारे से पालवेत रबिया ने पूछा—आखिर बात क्या हुई?

—पालवेत! वही नाच और बंगालिन देवीजी!

—तो, रामजय की पैठ वहाँ कब से हुई?

—उसी नाच की रात में।

—क्या लच्छन है?

इस सवाल का जवाब कारे ने एक चुटकुले से दिया। बोला—पालवेत, वह किस्सा नहीं जानते हैं? एक बेवा औरत, एक रँड़वा मरद! मदर ने कहा :

> तोहरा न घर वाला, हमरा न बहू—
> ऐसन कुछ काज करू कि एकहि ठाम रहू।

दोनों पालवेत ठठाकर हँस पड़े।

कारे बोला—साले ने थप्पड़ मारा है। हम जूता मारेंगे।

रबिया ने कहा—जाने दीजिए पालवेत—लाख टका की चीज तो आप लूट लाए।...खूब मौज किया। है कि नहीं?

—सो तो ठीक। लाख टका की चीज...।

—उसकी बेटी, देखिएगा—अगले साल से ही 'कहर' मचाएगी इलाके में। कहर!

—अगले साल से?...पालवेत आप कहाँ हैं?

—अच्छा?

—रामजैवा साले ने उस दिन शायद कुछ देख लिया था। इसी से साले ने जब मारा तो...!

रबिया ने कहा—पालवेत! मैं भी एक जगह लटपटा गया हूँ।

—कहाँ?

—पाकिस्थानी टोला में।...वह हरलाल है न—उसकी बेवा बहन है।...रोज मछली पहुँचाता हूँ।

कारे और रबिया 'बेहुला' नाच का एक गीत बहुत देर तक गाते रहे :

ओ रे की दूख लिखिलो आमार कपाले हो भगवान
की दूख लिखिलो अमार कपाले-ए-ए-ए-ए!
ओ रे की सूख भोगिलाँ एहि संसारे हो भगवान
की सूख भोगिलाँ एहि संसारे-ए-ए-ए-ए!!

दोनों पालवेत जाल लेकर मछली पकड़ने चले गए।

चौदह

नरेश वर्मा!

पवित्रा को याद आती है, नरेश को पहली बार देखकर उसकी कैसी दशा हुई थी।...कॉलॅनी कमिटी की पहली बैठक में गई थी पवित्रा। पूर्णियाँ, कोर्ट स्टेशन के सामनेवाली चाय की दुकान पर नरेश को देखकर उसका कलेजा धड़क उठा—विनोद!...पवित्रा ने घोड़ा-गाड़ी के कोचवान से कहा—ए, एक्का रोको जरा!...हाँ, विनोद ही है।...हँसी देखकर और भी विश्वास दृढ़ हो गया। कोचवान ने पूछा—क्या लेना है दीदी जी? पवित्रा चाय पीने का बहाना करके उतरी।

...अजीब हालत हो गई, पवित्रा की। वह दुकान पर गई। भीड़ थी। किन्तु वह सीधे चली गई। आँखें चार हुईं। पवित्रा के होंठों पर मुस्कराहट थी। लेकिन...विनोद जरा भी नहीं मुस्कराया। पवित्रा ने पूछा—चिनते पार्छो ना?

—हाँ! चिनते पेरेछी आपनार एई 'बैज' देखे।...'बैज पर लिखा हुआ है मेम्बर डिस्ट्रिक्ट कॉलॅनी कमिटी।...और जिला कॉलॅनी कमिटी की एकमात्र महिला सदस्य का नाम मुझे बहुत बार लिखना पड़ा है।...मिस पवित्रा चटर्जी।...और अखबारों में यह 'चाटुर्ज्या' जो छपता है वह मेरे ही कारण।...हम लोग सुनीति बाबू के नाम के साथ 'चाटुर्ज्या' ही जोड़ते हैं।...आपके बारे में सुन चुका हूँ।

पवित्रा ने देखा, यह आदमी विनोद की तरह हँसता-बोलता है, तुतलाता भी उसी तरह है। नाक के पास तिल भी है। बाल भी घुँघराले हैं। नाक-नक्शा भी वही।...और यह कहता है, बैज देखकर पहचानता हूँ।

—आमि नरेश वर्मा! पत्रकार! इनकलाब!

—तुमि नरेश वर्मा होते जाबे केन?...तुम क्यों होने लगे नरेश? मुझे धोखा देना चाहते हो?...तुमि...तुमि...आमार...आमादेर विनोद!

...पवित्रा की आँखें छलछला गईं—राजन! आबार तुमि तोमार शकुन्तला के भूले मेले? चिनते पार्हो ना?...एई जे तोमार अंगुरीय...?

...पवित्रा की अवस्था देखकर नरेश घबरा गया था तनिक।

—ना, आमि नरेश वर्मा। आपनि भूल...?

...आमार भूल ना, बिधातार भूल?

—चलून।...मुझे भी भट्टा बाजार जाना है।

नरेश वर्मा सचमुच नरेश वर्मा ही है। किन्तु पवित्रा के लिए वह विनोद ही है। विनोद मुखर्जी।...लोगों ने झूठ ही अफवाह फैला दी थी कि विनोद मुखर्जी मारा गया। विनोद—पवित्रा का विनोद जीवित है। सिर्फ उसने नाम बदल लिया है।

...नरेश वर्मा, पूर्णियाँ के प्रसिद्ध 'वर्मा-परिवार' का लड़का है। नरेश का बड़ा भाई टीकापट्टी कॉलेज का प्रिन्सिपल है। मझला भाई छोटानागपुर में 'फॉरेस्ट-रेंजर' है। मझली भाभी ऑल इंडिया रेडियो में असिस्टेंट स्टेशन डाइरेक्टर है। मझले भैया इम्पीरियल टोबैको की बड़ी नौकरी करते हैं—बम्बई में।...चचेरा भाई दिनेश वर्मा बिहार का मशहूर क्रिकेट खिलाड़ी है। एक चचेरी बहन नेपाल एयरलाइन्स में 'एयर होस्टेस' है।...और यह दासानुदास—नरेश वर्मा...!

...नरेश धाँगड़!

...हाँ, अब उसे लोग 'धाँगड़' ही कहते हैं। बहुत-से लोग समझते हैं कि वह सचमुच धाँगड़ ही है। कुछ ओछे लोगों ने यह शिकायत भी फैला दी है कि नरेश किसी धाँगड़नी से शादी करने वाला है।

...किसी धाँगड़नी से? किस धाँगड़नी से?...

...मोतिया से?

...पोबी दी आ ना रे। आ! नाच!

...पंडित नेहरू से सटकर मुस्कराती खड़ी मोतिया।

...मोतिया! मोतिया!!...मोतिया, आमि नाचबो!

संध्या डर गई।...निश्चय ही दीदी ठाकरुन को कुछ हो गया है। सब दिन सपने में बड़बड़ाती है—किसी मोतिया का नाम लेकर। और कहती है—आमि नाचबो...

संध्या की माँ ने सब कुछ सुनकर कहा—उई ताले काका निश्चय कोनो मन्तर...!

...मन्तर?

...जादोब भी कोई मन्तर जानता है क्या?

...जादोब, जादोब।...तुम क्यों नहीं आते?

...बारह दिन हो गए, जादब नहीं आया है। क्यों नहीं आया है? वह नहीं जानता कि संध्या हर सातवें दिन पच्छिम की सड़क पर नजर गड़ाए बैठी रहती है?...कोई घोड़ावाला...कोई घुड़सवार क्यों नहीं आता?

...घुड़सवार नहीं। घोड़ागाड़ी!!

घोड़ागाड़ी पर पलासी-पटेगना, कस्बा जलारूगढ़ और भूना-मछेला कोलोनी के मेम्बर आए हैं।...गोणेश पाइन—गोपाल पाइन का भांजा—नोगेन बागची, प्रताप आइच और किश्टो मोड़ल।

संध्या ने आज यहाँ के गाँव की लड़कियों की तरह साड़ी पहनी है।...गहने भी। कड़ा-छड़ा, बाजूबन, जादब ने गढ़वा दिया है।...शादी में सभी गहने सोने के। जादब कहता है—मैं तुमको सोने के गहनों से 'छा' दूँगा—माने—ढक दूँगा।...जादोब! जादोब!!

...हे भगवान!...जादोब एसेछे?

...हे भगवान! जादोब आज के केन एल?

...इसको आज ही आना था?

हरिप्रसाद जादब का घोड़ा हिनहिनाया और...असभ्य...जानवर...घोड़ा...घोड़े की यह आदत बहुत बुरी! मंजिल पर पहुँचकर एक घड़ा पेशाब करेगा और इसके बाद...!! छिः असभ्य!!

गोणेश पाइन, नोगेन बागची, प्रताप आइच और किश्टो मोड़ल—सभी ने इस हरिप्रसाद को गौर से देखा।...साला निजे जेम्नि-तेम्नि सालार घोड़ा टा खच्चड़!

जादब सीधे योगेशदास के घर के अन्दर चला गया।

—बलून, की करा जाय?...क्या किया जाए?

—मिटिंग में ही सब फैसला हो जायगा।

—आज ही हो जाना चाहिए।

—निश्चोय!

शाम की बैठकी में कालाचाँद कहीं से गाँजा पी आया है शायद। बैठकी में शुरू से ही उसकी आवाज जरा तेज है आज।

भूना-मछेला के किश्टो मोड़ल ने कहा—कालाचाँद किसका नाम है? कालाचाँद स्कूल के विद्यार्थी की तरह उठ खड़ा हुआ। मानो हाजिरी दे रहा हो—प्रेजेंट सर!

—तुमी कालाचाँद?

—तोमार लज्या नेई?

—आछे! आपनार आछे?

कालाचाँद ने दुबारा पूछा—आपको लाज है? बोलिए।...मोड़ोली कोर्ते एइसेचेन एखाने बड्ड।...सॅब जानि...।

इस बार पवित्रा को बोलना पड़ा—कालाचाँद, तुम्हारा माथा खराब हो गया है क्या?

—हाँ, मेरा माथा खराब हुआ है। ऐसी-ऐसी बातें सुनकर किसका माथा खराब नहीं होगा?...आमार किसेर लज्या होबे? लज्या नेई?

पवित्रा ने कालाचाँद को शान्त किया। वह बाहर से आए हुए मेम्बरों की ओर मुखातिब हुई। बोली—मोड़ल मोसाय! आप कालाचाँद से क्या पूछना चाहते हैं?

मोड़ल के बदले, नोगेन बागची बोला—पूछना और क्या चाहेंगे।...देश गया,

धन गया, मगर धरम बचाकर हम लोग इस पर-भूमि में कसी तरह—दाँतों के बीच जीभ-जैसे—वास कर रहे थे। लेकिन नोबीननगर कोलोनीवालों के चलते अब वह बचा हुआ धर्म भी जाने बैठा है।...पूछना और क्या है। जो देखना था सो देख ही रहे हैं।

पवित्रा की मुस्कराहट देखकर नोगेन बागची के साथ गोणेश पाइन को भी क्रोध हुआ।

पवित्रा बोली—नोबीनगर कोलोनीवालों को क्यों दोष देते हैं।...

नोगेन बागची ने पवित्रा को नहीं बोलने दिया। वह चिल्ला उठा। वह अब हिन्दी में बोलने लगा—ठीक बात। नोबीनगर कोलोनी के लोगों का कोई दोष नहीं। सब आपका कसूर है।...छिः छिः उस 'माफिक' निर्लज्जता...कोलोनी-मेम्बर होकर, बाँगाली की 'लेड़की' होकर उस माफिक हिन्दुस्थानी-छोकरा के साथ 'मोटरबाइक' को 'पाछाड़ि' में बैठकर...आपका 'करतोब' से हम लोग का माथा 'नीचू' होता है...हुआँ ऐसा और 'हियाँ' पर एक हिन्दुस्थानी-गोप का साथ एक सतगोप की 'लेड़की का जबर्दस्ती से...।

...मोटरबाइक पर कौन आ रहा है, रात में?

पवित्रा ने समझा, नरेश आया।

नरेश नहीं, मोटरबाइक पर आया है पूर्णियाँ-सिटी से खुदोबाबू।...तीन-चार पीढ़ी से पूर्णियाँ जिले में है, खुदोबाबू का परिवार। किन्तु, खुदोबाबू—आज तक खुदोबाबू ही हैं।

इस बार पूर्णियाँ में खुदोबाबू ने खुद यह बात कही थी पवित्रा से-तीन पुश्त से हम लोग यहाँ हैं। लेकिन, आज तक खुदोबाबू खुदोबाबू ही है। खुदोप्रसाद या खुदो सिंघ चाहे खुदो वर्मा तो नहीं हो गए?

खुदोबाबू ने किश्टो मोड़ल से कहा—बस फेल हो गया मेरा। नहीं तो, साथ ही आते।...ठीक है, मिटिंग हो चले, कर्रवाई।...होक मिटिंग!

—कार्रवाई और क्या चलेगा? यहाँ का सब व्यापार 'आजगुबी' है।...कहते हैं, ये लोग भी हिन्दू हैं।

नबीनगर कोलोनी के अन्य लोग अब तक चुप थे। अब हरलाल साहा ने कहा—क्या 'आजगुबी' व्यापार है?

खुदोबाबू ने बीड़ी सुलगाते हुए कहा—देखिए, एक बात हम पूछते हैं, सबसे पहले। यहाँ का लोग, माने बिहारी चाहे हिन्दुस्थानी भी हिन्दू है। ठीक बात है। और पंजाब में भी हिन्दू है, मद्रास में भी हिन्दू है। लेकिन, इस पुरनियाँ में क्या 'होल' बिहार में बतलाय दीजिए कि कितना बिहारी का 'जोरू' मद्रासी है बा पंजाबी है?...ठीक बात है। शादी जिसको करना है, यहाँ पुरनियाँ में क्या बंगाली लड़के का

अभाव है?...अभी चार साल पहले एक कैवर्त लड़का कलकत्ता से एक लड़की को भगाकर ले आया था। मालूम है, बंगाल सरकार मुकदमा अपना हाथ में लेकर, बिहार सरकार को 'धमक' दिया।...आखिर, उस लड़की की दुर्दशा भी इसी खुदोबाबू को देखनी थी!...सो, पवित्रा देवी यदि शादी करना ही चाहती हैं तो नरेश वर्मा से काहे, और भी 'चालू-पुर्जा' लड़के हैं—बंगालियों के घर में। नरेश से भी तेज! जैसा नाच में, वैसा गान में, वैसा फुटबाल में—जैसा खोजिए।...नरेश तो धाँगड़ टोली में लड़कियों से 'फस्टी-नस्टी' करने और 'पचाय' (भात की शराब) पीने जाता है!

संध्या, पवित्रा से कुछ कहने आई।

वह चली गई तो खुदोबाबू ने पूछा—ए मेयेटि के?

—एई तो...। बिश्टू ने कहा—एई!

—योगेशदास की लड़की।

—बांगाली...माने उदवास्तु-मेये?

—हाँ।

—तब उस तरह माने इस देश की लड़कियों-जैसी साड़ी क्यों पहनी है? गहने भी सभी 'एदेशीय'?...ताज्जब-व्यापार! इसी लड़की से यहाँ के किसी गोप की शादी हो रही है?

नबीनगर कोलोनी और बाहर के आए हुए सदस्यों को उम्मीद थी, योगेशदास अथवा उसकी स्त्री अस्वीकार करेंगे—नहीं, झूठी बात है। अफवाह है!

योगेशदास चुप रहा। उसकी स्त्री भी चुप रही।

तब, शारदा बर्मन ने कहा—वह जादोब आज आया है। देखिए, सब लोग यहाँ हैं और उधर वह अकेला उसके साथ बैठा है।...माने संध्या के साथ।

पवित्रा बोली—संध्या मेरी रसोई पका रही है।

...खुदोबाबू, डिस्ट्रिक्ट बोर्ड में रोड-सरकार हैं। खाकी हाफपैंट और हैट और भारी-भरकम देह और मोटरसाइकिल के चलते दूर देहात में लोग उसे पुलिस-इन्स्पेक्टर समझते हैं। और, लोगों की इस अज्ञानता से काफी लाभ भी वे उठाते हैं।...मछुवा लोगों को 'बन्दर घुड़की' देकर मछली मुफ्त में वसूल करने के लिए वह रोज कारीकोसी की ओर जाता है।...खुदोबाबू को कोलोनी के कई लोगों ने और नोगेन बागची ने 'धमकी' घुड़की देने के लिए बुलाया था।

और, जब खुदोबाबू ने सुना कि आसामी नम्बर दो गाँव का गँवईगोप बालक है तो उनके अन्दर बैठा हुआ छद्म पुलिस इन्स्पेक्टर जगा। बोले—वह यहाँ-ा-ा-ा-है—ए-ए-ए? और, तुम लोग अब तक चुप थे? तुम लोग क्या हो जी?...बुलाओ उसको, जरा उसकी सूरत देखूँ!

बिश्टू उठा। लेकिन, योगेशदास ने कहा—वह यहाँ नहीं आवेगा।

—क्यों नहीं आवेगा?

—वह काहे आएगा?

खुदोबाबू का क्रोध भड़का—ओ तोमार बड़ जमाय? ताय आसबे ना?

योगेशदास ने कहा—तुई-तुकारी...'तुमताम' मत बोलिए। हाँ, है वह मेरा जमाय। तब? चोर तो नहीं।...ठग तो नहीं?

—तुम कैसे जानते हो कि वह ठग-चोर नहीं?

कालाचाँद बोला—जैसे आपको देखकर कह सकते हैं कि आप...।

—हम क्या हैं? हाँ, हमको देखके क्या कह सकते हो? बोलो?

हरिप्रसाद जादब खड़ाऊँ खटखटाता हुआ खुद, खुदोबाबू की खिदमत में हाजिर हुआ—क्यों, मेरी बुलाहट हुई है, क्या?...मुझसे क्या पूछना है? मुझे जो कुछ कहना था दीदी ठाकरुन को उसका 'चन्द कलमा' लिखकर दे दिया है।

हरिप्रसाद जादब को देखकर खुदोबाबू का तमतमाया हुआ चेहरा बुझ गया।...चेहरे पर घबराहट की एक हलकी छाया छा गई।...अरे, यह तो शिवनारायण बाबू मिनिस्टर का भांजा है—हरिप्रसाद जादब—कीर्तनियाँ!...बहुत बड़े काश्तकार का बेटा है। बहुत बड़े मुकदमेबाज का बेटा है। खुदोबाबू हर साल इसके यहाँ घास और बाँस की मँगनी करने आता है और जादब के बूढ़े बाप को रिझा-बुझाकर एकाध बोरे चावल-चूड़ा भी ले आता है।...खुदोबाबू ने खखारकर गला साफ किया।

—के, हरिबाबू ना कि?

—कौन? खुदोबाबू?

इसके बाद खुदोबाबू—जो एकमात्र कुरसी पर अब तक बैठकर घुड़की और धमकी-भरी बातें कर रहे थे, उठ खड़े हुए—आइए। बैठिए...हम समझा कि कोई दूसरा आदमी है।

इसके बाद खुदोबाबू की यह 'धर्म-रक्षिणी बैठकी' खुद-ब-खुद खत्म हो गई।

बैठकी समाप्त होने के बाद खुदोबाबू ने हरिप्रसाद जादब को एकान्त में बुलाकर कहा—आप शादी करना चाहते हैं तो जल्दी ही कर लीजिए। क्योंकि शुभ काम जितना जल्दी हो।...और कोलोनी के लोग थोड़ा कुनमुना रहे हैं सो इन लोगों को कुछ रुपया दे दीजिएगा। समझे!...हमने भी थोड़ा मेहनत किया है। और जब तक शादी नहीं हो जाए, मेहनत करते रहेंगे। इस कोलोनी में नहीं हुआ तो किसी दूसरी कोलोनी में।...लड़की का अभाव है?

बिश्टू और शारदा बर्मन ने मेम्बरों को बुलाया था। किन्तु इनके खाने-पीने की व्यवस्था पवित्रा की रसोई में हो रही थी।...बाहर से आए हुए अतिथि-अभ्यागतों के आदर-सत्कार की सारी जिम्मेदारी सदा उसके सिर पर रही है।

भोजन करते समय अभ्यागतों ने देखा—पंक्ति में हरिप्रसाद जादब भी है।

खुदोबाबू ने गौर से देखा...जादब बंगला भोजन करने का भेद जान गया है। सबसे पहले धुजिया मुँह में दिया।...साला सब सीखे भूत हये आछे!

...कालाचाँद के साथ यह कौन आ रहा है?

—दीदी! यह हरलाल साहा मेरे बारे में खूब जोर गले से झूठी बातें कहता है, मिटिंग में।...पूछिए इस बेहुला नाचवाले से—मछली लेकर कहाँ आया है!

रबिया रोज हरलाल साहा के घर मछली पहुँचा जाता है। माँगुर, कबई, मिरका, रेबा!...उसने सुना है कि कोलोनी में एक मिटिंग हो रही है जिसमें हरि जादब की शादी का फैसला होने वाला है। इस मिटिंग में सभी का फैसला होगा—जो भी शादी करना चाहे।...रबिया इसीलिए आया है। और कालाचाँद ने जब पूछना शुरू किया तो उसने कहा—पान-सुपाड़ी खाने के लिए आपको भी कुछ देंगे। किसी तरह यह शादी करवा दीजिए!...

खुदोबाबू ने खीर खाते हुए पवित्रा की ओर देखा।

हरिप्रसाद जादब की मूर्खता जग गई। उसने झुँझलाकर रबिया से कहा—पूछता हूँ, तुमको प्रेम हुआ है किसी से?...यहाँ, जो प्रेम करेगा उसी की शादी हो सकती है।...प्रेम को बंगला में क्या कहता है, जानता है तू? भालो बासा माने अच्छा घर ...तुमको तो अपना झोंपड़ा भी नहीं...।

पवित्रा खिलखिलाकर हँस पड़ी।

कालाचाँद—सब साला एखाने बिये कोर्ते आसे।

'धर्म-रक्षिणी सभा' के बाद नबीनगर कॉलॅनी में बाबू हरिप्रसाद जादब की इज्जत बढ़ गई।...खुद खुदोबाबू जिसको देखकर पानी-पानी हो गए।...मिनिस्टर का भानजा! और इज्जत के साथ हरिप्रसाद जादब की मूर्खता भी बढ़ती गई। वह गाँव की हर लड़की से दिल्लगी करने लगा।...सभी उसकी सालियाँ हैं।...एक दिन गिनकर पचीस ढाकाई साड़ी खरीद लाया, सभी सालियों के लिए। कहता है, शादी में पाँच दिनों तक भोज होगा। सिनेमा-कम्पनी ही उठाकर ले आवेंगे, साले को!

पवित्रा ने त्यागपत्र भेज दिया है। वह अब नहीं रहेगी कोलोनी-मेम्बर।...वह अब सेवा नहीं करेगी किसी की।

कॉलॅनी के स्कूल में ब्लाक की ओर से एक मुसलमान हेडमास्टर को भेजा गया। गोपाल पाइन यह देखकर पागल हो गया। वह समझ गया—सब बदमाशी इस पवित्रा की है।...बदमाशी नहीं भी हो—लापरवाही तो जरूर कहेंगे।...कोलोनी-मेम्बर होकर जो यह भी नहीं देखे कि उसके स्कूल में किस जाति का हेडमास्टर बहाल होता है?...आमि हांगर स्ट्राइक कोर्बो।

गोपाल पाइन ने स्कूल के बरामदे पर लेटकर अनशन शुरू कर दिया—हेड-

मास्टर साहब वापस चले गए। क्योंकि एक-डेढ़ घंटे के अनशन से ही सारी कॉलनी में सनसनी फैल गई। सभी की आँखों में लाल डोरे उतर आए।

कॉलॅनी के लोगों ने एक स्वर से माँग की—इस्तीफा! और पवित्रा बोली—मैंने त्यागपत्र भेज दिया है।

नबीनगर कॉलॅनी के किसानों की खेती देखकर सारे गोड़ियर गाँव के लोगों को अचरज होता है। जिन खेतों में कभी कोई फसल न लगी, उनमें धान के पौधे लहरा रहे हैं! पाट की खेती ऐसी, किसी ने नहीं देखी कहीं आज तक।...जी-तोड़ मेहनत के साथ खेती की तरकीब जानते हैं ये लोग।

—तरकीब नहीं। वह दीदी ठाकरुन जो है न, समझो सब मिठाई का गाछ, ऊख! वही सब कुछ करती है। पतरा देखकर दिन उचारती है तब गाँववाला हल जोतने जाता है, बीज बोता है।

—खेती की तरकीब की बात पूछते हो?...एक दिन मैं टीशन-हाट से जरा देर करके लौट रहा था। दिया-बाती हाट पर ही जल गई थी। अँधेरे में मैं कॉलोनी के बगल से आ रहा था। देखा, गाँव से बाहर कई लोग हड़बड़ाए जा रहे हैं। मैं डर गया। लेकिन फिर सोचा 'संझरतिया' में और गाँव के पास काहे का डर? कलेजा कड़ा करके पूछ दिया—कौन लोग हैं? देखा, सभी कोलोनी के काश्तकार हैं, कन्धे पर कुदाली लिये। मैंने पूछा—कहाँ जा रहे हैं आप लोग? पानी-बुन्नी का कहीं नाम नहीं, आप लोग कुदाली लेकर कहाँ जा रहे हैं? बस, सभी खिलखिलाकर हँसने लगे। एक बूढ़ा—वही कंठीवाला बूढ़ा बोला कि रात में 'घमाघम' पानी होगा। हम समझ गए, बुढ़वा साले ने कसकर गाँजा चढ़ाया है—'टहटह' आकाश में 'सहस्सर' तारे झलक रहे हैं, कहीं एक चुटकी मेघ नहीं और कहता है 'घमाघम बर्खा' होगी। इस पर वह कालाचाँद बोला—साँझ को सूरज की लाली के पास 'तितिरबर्ना' माने तितिर के पंख के रंग का एक रत्ती मेघ दिखलाई पड़ा था—दीदी ठाकरुन ने पाँजी में देखकर देखा, आज पंचमी है। बस, सभी को पुकारकर कहा—अपने-अपने खेतों के 'आल' अभी जाकर बाँध आओ। रात में घनघोर 'बिश्टी' होगी।...लेकिन हमको 'परतीत' नहीं हुआ। समझ गए, साला सब किसी जानवर का शिकार करने जाता है...सनगोही-उनगोही देखा होगा कहीं, चाहे 'शाही-चिरैया' का काँटा देख लिया है।...सो भैया उस रात की 'बर्खा' की याद सभी को होगी। हाँ, जिस रात की 'बर्खा' में बुधनी मुसम्मात का घर गिर गया था। 'प्रलैबर्खा!'...

तुत-तुत, तुत-तुत, तुत-तुत...।

तालेवर गोढ़ी का मिल चल रहा है। आजकल वह अपने गोदाम में जमे हुए धान को कूट रहा है—दूने दाम में चावल बिक्री करने का यही समय है।

चारों ओर धान और पाट के खेत—हरे-भरे। लछमी खेतों में सजी-धजी खड़ी है धानी रंग की साड़ी पहनकर। मन्द-मन्द हासिनी। खेतिहर-किसानों के बैठे-बैठे मलार गाने के दिन हैं। खेतों में लछमी हँसती है, घर में लछमी हँसती है।...लेकिन जब तालेवर गोढ़ी का मिल चलने लगता है तो लछमी के चेहरे पर एक आतंक की छाया छा जाती है। हँसी बिला जाती है। गीत रुक जाता है। तुत-तुत, तुत-तुत, तुत-तुत—इस ताल पर सभी का गीत 'बेताला' हो जाता है। ताल पर चलता है सिर्फ तालेवर गोढ़ी का बेटा रामजी गोढ़ी!! वह एक मिल अररिया-कोट में भी बैठाएगा।

तुत-तुत, तुत-तुत...!

पंडित रामचन्द्र चौधरी को इस बार फिर एक हजार मुनाफा हुआ है।...साले गोढ़ी के मिल को देखना है। पंडित रामचन्द्र चौधरी सिर्फ धान कूटनेवाला और आटा पीसनेवाला 'मिल' नहीं—चूड़ा कूटनेवाला, तेल पेरनेवाला 'मिल' बैठावेगा!

तुत-तुत, तुत-तुत...!

रामजय आजकल अकेला ही दीपा की माँ का सभी काम करता है। भैंस चराना, भैंस दूहना, दीपा को कन्धे पर बैठाकर घुमाना। और...आजकल दीपा की माँ का दर्द नहीं चिनचिनाता है। दीपा की माँ रामजय को डॉक्टर कहती है और रामजय दीपा की माँ को लेडी डाक्टरनी कहता है।...पारस ने साइनबोर्ड का ऑर्डर दिया था, मगर एडवांस नहीं दिया था। इसी बात पर रामजय ने पारस को भी 'जवाब' दे दिया एक दिन। और 'डबल-फीस' देकर बारह घंटे के अन्दर ही साइनबोर्ड बनवाकर ले आया। गौशाला के छापीखाना से पर्चा छपा लाया। हाट-बाजार से लेकर गाँव की गली-गली में पर्चा चिपकाया और बाँटा—खुल गया! खुल गया!! डॉक्टर श्रीमती सरस्वती देवी लेडी हेमोडाक्टरनी का दि हरखचन्द दातव्य दवाखाना मोकाम गोड़ियर में—खुल गया! सभी गुप्त रोगों का इलाज शर्तिया, गरीब औरतों को मुफ्त और अमीरों से यथाशक्ति तथा भक्ति...दवा के अलावा कई गुप्त रोगों के हुक्मी टोटके...आइए-आइए! खुद आजमाइए... हाथ कंगन...!!

...दीपा के बाप के नाम पर दवाखाना खोलकर जिस दिन बैठी दीपा की माँ—सबसे पहला केस आया 'आत्महत्या' का। पारस ने चूहा मारने की गोलियाँ खा ली—गिनकर पन्द्रह गोलियाँ! दीपा की माँ ने पन्द्रह मक्खियों को मारकर पान के साथ खिला दिया और उसके बाद पारस का पेट-मुँह, दोनों चलने लगा। नाड़ी मन्द थी तो बिल्ली का 'पुरैन' गोबर में घिसकर पिलाया और पारस की जान वापस आ गई—लौटाए हुए पार्सल की तरह।...मोहना दफादार ने एक सौ रुपया वसूल किया था बाद में। लेकिन पारस सचमुच 'सगुनियाँ' आदमी है।...पहले ही दिन पाँच रोगी—पचीस रुपये—लागत मात्र पाँच नये पैसे! दीपा की माँ का दवाखाना चल

गया है खूब।...सब, इस रामजय के चलते।...पारस का नाम कौन लेता है। अब उसका 'पार्सल' इस गाँव से जल्दी ही होनेवाला है। दीपा की माँ के नाम 'जोही-सोही' बोलते फिरता है, साला?...जयराम एक दिन पूछेगा। पर्चा लिख दिया तो दवाखाना का मालिक ही हो गया?...जयराम इसी साल गाँव में मुसम्मात के मिल का 'खुट्ठा' गाड़कर दिखला देगा!

तुत-तुत, तुत-तुत...!!

कॉलॅनी के लोग भी तालेवर गोढ़ी की मिल के बोल पर पैर मिलाकर चलते हैं।...बिश्टू अब फेरी छोड़कर हाट में दुकान लगाएगा। पूँजी बढ़ाएगा। पूँजी बढ़ते-बढ़ते...बढ़ते-बढ़ते!...

तुत-तुत, तुत-तुत...!!

पुरी से लौटते हुए तालेवर गोढ़ी ने दूर से ही सुना—मिल चल रही है। मिल चल रही है, माने काम हो रहा है। लोग बैठे नहीं हैं? —जयराम! मिल चल रहा है।

—रामजी बाबू बैठनेवाले आदमी थोड़े हैं।

जयराम ने समुद्रस्नान के बाद दाढ़ी बनाना छोड़ दिया है। पन्द्रह-बीस दिनों में दाढ़ी 'गुलजार' हो गई है।...गाँव की सीमा में प्रवेश करते ही जयराम ने अपना 'पट' (जगन्नाथ जी की तसवीर) और बेंत की छड़ी को सँभालकर बगल में लिया और फटी और बुझी हुई आवाज में 'जगरनथिया गीत' शुरू कर दिया—

जागरनथिया रौ भाय,
बाबा रौ बिराजे उड़िया देस में एँ-एँ-एँ...।
अरे कौन गाँव के बड़का बाबू,
कहँवा बड़का पूल
अरे कौन गाँव के पाँच पोखरिया
कहँवा अड़हुल फूल—जागरनाथियो-यो-यो!

जगरनथिया गीत सुनते ही सभी समझ गए, तीर्थ-यात्री लोग सकुशल लौट आए हैं। सभी दौड़े—आ गया जगरनथिया सब!

...तुत-तुत, तुत-तुत, तुत-तुत।

मिल बन्द हो गई। तब, जगरनथिया गीत सारे गाँव में गूँज उठा :

अरे गोड़ियर गाँव के तालेबाबू—
मोकामाह केह पूल
अरे भिखमगाम में पाँच पोखरिया

बेलुड़ अड़हुल फूल—जागरनाथियो-यो-यो-यो...
जागरनाथियो रे भाय—
बाबा रौ बिराजै उड़िया देस में ए-ए-ए-ए!!

गीत समाप्त करने के बाद जयराम ने पैर भी नहीं पखारा और सीधे कॉलॅनी की ओर झोली-झंडा लेकर चला गया।

कॉलॅनी में एक ही साथ दो शंख बज उठे।...जोड़ा शाक!!

तू-उ-उ-उ-उ। धू-उ-उ-उ-उ!!

संध्या के ब्याह की बात आज एकदम पक्की हो गई। योगेशदास उसके साथ अररिया-कोर्ट के हरिलाल झा वकील से शादी का 'मिसिल' बनवाकर ले आया है। शादी के एक दिन पहले रजिस्ट्रार खुद गाँव में आकर रजिस्ट्री कर देगा।

...साला, औरत न हुई—धनहर-जमीन हुई। रजिस्ट्री करके तब 'दखल देहानी' 'टाइटिल सूट'...बेदखली!

जयराम सिंघ ने पवित्रा को सुनाया—मालिक कहते हैं कि हमारी बेटी बाँस-फूस के घर में रहती है—मुझे पक्का मकान में नींद आए भला! इसी बार बेटी को पक्का मकान बनवा दूँगा।...दीदी ठाकरुन जी—कलकत्ता में मालिक का ऐसा हाल हुआ कि क्या कहें। जिधर मालिक देखते उधर बस आपको ही देखते। कहते, देखो जयराम—मेरी बेटी जैसी है न? वहाँ, 'पुरीजी' में भी कई लड़कियों को देखकर भ्रम हुआ उनको।

...गाँव के लोगों को बाद में पता चला कि पुरी-तीर्थयात्रियों में दो महिलाएँ भी थीं। गुणवन्ती और सिंगारी!...इस्स! गाँव में किसी को पता ही नहीं लगने दिया और दो-दो औरत को 'तीरथ' करवा लाया।

...पुरी में समुद्र-स्नान के बाद तालेवर गोढ़ी ने 'मन्तर' पढ़ते हुए कहा था—समझे जयराम। बस, अब यहीं किस्सा 'खत्तम'। इसके बाद अब किसी स्त्री से कोई प्रसंग नहीं। एकदम 'लँगोटाबन्न'। इसीलिए, मैंने कहा था...

...चौड़े पाड़ और अँचरावाली कटकी साड़ी खरीदते समय सिंगारो और गुणवन्ती ने ऐसा नखरा पसारा कि ताले के साथ जयराम का भी सब 'ताल-माल भुतला' गया।

...गुणवन्ती और सिंगारो की मनचाही चीजें खरीदकर तालेवर गोढ़ी ने कीमती साड़ी निकालने को कहा। एक रामजी की स्त्री के लिए, दूसरी पवित्रा के लिए, तीसरी संध्या के लिए। एक साड़ी सबसे कीमती!...इतना सुनते ही गुणवन्ती घुनघुनाने लगी। इसके बाद सिंगारो ने भी गाल फुला लिया। तालेवर गोढ़ी ने सबकुछ समझकर भी कुछ नहीं समझने का बहाना किया। तब दोनों औरतों ने जयराम से साफ-साफ कह दिया—सभी साड़ी एक किसिम की होनी चाहिए।...इज्जत लेने के बेर गुणवन्ती-सिंगारो की और कीमती साड़ी बंगलिनियाँ-छोड़ियों के लिए।...ओझा से कह दीजिए,

मुँहदेखी करेंगे तो यहीं सब कुछ खुल जाएगा।...धर्मशाला के सिपाही को थोड़ा सन्देह हो चुका है!

...गोड़ियर गाँव में तीन कटकी साड़ियाँ?

...कोलोनी में, दो साड़ियाँ?

रामजी गोढ़ी का खून खौल उठा। वह अब नहीं सहेगा। दो में से एक का खून वह जरूर करेगा। या तो अपनी बन्ध्या बीबी की हत्या करेगा अथवा पितृहत्या...!!

जयराम समझाता है—रामजी बाबू।...हम आपको 'गौरंटी' से कहते हैं कि मालिक अब वह सब 'लंद-फंद' एकदम बन्द कर देंगे।...समुन्दर में स्नान करने के बाद मालिक ने 'प्रन' किया है। आप अब निश्चिन्त रहिए! एकदम लँगोटाबन्न!

—लेकिन, बंगलिनियाँ को पोख्ता मकान तैयार करवा देंगे—यह मैं हरगिज नहीं होने दूँगा।...पहले बाँट-बखरा कर लें तब जिसको चाहें 'हबेली' बना दें या कोठा।...बुढ़ौती में छिना दिया!

मिल का 'फिटर' दौड़ा आया—मालिक, जल्दी चलिए—डलेबर साहब बेहोश हैं। फीता टूटकर एकदम कलेजे पर...!

दीपा की माँ सचमुच लेडी-डाक्टरनी हो गई है!...रामजी बाबू के 'डलेबर' को उसने ऐसी दवा दी कि तुरत उठकर 'मिल' चालू कर दिया 'डलेबर' ने!...रामजी बाबू ने एक 'नम्बरी' दिया—'बकसीस' में?

रामजय आजकल 'हवाई-शर्ट' और 'हवाई चप्पल' पहनकर चलता है और गाँव-घर, हाट-घाट और बाट में 'हवाई-प्रचार' करता फिरता है—नढ़ौवा डौढ़ी की रानी ने अपने गुप्त रोग की दवा 'पोस्काट' लिखकर मँगवाया है।...डाक्टरनी-भौजी बम्बै से एक ऐसा 'मिशिन' मँगा रही है कि जिससे इलाज करने पर 'कागबन्ध्या' को भी बच्चा होने लगेगा।...नाड़ी पर हाथ रखते ही डाक्टरनी-भौजी रोगी का 'भितरिया-रोग' समझ जाती है।

जयराम ने एक दिन पूछ दिया—क्या छोटकू! क्या इरादा है?

रामजय बोला—अब आप लोग जो कुछ भी समझिए। लेकिन मैं मुसम्मात को अकेली...!

रामजय अपनी बात पूरी नहीं कर पाया। दीपा दौड़ी आई—रामबाबा!

...माँ रो रही है दर्द से। चलिए जल्दी!

जयराम को जो कुछ समझना बाकी था—सब समझ गया अब।...चलो, इस बेढंगे का भी एक 'हिल्ला' लग गया। सुख-चैन से रहे, कहीं भी रहे। किसी के साथ रहे।

कारे कई दिनों से जयराम सिंघ को खोज रहा है, एकान्त में। कारे जानता है—जयराम बाबू बंगाली-पाटी में हैं। बंगाली औरत की तारीफ करने के कसूर में कारे

की नौकरी छूटी है। एक साल का दरमाहा बाकी है। माँगने जाते हैं तो—आजकल रामजय बाबू चट्टी-जूता पहनने लगे हैं न... !

जयराम सिंघ बोला—जूता पहनने लगा है तो तेरे बाप का क्या पहनता है?...साले, तू मुसम्मात की बेटी को छाती से सटाकर उस तरह दाँत काटकर चुम्मा क्यों लिया था रे-ए-ए! साला, मैं गाँव में नहीं था तो क्या समझता है कोई बात मुझसे छिपी हुई है? साला, मेरे पैर में जूता नहीं है तो क्या...साले बिना जूता पहने भी तुझे पचास जूते लगा सकता हूँ। खच्चड़, राड़! आग में हाथ देते डर नहीं लगता, साले? बाभन-छत्री की इज्जत पर हाथ देता है?...गल जाओगे साले! तीरथ से आने के बाद 'सराप' दिया है—याद रखना!

जयराम सिंघ को अचानक ज्ञान हुआ, उसने अनुचित क्रोध किया है।...मुसम्मात जानबूझकर इतनी बड़ी लड़की को कन्धे पर बैठाकर 'घुमाने-टहलाने' कहेगी तो 'राड़-रोहिया' लोग क्या करेंगे?...भूखे आदमी के हाथ में लालमोहन-खीरमोहन की चंगेरी हो या बतासा का एक टुकड़ा!...जयराम ने उचित नहीं किया। उसने कारे को बीड़ी निकालकर देते हुए कहा—जा 'सराप' नहीं लगेगा। मगर ऐसा काम फिर कभी मत करना।

दीपा ने दूर से पुकारकर कहा—जय बाबा! माँ कहती है, आज यहीं भात खाइएगा।

—नहीं बेटी। मैं अब जनाना का बनाया-पकाया भात नहीं खाता। अपने से बना-पकाकर खाता हूँ।

कारे ने कहा—इस्स! तब तो बड़ा 'जब्बड़-हठजोग' का साधन कर रहे हैं आप, जय मालिक?

कारे ने जयराम सिंघ को दंडवत् किया—धरती पर लेट करके। साले ने तीरथ से आकर 'सराप' दिया है। वैसे, लौटा लिया है। मगर कहीं लग जाय तो? इसलिए ठिकाने से 'सराप' कटा लेना अच्छा है।

—उठ कारे!...धरम छोड़ जो अधरम करहि, सो सठ 'सुँगठी' होकर मरहि!! सियाबर्रामचन्द्र की जै!!

तुत-तुत, तुत-तुत, तुत-तुत... !!

पन्द्रह

कॉलॅनी में अब कीर्तन नहीं होता।

साप्ताहिक गोष्ठी भी नहीं होती। शाम की बैठकी भी नहीं जमती। रात्रि-पाठशाला भी बन्द।...आपस में बैठकर बोलना-बतियाना भी रुक गया। गाँव एकदम बदल गया!

दिन-भर काम-काज करने के बाद अब सभी अपने-अपने घरों में बन्द हो जाते हैं। सामूहिक गायन अब नहीं होता। कालाचाँद अपनी झोंपड़ी के कोने में लेटा हुआ कभी-कभी एकाध कड़ी गुनगुना लेता है। गोपाल पाइन आजकल दिल हलका करने के लिए अँगरेजी गीत गाता है अपने आँगन में बैठकर—आसमान की ओर देखता हुआ—ट्विंकिल-ट्विंकिल लिट्ल स्टार, हाउ आइ वंडर ह्वॉट यू आर—ह्वॉट यू आर—ह्वॉट यू आर?

कारे एक दिन आया—जखन आपना लोग सॅब केत्तो न बन्द करैयांछि तो खोल राखियाँ की करैयांछी। जोदो बेचैयांछी तो हामी किनैयांछी।

कालाचाँद ने धमकाते हुए कहा—कौन बोला कि कीर्तन बन्द हो गया?

लेकिन कारे अब खोल खरीदकर क्या करेगा? 'तीरथ' पर जाने के पहले तालेवर-मूलगैन ने कहा था—ठीक है, फिर नाच शुरू करो। सब खर्चा देंगे। और 'तीरथ' से आने के बाद एकदम उलटी बात? कारे ने उस दिन हँसकर याद दिलाया तो कड़ककर बोले—नहीं। नाच-तमाशा के लिए कुछ नहीं मिलेगा!...और, कौन लोग हैं नाचवाले? जानते हो, नया सरकारी कानून? बिना लाइसेन्स के 'नाच-पाटी' तैयार किया कि गए पाँच साल—हवा खाने। मालूम है? आजकल कोई काम बिना सरकारी लाइसेन्स का होता है कहीं? भकुआ सब कहीं के—मुझे भी भकुआ समझता है?

तालेवर गोढ़ी ने बहुत सोच-समझकर यह फैसला किया है। उसने 'जगरनाथ जी' में 'नाचपाटी' के लिए 'पर्दा-पोशाक' खरीदने का विचार किया कि उसी रात में 'सपनौती' हुआ कि रे मूरख, तू अपने पैर में आप ही कुल्हाड़ी मारता है? 'नाच-पाटी' वालों को मदद करता है? जरा गौर से विचार करके देख।...

...सचमुच! तालेवर गोढ़ी को ज्ञान हुआ। जब गाँव और इलाके पर 'बाभन-

राजपूतों' का राज था, तालेवर गोढ़ी ने बेहुला-नाच-पाटी अपनी बीवी के गले की हँसुली बन्धक देकर शुरू की थी। इलाके-भर में तालेवर की मूलगैनी मशहूर हो गई थी। किन्तु सबसे बढ़कर जो बात हुई उस पर किसी ने कभी सोचा ही नहीं। नाच-पाटी के कारण ही ओढ़ी-गुआर, कमार-कहार, कुर्मी-धानुक, केवट-कैवर्त आदि 'पिछड़ी जाति' का एक ठोस संगठन हो गया। इलाके में एक से एक अगिया बैताल—बाभन और पनियाँ—दरार साँप-राजपूत!...सभी इस संगठन के सामने—फुस्स!

...लेकिन अब जो नाच-पाटी बनेगी और इसके चलते जो संगठन होगा उसके सामने खुद तालेवर गोढ़ी 'फुस्स' हो जाएगा।

...इलाके में कोई बाजा नहीं बजेगा—'मिल' की बोली के सिवा।

...अब जो गाने-बजाने में समय बरबाद करे बेकार—उसको पकड़कर फाँसी पर लटका देना चाहिए।

...मिल की बोली की ताल पर 'सलिमा' का गाना खूब जमता है लेकिन!

...तुत-तुत, तुत-तुत...।

...गोरी-तोरे-गोरे-गाल-पर-गोदना!

हो गोदना—हो गोदना—हो गोदना

...तुत-तुत, तुत-तुत...।

जयराम सिंघ ने आकर सूचना दी—मालिक, ई गुअरवा तो बड़ा भारी अन्याय करने पर तुला हुआ है!

—कौन?

—वही, सुक्की-बेलाही का हरि जादब।

—क्या किया? क्या करने वाला है?

—हम अभी पाकिस्थानी टोला से आ रहे हैं।...वह तो 'ट्रक' ले आया है।

—काहे वास्ते?

—एकदम खोप सहित कबूतराय नमः करना चाहता है।...लड़की मय उसके बाप और माँ, कहता है, सभी को ट्रक में लादकर ले जाएँगे!

—कहाँ?

—सुक्की-बेलाही।...घरजमैया तो सुना था। मगर यह 'घर-ससुरा' और 'घर-सास' नहीं सुना था।...दीदी ठाकरुन जार-बेजार रो रही है। हमसे बरदाश्त नहीं किया गया तो दौड़ा आया हूँ आपके पास।

—क्या? मेरी बेटी रो रही है जार-बेजार?

—मैं झूठ बोलूँगा?...तीरथ से लौटने के बाद भी?

तालेवर गोढ़ी नंगे पाँव ही कॉलॅनी की ओर दौड़ा। पीछे-पीछे जयराम सिंघ।

—अरे-रे! ताले मालिक को क्या हुआ?

—कहाँ भागा जा रहा है?

—ले, ले गिर पड़ा बुड्ढा। उसके पीछे दढ़ियल जयराम सिंघ? क्या हुआ है इन लोगों को?

—होगा क्या? उस बार 'गुण' मारकर कोलोनी की जादू जाननेवाली को अपने दरवाजे पर बुला लिया तो समझा कि बहुत बड़ा गुणी है। अब देखिए, कैसा 'गुण' वहाँ से बैठकर छोड़ा है कि बुढ़वा गिरते-पड़ते दौड़ा जा रहा है।...देखिए, आँख खोलकर देख लीजिए—बंगाले के जादू का खेला।

तालेवर गोढ़ी और जयराम सिंघ के पीछे सारे गोड़ियर गाँव के लोग दौड़े।...चलो, फिर लगता है एक भोज हाथ लगेगा—मांस-पोलाव का!

योगेशदास कहता है—जब मेरे कारण सारी कोलोनी की इज्जत जा रही है, धर्म जा रहा है, तो हम लोग यहाँ से चले जायँ तो ठीक है। क्या होगा 'कोलोनी' में रहकर?...मिछे-मिछे रोज झगड़ा।

लखीकान्त सरकार चिल्ला रहा है—ठीक है। जाना है जाइए। मगर हम लोगों के 'फंड' से दीदी ठाकरुन ने रुपये देकर आपका कर्जा चुकाया था, सो देते जाइए!

—तुम रुपया माँगनेवाला कौन?

—हम सब होता है।

इस बार हरिप्रसाद जादब ने कहा—बाबूजी, आप इन लोगों से मुँह क्यों लगाते हैं। जब दीदी ठाकरुन ने हुक्म दे दिया तो अब जो साला कुछ बोला कि ...हम भी तैयार होकर आए हैं। आज यहाँ आल्हा ऊदल...।

तालेवर गोढ़ी और जयराम सिंघ हाँफते हुए आए। हरिप्रसाद जादब ने देखा, करीब एक सौ लोग उनके पीछे दौड़े आ रहे हैं।

तालेवर ने आते ही हरिप्रसाद जादब की ओर हाथ उठाकर कहा—तुम अपने को मिनिस्टर का भांजा समझते हो? तुम बहुत बड़े मुकदमेबाज का बेटा हो?...हमारी बेटी क़ो रुला-कलपा कर, हमारे ही गाँव से तुम माँ-बाप सहित लड़की को ट्रक पर उड़ाकर ले जाओगे?

जयराम सिंघ ने नारा लगाया—रघुकुल रीत सदा चलि आँहि, प्रान जाहि बरु बचनोनि जाँहि।...प्रान चला जाय मगर ऐसा अन्याय नहीं होने देंगे।

पवित्रा ने तालेवर गोढ़ी को समझा-बुझाकर ठंडा किया—ताले काका! योगेश का चला जाना ही अच्छा है। एक तो, शुरू से ही इस कोलोनी के लोग 'वारिसाल' का आदमी कहकर परायेपन का बरताव करते थे उससे। इधर, जब से शादी की बात तय हुई है, कोई इनसे बात ही नहीं करता।

तालेवर ने पूछा—तुम रोती क्यों थी बेटी?

संध्या की माँ बोली—ताले काका! संध्या तो नाम के वास्ते हम लोगों की बेटी है। असल बेटी तो दीदी ठाकरुन की ही है। इसीलिए...।

तालेवर गोढ़ी ने शान्त चित्त से कहा—बेटी तो पराये घर की होती ही है। एक-न-एक दिन जाती ही है। मगर इस तरह नहीं ?...शादी कब है ?

हरिप्रसाद जादब और योगेशदास ने एक ही साथ कहा—पाँच तारीख को चार दिन के बाद।

—हाँ, आज तो पहली तारीख है!

तालेवर गोढ़ी ने कुछ सोचकर कहा—ठीक है। तुम बारात लेकर आओ।

—लेकिन मैं कोलोनी में शादी नहीं करूँगा, अपनी बेटी का।—योगेशदास बोला।

—ठीक है, शादी मेरे घर पर होगी।...जाओ बारात की तैयारी करो, तब तक ये लोग मेरी हबेली में...।

हरिप्रसाद जादब ने जोर देकर कहा—नहीं। हम वकील साहब की सलाह के खिलाफ कोई काम नहीं कर सकते।...हरलाल झा वकील का बनाया हुआ मिसिल है कि जब तक शादी नहीं हो जाय लड़की किसी गैर के घर नहीं जाने पावे।

हरिप्रसाद जादब ने अपने चमड़े के पोर्टफोलियो बैग से टाइप किया हुआ **'मिसिल'** निकालकर दूर से ही दिखलाया।

गोड़ियर गाँव के तमाशा देखनेवालों की बुद्धि में कोई बात नहीं आ रही थी।...पूछने पर कोई कुछ कहता नहीं। क्या बात है ?...सुक्की-बेलाही के हरिबाबू का रुपया ठगकर ले लिया है कागज बनाकर—अब कहता है शादी नहीं होगी।

रबिया भीड़ के पीछे था। वह आगे आया—ताले मालिक, मेरा भी फैसला हो जाना चाहिए। जरा मेरा भी हिसाब।...तीन रुपये सेर के दर से तीन मन मछली का कितना दाम हुआ ?

तालेवर गोढ़ी ने तुरत जवाब दिया—सात सौ बीस।...क्यों, तुम्हारा इतना दाम बाकी है ?...क्यों जी हरिप्रसाद, इस गरीब का दाम कौन देगा ?

—सो मैं क्या जानूँ ?

रबिया बोला—नहीं मालिक, वह हरलाल साहा है न। उसी के पास।...दो सेर के रोजाना के हिसाब से लगातार चार महीने से मछली हमको फुसलाकर खाया।...कभी हमको एक शाम खाने के लिए भी नहीं पूछा और जब काम की बात चलाए तो हरलाल साहा और उसकी बीवी बंगला में गाली देने लगी।

तालेवर गोढ़ी का चित्त अब शान्त है। उसकी मुँहबोली बेटी के होंठ पर फिर देवी-दुर्गा के मुँह की हँसी लौट आई है।...कोई कहीं जाय। उसने अब वह सब छोड़ दिया है—समुद्र-स्नान के बाद से। नहीं तो, आज ही इस निमोंछिये जवान

हरिप्रसाद जादब को दिखला देता तालेवर गोढ़ी कि शादी के पहले लड़की गैर के घर कैसे जाती है।

सभी देखते रहे और योगेशदास अपने घर का सारा सामान निकालने लगा।

हरिप्रसाद जादब ने तालेवर गोढ़ी को सुनाकर कहा—जिस दिन मेरी शादी है उसी दिन मेरा मिल भी बैठेगा। मेरे मिल का नाम जानते हैं—दि संध्या राइस एंड आइल मिल, दि सुक्की बेलाही, दि पूर्णियाँ डिस्टीट!...खुद मामा ने लाइसेंस करवाकर नाम रजिस्ट्री करवा दिया है, जानते हैं? और हमारा डलेबर हिन्दू-मुसलमान नहीं—खाँटी क्रिस्थान है!

पवित्रा ने अपने दिल को पत्थर बना लिया। वह उठकर ताले काका के लिए चाय बनाने गई।

संध्या ने पैर छूकर प्रणाम किया और सिर झुकाए खड़ी रही। पवित्रा बोली—शादी के बाद एक बार आना, तुम दोनों।

संध्या रोने लगी और पवित्रा स्टोव में हवा देने के बहाने कमरे के अन्दर चली गई!...संध्या की शादी में देने के लिए कई चीजें उसने अपने हाथ से तैयार की हैं।

पवित्रा के घर से निकलकर संध्या हरिप्रसाद जादब के साथ ट्रक पर जा बैठी।...जादब ने योगेशदास और उनकी स्त्री को ट्रक के पीछे बैठाया और संध्या को अगली सीट पर—अपनी बगल में सटाकर!

पवित्रा ने सुना, कालाचाँद की माँ सिसकियाँ लेकर रो रही है।...पवित्रा ने अपनी छोटी आलमारी की ओर देखा—संध्या अपने साथ दोनों शंख ले गई!

ट्रक घरघराता हुआ गोड़ियर गाँव की सीमा से ओझल हो गया।

तालेवर गोढ़ी ने चाय पीते हुए जयराम से पूछा—ठीक कलकत्ता टीशन पर जैसी चाय पिए थे वैसा ही स्वाद है या नहीं?

जयराम ने संतों-जैसी मुद्रा बनाकर कहा—है!

और, पाँचवें दिन जयराम सिंघ ने ही सूचना दी—जादब की शादी हो गई। सचमुच, रजिस्ट्रार साहब आए थे, खुद!...लेकिन, हरिप्रसाद जादब की माँ ने अपने आँगन में घुसने नहीं दिया है।...दालान से बाहरवाले घर में रखा है तीनों प्राणी को।...जयराम, मालिक के वसूल-तकादा के बहाने सुक्की-बेलाही जाकर रजिस्ट्री-शादी देख आया है।

वह यह शुभ संवाद, दीदी ठाकरुन को देने के लिए कॉलॅनी की ओर चला। उसको एक बहुत पुराने गीत की याद आई। वह गुनगुनाने लगा—झौवा बूड़ल रौ भाय—सब छौड़ी सब जाइछौ ससुराल।...सचमुच, किसी लड़की को ससुराल जाते देखकर चिरकुमार जयराम का जी उदास हो जाता है। बेवजह रोने का मन करता है।

कॉलॅनी के पास पहुँचकर उसकी नजर खून से लथपथ हरलाल साहा पर पड़ी—अरे-रे-रे! क्यों साहा जी?...ई कैसे?

रबिया और कारे ने मिलकर हरलाल साहा का सिर फोड़ दिया है, लाठी से।...रबिया ने खराब गाली दी और जब हरलाल ने बंगला में जवाब दिया गाली का तो दोनों ने मिलकर हरलाल को पटक दिया।

खून देखकर जयराम सिंघ का खून गर्म हो जाता है। उसने कॉलॅनी के लोगों को पुकारकर कहा—कहाँ हैं आप लोग? देखिए, कितना बड़ा अन्याय हो गया इधर। आप लोगों को 'धिरकार' है कि इस गाँव का 'चोर-चुहाड़' सब मिलकर दिन-दहाड़े 'खूनी-खूनी' करता है और आप लोग चुप हैं।

किसी ने हरलाल साहा की हालत से हमदर्दी नहीं दिखलाई। तब जयराम ने कहा—आप मालिक के पास चलिए, हरलाल जी। मालिक अभी पंचायत बुलावेंगे।

सभी को हमेशा हँसानेवाला हरलाल साहा रोता हुआ अपने आँगन में चला गया।...क्या होगा पंचायत करवाकर? साला, कहता है सात सौ बीस रुपये दाखिल करो, नहीं तो तुम्हारी बहन एक दिन गायब हो जाएगी!...इस कोलोनी में अब नहीं रहेगा हरलाल साहा!

जयराम, पवित्रा के ओसारे पर बैठकर संध्या की शादी का किस्सा सुनाने लगा। किन्तु पवित्रा रह-रहकर सामने के पेड़ की ओर देखती—भाई साहब, कौन हवा चल रही है, पुरवा या पछिया!...आसिन में पुरवा हवा?

—क्यों, क्या बात है दीदीजी?

—कल साँझ को पछिया हवा चल रही थी।

—क्यों, क्या बात है दीदीजी?

—आसिन महीने के ये लक्षण अच्छे नहीं।

—लच्छन? कैसा लच्छन?

—गोपाल पाइन इतनी देर के बाद उत्तेजित होकर घर से बाहर आया—ए सब की होच्छे?...यह सब क्या हो रहा है? दीदी ठाकरुन, आप क्या अब यही सब करवाने लगी हैं।...गाँव के सभी लोगों से हेल-मेल बढ़ाकर—कोलोनी के लोगों को पिटवाती हैं?

जयराम सिंघ ने कहा—ए मास्टर, अब हम भी थोड़ा-थोड़ा बंगला बूझने लगे हैं। समझे?...दीदीजी का इसमें क्या कसूर है?

गोपाल पाइन तुरत अपने आँगन में वापस चला गया।...सिंघ साला गाँजा टेनेछे निश्चोय!

पवित्रा ने कहा—भाईजी, आपकी खेती कैसी हुई है?

जयराम सिंघ को अचरज हुआ, दीदीजी आज इस तरह 'बे-सिलसिले' की

बातें क्यों करती हैं? कभी पूछती हैं, कौन हवा चल रही है? कभी पूछती हैं, इस बार आपकी खेती कैसी हुई है? उसने जवाब दिया—दीदीजी, मेरे पास जमीन कहाँ?...हाँ, मालिक की खेती की बात पूछती हैं, तो खेती अच्छी है। और, खेती अच्छी हो या खराब, मालिक को इससे क्या? एक मिल अररिया-कोट में भी चलाएँगे। अब खेती में क्या है? 'बिजनेस' और 'मिल' चलानेवाले के हल आसमान में चलते हैं।

पवित्रा हँसी। बहुत दिनों के बाद फिर एक नया मुहावरा सीखा उसने-आसमान में हल चलते हैं।

—दीदीजी, एक 'इस्दुआ' है आपसे।

—कहिए।

—मुझे आप अपने हाथ से पकाकर एक दिन मछली-भात नहीं खिलाइएगा?

—लेकिन आप तो उस दिन कह रहे थे कि तीरथ से लौटकर जनाना-जाति के हाथ की पकी रसोई नहीं खाता।

—तो आप जनाना थोड़ी हैं?...आप...आपको जो जनाना कहेगा उससे बढ़कर 'बेकूफ' और कौन होगा?

कालाचाँद की माँ आई—काला टा काल थेके जानि ना कोथाय...?

जयराम सिंघ को इतनी देर के बाद खयाल हुआ कि कालाचाँद सुक्की-बेलाही में है और उसने आते समय अपनी माँ के नाम 'संवाद' भेजा है कि अभी दो-चार दिन वह सुक्की-बेलाही में मेहमानी करेगा।

कालाचाँद की माँ बोली—काला की मति-गति आजकल न जाने कैसी हो गई है। कहता था, चलो हम लोग भी सुक्की-बेलाही में जाकर रहें।

फेरी करनेवाले लड़कों के साथ बिश्टू चिल्लाता हुआ आया—अब इस कोलोनी में कोई नहीं रहेगा। दिनदहाड़े यहाँ आदमी की जान चली जाएगी किसी दिन।

फेरी करनेवाले लड़कों ने अपना अलग संगठन बनाकर तय किया है—इस कालाचाँद को और उसकी माँ को और पवित्रा को कोलोनी से निकालकर ही वे पानी पीएँगे।...बिश्टू ने आज एक तुकबन्दी की है। सभी रह-रहकर इस तुकबन्दी को जोर-जोर से दुहराते हैं—'लुकिए करि अभिसार, सामने करि सेवार काज—आमार आबार किसेर लाज?'

छोटे अन्दू ने एक पंक्ति और जोड़ी—दिनेर बेला खँई भाजि—रातेर बेला रानी साजी।

हरिधन मोड़ल के बेटे ने 'ठेठ हिन्दुस्तानी' में गाना शुरू किया—भीतर में छुपाय के, सत्तर चूहा खायके,—हज चली बिल्ली—हो—हज चली बिल्ली—हो भगतिन बिल्ली...!!

बिश्टू ने शारदा बर्मन को जोर से सुनाकर कहा—दादा, नोगेन बागची ने क्या कहा जानते हैं? बोले, एक शीशी 'चुलकोनी' (खुजली) की दवा खरीदकर ले आओ।

...हँ-हँ-हँ-हँ-हँ।...ए-ए। धीरे-धीरे।

—धीरे से काहे? किसी का डर है?

—आमरा सब जेने गेछि।

—खून का बदला खून!

—हरलाल, परवाह मत करो!

—डाइनी!

—पवित्रा के कानों में हँसी और गालियाँ समाती जाती हैं।...काला की माँ सो गई है।...ये लोग मुझे मेरे आँगन में आकर गाली-गलौज करेंगे—ऐसा लगता है।

आधी रात को जब सारी कॉलॅनी सो गई, पवित्रा हिचकियाँ लेकर रोने लगी—उसका कोई नहीं, इस दुनिया में? इतनी अकेली...?? माँ-आ-गो! बाबा-आ-आ!!

...गड़गड़ गुड़म-गुड़म!

...कड़कड़—कड़-कड़—गुड़म-गुड़म!

...सुई-सि-ई-ई-ई!!

काला की माँ जगी! कॉलॅनी के लोग जगे!!...यह क्या? मेघ, हवा?...आसिन महीने में 'कालबैशाखी' के लक्षण?

...गड़गड़ गुड़म!

...सुई-सि-ई-ई!!

...माँ-आँ-गो।...तुमने किसी दिन प्यार नहीं किया। जीवन में कहीं प्यार नहीं मिला।...बाबा!!

...कड़कड़—गुड़म-गुड़म!

...आँधी! आँधी! तूफान।...झड़। झड़ एलो रे?

आसिन महीने में यह आँधी-तूफान? देखते ही देखते, हवा का पहला झोंका आया और सामने का पेड़ धराशायी!...अरे बाप!

पहले झोंके के बाद—प्रलय! लगा, अब धरती पर एक तिनका भी नहीं रह पाएगा। सभी उड़ जाएँगे—बिखर जाएँगे।...ठाकुर! ठाकुर!! धरती और आकाश प्रकम्पित!

कालाचाँद की माँ ने देखा—दीदी ठाकरुन लेटी ही हुई है। करवट भी नहीं लेती।

—दीदी ठाकरुन!...उठून। प्रलय!

दस मिनट तक तांडव-नृत्य चलता रहा। इसके बाद वर्षा—ओले—एक-एक सेर, डेढ़-दो सेर वजन के ओले! और, हर एक मिनट के बाद बिजली गिरती!...

...कड़कड़-चर्र-र्र-र्र-गुड़ाम गुड़म!

...सुई-सि-ई-ई!!

रात-भर वर्षा हुई।

सुबह को लोगों ने देखा—चारों ओर सिर्फ पानी!

...गोड़ियर गाँव के सैकड़े-पचहत्तर झोंपड़े उड़ गए हैं।

...कॉलॅनी के नये स्कूल-घर के सभी टीन उड़ गए।

...दस आदमी की मृत्यु हुई है। दस नहीं, पन्द्रह!

...एक चुटकी धान भी इस साल नहीं होगा। और न पाट का कोई पौधा साबुत है। लगता है, किसी ने धान और पाट के पौधों को पत्थर से पीस दिया है—हल्दी-मिर्च की तरह। सड़क पर कमर-भर पानी बह रहा है।

...शस्य श्यामला धरती की लाश?

...यह किस अपराध का दंड दिया भगवान ने?

...ठीक ओंठ तक आए हुए कौर को छीन लिया?

...होगा नहीं? रीत छोड़कर 'अनरीत' करने का फल!

...सभी की आशाओं पर—कमर भर पानी!

सभी की आशाओं पर कमर-भर पानी! लेकिन तालेवर गोढ़ी इस दैवी-प्रकोप से भी फायदा उठावेगा। इस बार, पौबारह।...पानी पड़े, 'बज्जर' गिरे, भूकम्प हो, अकाल पड़े अथवा बाढ़ आवे—पैसेवालों की चाँदी है। गहना-जेवर, गाय-भैंस, जमीन बन्धक लेकर कड़े सूद पर रुपया कर्ज देगा! इस बार गोड़ियर गाँव की सारी जमीन तालेवर के पेट में चली जाएगी।...तालेवर के हल आसमान में चलते हैं।

पंडित रामचन्द्र चौधरी प्रसन्न हैं।...रोज अपनी जमीन में तालेवर गोढ़ी की फसल देखकर देह में आग 'लहक' जाती थी। इस बार पंडित रामचन्द्र चौधरी भी रुपये लगावेगा—ड्योढ़े के सूद पर!

सिर्फ पैसेवाले ही नहीं, इन दैवी-प्रकोपों में और भी एक वर्ग के लोग फायदे में रहते हैं—'पब्लिक-वर्कर' अर्थात् 'देश-सेवा' करनेवाले। ऐसी विपत्तियों के समय—सरकारी रिलीफ और सार्वजनिक चन्दे के रुपये, कपड़े, अनाज, तेल-दवा इत्यादि बाँटने का मौका मिलता है उन्हें! बाँट-बँटवारा में नगद लाभ होता ही है, इसके अलावा वोट माँगने के समय उनको तथा उनके प्रचारकों को बोलने में बल मिलता है—भाइयो, आपको याद होगा—आप भूले नहीं होंगे कि फलाने बाबू ने बाढ़-पीड़ितों की सहायता नहीं की होती तो सारे इलाके के लोग डूबकर मर

जाते...इसलिए ऐसी विपत्तियों की खबर सुनकर वे प्रसन्न हो जाते हैं।...भगवान का वरदान!

लेकिन देशसेवकों की टोली के पहले पहुँचा संवाददाताओं का दल।...अखबारवाले बाबू लोग!

इसके बाद थानेदार साहब दल-बल के साथ आए...पन्द्रह लाशें?

...एक-एक लाश का हुलिया थानेदार साहब ने अपनी डायरी में दर्ज किया।

...घायलों को अररिया—अस्पताल भेजने की व्यवस्था की गई है।

—पोबी?

—के? विनोद?

—नरेश उर्फ विनोद!

पवित्रा को लगा, कोई देवदूत आया है उसे अपने साथ ले जाने के लिए!

...आश्चर्य! इस दैवी-प्रकोप के चपेट में सिर्फ दस गाँव के लोग पड़े हैं। सारे जिले में कहीं न एक बूँद पानी पड़ा और न हवा चली।...गोड़ियर, कुपाड़ी, परमानपुर, सेमराही, नननपुर, सुक्की-बेलाही, ढोल-बाजा, परवाहा, काला-बलुवा गाँव!

गोड़ियर गाँव के निवासियों को विश्वास हो गया है, भगवान का यह गुस्सा जायज है।...रीत छोड़कर 'अनरीत' करने का फल सारे गाँववालों को भोगना पड़ रहा है।

...रीत छोड़कर अनरीत?

...तालेवर गोढ़ी कंठी तोड़कर मांस-मछली खाने लगा है।...तालेवर गोढ़ी का अपनी बड़ी पुतोहू के साथ 'लाट-साट' है।...तालेवर गोढ़ी ने बंगालिन बाभिन की इज्जत खराब की है!...तालेवर गोढ़ी तीरथ करने गया तो साथ में दो औरतों को ले गया!...दीपा की माँ जयराम के साथ 'लटपटा' गई है। अब तो सिन्दूर भी पहनने लगी है दीपा की माँ!

सुक्की-बेलाही के लोगों ने कहा—हरिबाबू के कारण ही यह प्रलय हुआ है। रोज शंख फूँककर पूजा करनेवाली बंगालिन कुमारी-कन्या से उसने विवाह किया।...इसलिए कलकत्तावाली काली मैया ने क्रोध किया है।

—पोबी!

—नरेश, मुझे समझा दो। मैं कुछ भी नहीं समझ पा रही हूँ। यह सब क्या हो रहा है?

नरेश हँसा...अब सही पवित्रा सामने आ रही है। उसने पूछा—क्या समझा दूँ?

—क्यों ऐसा हुआ? यह सब क्या हो रहा है?

—प्रकृति की लीला!

—विज्ञान ने कुछ ऐसा आविष्कार नहीं किया?...नरेश! मुझे समझाओ, सूखी

धरती को सींचने के लिए सुना है कृत्रिम-मेघ उमड़ते-घुमड़ते हैं—वैज्ञानिकों की कृपा से। किन्तु असमय के प्रलयकारी बादलों को दूर करने के लिए कोई 'गैस'...कोई उपाय...कुछ... ?

—पोबी, मुझे भूख लगी है।

कालाचाँद की माँ चूड़ा भूजकर ले आई। नरेश बाबू को ऐसे दुर्दिन के समय देखेगी कालाचाँद की माँ, इसकी उसने कल्पना भी नहीं की थी।...सचमुच हू-ब-हू विनोद बाबू!

कालाचाँद की माँ जानती है, दीदी ठाकरुन नरेश बाबू को विनोद कहकर ही पुकारती है।

कालाचाँद की माँ 'ठाकुरबाड़ी' (पवित्रा के पिता की हवेली) की नौकरी करती थी। पवित्रा के घर की बहुत-सी बातें जानती है। वह यह भी जानती है कि जुमापुर की विनाश-लीला के पीछे सिर्फ धर्म और जाति का 'पागलपन' ही नहीं था। क्योंकि इलाके-भर के मुसलमानों ने अपने 'पिता-ठाकुर' को एक दिन पूर्व तक यह विश्वास दिलाया था, आप निश्चिन्त रहें। यहाँ कुछ नहीं होगा। काला की माँ ने ही बेतिया कैम्प में चुपचाप बतलाया था—

कासिम भाले की नोक पर विनोद का कटा हुआ सिर लेकर सबसे आगे था!

कालाचाँद की माँ ने इस बार, जब पवित्रा कॉलॅनी कमिटी की बैठक से लौटी, पूछ दिया था—

दीदी ठाकरुन, एक बात पूछूँ?...बुरा न मानिएगा। आप पढ़वा-पंडित हैं। भूल-चूक हो, माफ कर दीजिएगा।...पूछती हूँ, सब कुछ तो मिला। अपने देश का अन्न, 'चास-बास', माछ, तरी-तरकारी सब कुछ अपने जुमापुर गाँव में जैसा मिलता था—यहाँ भी मिलता है। हवा पानी भी वही है।...लेकिन, 'मन के मानस' के जैसा—कोई यहाँ नहीं?...तुमने एक बार कहा था—यहाँ भी सैकड़ों कासिम हैं।...सैकड़ों कासिम हैं, एक भी 'विनोद' नहीं?

पवित्रा समझ गई थी, कालाचाँद की माँ क्या कहना चाहती है। पवित्रा को लगा था, कालाचाँद की माँ ने उसके हृदय के सबसे 'स्पर्श-कातर' स्थल को छू दिया।

पवित्रा ने अपने को सँभाल लिया था। उसने मुसकराने की चेष्टा की थी—काला की माँ, अचरज की बात! 'मन के मानुस'-जैसा भी 'मानस' है यहाँ। अपने मन की बात आँखों में लिखकर वह भी ले आता है।...आँखों से ही जवाब उसे मिलता है।

काला की माँ बोली थी—देखने में हू-ब-हू विनोद बाबू जैसा है न? मैं बतलाऊँ? वह...वह...'खबर के कागज' का बाबू?

पवित्रा हँस पड़ी थी। कालाचाँद की माँ ने कहा था—मैंने ठीक ही पकड़ा है...किन्तु विनोद बाबू की तरह...माने...उसने कुछ कहा नहीं है? आप ने...

आपने...दीदी ठाकरुन...सब भगवान की लीला है। लेकिन बात आँखों में रखने से कैसे क्या होगा। जीभ पर लानी होगी बात...।

—काला की माँ सबसे अचरज की बात सुनोगी? विनोद की तरह हँसता-बोलता है, तुतलाता है।...मिठाइयों में इसको भी सर्वप्रिय है—चन्द्रपुलि!

—दीदी ठाकरुन, मैं तुम्हारे पाँव पड़ती हूँ। भगवान ने शायद उन्हें ही फिर भेजा है, मन की बात कहने के लिए।

—मन की बात वह कह चुका है।

—एँ? तुमने क्या जवाब दिया दीदी ठाकरुन?

पवित्रा ने डबडबाई आँखों से जवाब दिया था—तुम पागल हो गई हो, काला की माँ। तुम क्या चाहती हो काला की माँ—खोये हुए धन को पाकर मैं फिर खो दूँ?...मैं सिर्फ पवित्रा नहीं, मैं आग हूँ...मैं...मैं तलवार हूँ, मैं बर्छी हूँ, मैं जहर हूँ...साँपिन हूँ। वह मुझे पाकर कितनी देर तक जी सकेगा? कासिम उसे मार डालेगा। भाले की नोक पर उसका सिर लेकर जुलूस के आगे-आगे नारा लगाएगा।...और तुम लोगों को छोड़कर मैं कहाँ जाऊँगी? कौन है मेरा? तुम लोग मुझे अपने दरवाजे से इस तरह ठेलकर बाहर नहीं फेंक देना। और...तुम...तुम...काला की माँ, मेरी माँ हो। माँ के बदले, बचपन से ही मैंने तुम्हारा दुलार पाया है।...तुमने देखा है सब कुछ।...मैं जन्म से लेकर आज तक सिर्फ दुख भोग रही हूँ। मैं जहाँ जाती हूँ अपने साथ प्रलय ले जाती हूँ। मौत! मुझे प्यार करनेवाला ज्यादा दिनों तक जीता नहीं। भगवान के लिए, फिर कभी ऐसी बात मुँह से न निकालना। उसे इस बात की भनक भी नहीं लगे...दुहाई। उसे जीने दो...।

पवित्रा दहाड़ मारकर रो पड़ी थी।

कालाचाँद की माँ उसके उमड़ते हुए आँसू को पोंछते हुए खुद रो पड़ी थी—नहीं माँ, मैं तुझे अपने कलेजे से सटाकर रखूँगी। अपनी 'खुकुमणी' (बिटिया) को आँखों में बिठाकर रखूँगी!...तुमी जे आमार प्राण!

विनोद जानता है, पवित्रा ने पिछले कई दिनों से कुछ भी नहीं खाया है। इसीलिए उसने कहा था, मुझे भूख लगी है।...इस गोड़ियर गाँव की दुर्दशा देख किसी को मुँह में अन्न डालने का साहस नहीं होगा।

—तुम भी खाओ!

—नहीं विनोद। मुझसे कुछ भी नहीं खाया जाएगा।

काला की माँ बोली—विनोद बाबू...।

इस बार नरेश ने, वातावरण को तनिक हलका करने के लिए कहा—अच्छा, यह विनोद कौन था?

पवित्रा ने आज तक विनोद के बारे में कुछ नहीं बतलाया है उसे। उसने एक

दिन कहा था—उसके गाँव का विनोद देखने में ठीक नरेश के जैसा था।

काला की माँ ने पवित्रा की ओर देखा—क्यों दीदी ठाकरुन? बतला दूँ?

पवित्रा ने मानो कुछ सुना ही नहीं।

—विनोद बाबू से दीदी ठाकरुन की मँगनी हो चुकी थी।

कालाचाँद की माँ हँस पड़ी।

नरेश बोला—पोबो, मैं अभी आता हूँ लौटकर। जिला मैजिस्ट्रेट आनेवाले हैं। रिलीफ की कोई व्यवस्था नहीं हुई है, अब तक।

जिला मैजिस्ट्रेट ने सब कुछ देख-सुनकर, कांग्रेस के सब-डिविजनल लीडर छोटन बाबू से कहा—अभी तो रिलीफ फंड में एक पैसा भी नहीं है। मैं 'वायरलेस' से मिनिस्टर साहब से बातें करके ही कुछ व्यवस्था करवाने की कोशिश करूँगा।

छोटन बाबू ने तालेवर गोढ़ी के दरवाजे पर धरना देने का निश्चय किया है।...गाँव के लोग मर रहे हैं और आपकी मिल चालू है। निकालिए एक हजार रुपया चन्दा। नहीं तो, इसी बार आपका लाइसेंस कैंसिल नहीं करवाया तो मेरा नाम छोटन बाबू नहीं।

तालेवर गोढ़ी ने भी प्रतिज्ञा कर ली है—इस तरह धमकी देकर उससे एक दमड़ी भी कोई नहीं वसूल सकता। धरना दीजिए या अनशन कीजिए।

...देखना है किसकी जीत होती है। छोटन बाबू हारते हैं या तालेवर गोढ़ी।

तालेवर गोढ़ी के दरवाजे पर भीड़ लगी हुई है—दुख, पीड़ा, आतंक, भय और भूख से कातर लोगों के झुंड!

—ताले काका!

—कौन?...मेरी बेटी?

पवित्रा अपना आँचल पसारकर खड़ी है।

कालाचाँद की कीर्तन पार्टी के लोगों ने करुण सुर में गीत शुरू किया—भिक्खा दाउ गो, भिक्खा दाउ गो एसेछि भिक्षा कोरिते आज। धन-जन-प्राण जादेर—गेछे...!

तालेवर गोढ़ी नहीं देख सकता है अपनी बेटी की ऐसी हालत।...भिखारिनी? मेरी लछमी बेटी भीख माँगती है?

जयराम सिंघ सिर्फ रोता है। रोता ही जाता है।

तालेवर गोढ़ी पर मानो कोई देव सवार हो गया। वह दौड़कर अपनी हवेली में गया और थोड़ी देर के बाद नोटों के कई बंडल हाथ में लेकर लौटा। पवित्रा के आँचल की झोली भर गई—पाँच हजार!

—जै हो! जै हो! बोलिए एक बार प्रेम से तालेवर...

—ए! ए! चुप रहिए। मेरा जय नहीं। मेरे-जैसा 'पापी-तापी' की जय कभी

नहीं हो सकती। कभी नहीं। मुझे तो भगवान नरक में भी मुश्किल से जगह देंगे।...जै बोलो—देवी पवित्रा की!

भिखारियों का दल अब गाँव से शहर को चला—जुलूस बनाकर!...भूखे, नंगे और पीड़ितों की टोली!

...शहर के आत्मकेन्द्रित लोगों की देह भी सिहर उठी।

गृहहीनों की टोली शहर की अट्टालिकाओं की खिड़कियों की ओर देख रही है।...एकन्नी, अठन्नी, रुपया, कपड़ा, चावल, दाल यथाशक्ति तथा भक्ति!

पूर्णियाँ-सदर में इन पीड़ित-गाँवों की सहायता के लिए, सांस्कृतिक कार्यक्रम का आयोजन किया है नरेश ने। चैरिटी-शो!...नाच-दल!

...आज नरेश ही नहीं, पवित्रा भी नाचेगी!

...मादल बजा नाच दल का।

...बाँसुरी बोली—करुण सुर में।

...रंगीन फोटोग्राफ में खड़े लोग—बिखर गए।

...है रे! है रे!!

...आज किशनलीला का गिरि-गोबरधन पाला

...है रे! है रे!!

बहि गेला—गोकुला नगरे-ए-ए
डूबि गेला माल-जाल-खेत-रे-खमारे
कहाँ किशन नन्दे-रे-दुलारे!
रक्खा कॅर—रक्खा कॅर मदन-मुरारे—
है रे! है रे!!

...मोतिया रो रही है।

...नूना माँही रो रहा है।

...पवित्रा नाचती नहीं—हाथ में झोली लेकर दर्शकों की भीड़ में भीख माँग रही है।

है रे! है रे!!
घर ना दुआर ना हमार कोई ठाम
एके रे सहारा बस किश्ना तोरे नाम
रक्खा कॅर—रक्खा कॅर सकल-समाजे
है रे! है रे!!

...पोबी दी!

—मोतिया काँदे ना। रोओ मत।

—पोबी दी रे...।

—नरेश ?

—पवित्रा !

—मैं जी गई फिर। मैं अकेली नहीं। मैं निस्संग नहीं। मैं कहीं निर्जन में नहीं। मैं एक विशाल परिवार की बेटी हूँ।...इन आत्मीय-स्वजनों के बीच पारस्परिक सहानुभूति और सहयोगिता को फिर से पनपाऊँगी मैं।...अपने गाँव-समाज में—लोगों के वीरान हृदय में—आनन्द मुखर स्वर फिर से भरना होगा।...खोई हुई चीजों का उद्धार करना होगा।...अपरिचय, अजनबीपन, उदासीनता, अकेलापन, आत्मकेन्द्रिकता, विच्छिन्नता को दूर करके भूले-भटके लोगों को, अपने लोगों को पास लौटाकर लाना होगा।...मैं अपनी सत्ता को इस समाज में विलीन कर रही हूँ। लोक-संस्कृतिमूलक समाज के गठन के लिए—आमि आमा के उत्सर्ग कोर्लाम! आमि आज जीवने प्रथम बार धन्य हइलाम!

—पोबी दी !

—मोतिया।

—एक गीत सिखा दो। बंगला गीत।...रोबी ठाकुर रे गीत।

पवित्रा गीत सिखाने लगी, अपनी प्यारी मोतिया को—

आमि बिकाब ना किछु ते आर, आपनारे।
आमि दाँड़ाते चाई सभार तले-सबार साथे एक सारे...

✿✿✿